祝大家

文字作餐

音乐配酒

日子越过越有。

鲍鲸鲸

鲍鲸鲸

作品

My Super Hero

我的盖世英熊

CNS PUBLISHING & MEDIA
湖南文艺出版社 HUNAN LITERATURE AND ART PUBLISHING HOUSE
博集天卷 CS-BOOKY

我的盖世英熊

目录

Contents

目录

Contents

01

“你现在不光宅，还瘫了。你这是宅瘫啊！宅瘫男！”

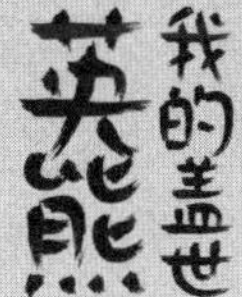

2008 年，我从辽宁一所专科学校毕业后，直接被分配到了北京。在三元桥旁边的一家外资连锁酒店，当上了门童兼泊车小弟。

前三个月是实习期，酒店提供工服和宿舍，有员工食堂，每天工作八小时。早班是上午七点到下午两点，中班是下午两点到晚上九点，晚班是晚上九点到第二天早上七点。

刚来的时候，正好赶上北京奥运会，酒店里天天满员，我稀里糊涂地接受了培训，就上岗了。每天帮客人拉门，小跑着帮客人取车，点头哈腰的工夫里，挣了不少小费，其中还有美元、欧元。我从小在丹东旁边的镇上长大，爸妈是普通工人，都没见过什么市面。我们那儿唯一的一家西餐厅，老板是新疆人，意大利面做得和拉条子一样。猛地到了这么大的北京，感觉视力都下降了，看什么都有点儿散光。

工作三个月后，我转了正，工资三千多，夜班有加班费，住在酒店提供的宿舍里，八人间，上下铺，和我之前在学校时的宿舍差不多。当时，我自我感觉挺好的，我爸妈的感觉比我还好。我妈知道我顺利转正以后，在电话里激动地嚷嚷：“哎，我儿子老出息了。北京那么大，你能有张床睡，不得了。”

从那之后，我当了整整四年的门童，中间加过两次薪，升了一次职，成了门童领班。

但我也从最开始的兴奋劲儿里，回过神来了。刚来的时候给自己打的鸡血，渐渐地随着小便排出了体外。

工作的辛苦是理所应当的，但让我糟心的是住宿环境实在恶劣。我们那个员工宿舍，设在地下二层，紧挨着停车场，冬天风一刮起来，四周一片鬼哭狼嚎。夏天闷得像蒸笼，空调装是装了，但只通风不制冷。八个小伙子，每天累得像狗一样，回来也就只为睡个觉，没精力也没心情收拾宿舍。

所以，我们把宿舍住成了细菌培养皿。头油卷着脚气，百年不晒的被子里裹着体臭，桌子上的泡面吃完了永远没人扔，直接往里弹烟灰，烟灰烧着了就倒啤酒，一个泡面桶从中间切开，就是个三层的提拉米苏——里面什么都有。

每个月的工资，攒下来一些，再加上吃点儿喝点儿买包烟，日子过得很紧张。有时候刚在楼上领了工资，三千多块钱，美滋滋地下楼往宿舍走，琢磨着晚上点俩烤腰子再加瓶啤酒。但一抬头，总是先看到宿舍旁停着的豪车，奔驰或是宾利什么的。摸摸兜，再摸摸那些车，总感觉兜漏了，漏了个大洞，爱与和平之类的想法，都从这个洞里漏走了。

我们门童的领班是个北京人，姓王，我们后来都管他叫王牛郎。

王牛郎家住南城，中学辍学，爹妈都懒得管，自己在街面上混了好多年，最后来酒店当了门童。我刚来的时候，他是带我的师父。刚来的门童，基本上排的都是夜班，因为实习期不用给加班费。王牛郎那时候因为和客人有一点儿纠纷，被投诉给了领导，所以也被罚了一个月夜班。

我俩开始守夜班的时候，已经是秋末冬初了。凌晨的北京，没了白天的人气，还是挺冷的。我们酒店很没有人性地规定，门童必须在门外值岗，不能进大厅。

有一天夜班，我俩在门外冻得哆哆嗦嗦的，我向王牛郎抱怨工资不够花，王牛郎无私地向我传授了要小费的秘籍。

"你得把自己当成一要饭的。"

"啊？"

"要小费就是要饭，人给你的都是零钱嘛。你观察街上要饭的，为什么有的要饭的能要到钱，有的要不着？"

"因为不够可怜？"

"错！都要饭了，比可怜谁他妈不可怜啊。就像咱俩，冻得跟孙子似的，戳这儿，随时准备给人开门。这大半夜的，街面上除了野狗就是野鸡，哪儿有正经人，但咱还是得这么熬着，可怜不可怜？"

"可怜。"我都快哭了。

"光可怜，你照样要不着钱。想要小费，你得恐吓客人。"

"啊？"我又愣了。

"你看，咱们这酒店，一晚上两千起，这帮人，眼都不眨地住进来了，还住得倍儿美，倍儿坦然，大床上一躺，感觉自己是人上人了。那为什么进这门的时候，连十块钱小费都不愿意给？因为他们觉得没必要，丫没觉得咱们是人，装没看见咱们。就像那些要饭的，你要你的饭，我走我的路，两不相干。这种情况，让人给你钱？人掏兜都嫌麻烦。"

"那怎么办？"我痴痴地问。

"你得让他看见咱们。还是拿要饭的举例子：你想装没看见，接着往前走，架不住我上赶着抱你大腿啊。"

"……那我也得抱客人大腿？"

王牛郎翻了个白眼儿："你这孩子，长颗头就是为了显高啊？举一反三。咱干吗的？咱是门童，咱负责开车门，拿行李，帮客人泊车。咱的服务是隐形的。开车门的时候，你能跟客人说上话；拿行李的时候，你能给客人帮上忙；泊车取车的时候，你简直跟他们都快成一家人了，多少男的把车当媳妇儿供着啊，人媳妇儿都交给你了，这你还能要不着钱？"

"可有的时候，我给客人开车门，客人都不看我；想拿行李吧，客人说不用麻烦你了；把客人车开回来的时候，别说要小费了，有的客人我车还没停稳呢，他就冲上来开走了，连声谢谢都没有。"

"所以我说，你得恐吓客人。客人不看你，你看他呀。你就觍着脸直视他，你脸上可以笑，但你眼睛得说：'孙子，是你爷爷我，给你开的车门哟。'客人不让你拿行李，说不麻烦你了，你该拿拿，麻烦什么呀麻烦？老子收费的。车取回来了着急走的，那就是不想给你钱，你干吗让他上车？你得先把他困车门口，你给他介绍一下：'先生，车的暖风我已经帮您打开了，您下车前收听的音乐我已经帮您继续播放了。车窗现在开了一条小缝，有助于空气流通。祝您一路平安。'话说到这份儿上，孙子还不掏钱，那就变脸，直接用眼神鄙视他，您住五星级酒店，大浴缸里泡澡，就算洗脱了皮，也是便宜货。开着破车赶紧滚蛋吧您哪。"

我被王牛郎一长串靠脏话堆积起来的经验论给说晕了，价值观像坐过山车一样上上下下。

"师父，你现在一个月小费能拿多少啊？"我问出了我最想问的问题。

王牛郎一脸高深莫测："不提不提，师父我志不在此，挣多少小费都是白饶的。"

我很喜欢王牛郎，他说的话，我都当真了，也开始这么干，小费果然比从前拿得多了一些。不过有时候我直视着客人，用眼神传达“我要钱”的时候，客人脸上会闪过一丝尴尬，掏钱时特别不情愿，仿佛这五块钱是他这辈子最心疼的一项支出。

又一个夜班，我和王牛郎站在大风里，我跟他说，感觉自己最近确实像在要饭，有点儿没尊严。

“你得这么想，谁他妈又不是要饭的呢？”王牛郎扯着嗓子说。

“你觉得你跟客人要饭。客人的住店钱哪儿来，不也是卖命要饭要来的？前厅经理管咱们，他也是跟大堂总管要饭的。总管跟董事长要饭，董事长牛？总部一来考察，丫鞍前马后急得跟猴儿似的，就差人家上厕所，他帮着舔屁股了，他不是要饭的？你放眼全世界，谁不是要饭的？都他妈是要饭的。人活一辈子，就是吃今天的食儿，要明天的饭。”

王牛郎的话确实很有道理。

但在那个零下五摄氏度的夜里，王牛郎说完这番话以后，我觉得更冷了。我那时候想，为什么我觉得人活一辈子，除了要饭，还应该要点儿别的什么呢？

转眼到了春节。

酒店里一到春节，专门来吃饭的客人就多了起来。因为过节，大家比较放松，所以这段时间里，醉酒的客人特别多。半夜十二点一过，一群醉鬼勾肩搭背地从大堂里穿过，呼天喊地地冲到大街上。这种时候，挣小费也容易得多，上去帮他们开个门，或者帮他们叫辆车，有的客人就把我当兄弟了。

有一天，一个喝多的客人，司机开车来接他，我只是把他扶进车里，提醒他别磕到头，这位客人就拽着我衣领子不松手，从兜里拿出一个红包，抽出一张一百块的，塞我手里，“一拜高堂！”，又抽一张，“二拜天地！”，又抽一张，“永结同心！”。他把钱使劲儿塞我手里，迷迷瞪瞪地瞪着我，“叫大哥”。

“大哥。”我一点儿都没犹豫。

大哥亲了我脸一口，毫无理由，毫无防备。“亲弟弟，亲的。爱你。明天见。”

三百块钱认来的哥哥就这么走了。

后来我再没有见过他。

初五那天的后半夜，大批醉酒的客人离开后，我和王牛郎发现酒店不远处，有一个落单的醉酒客人。

我俩算了算客人离我们的距离，按酒店规定，酒店正门五十米范围内，有客人出现什么问题，我们都要上前询问。但五十米范围外，客人就算当街撒钱，我们都不能脱岗冲上去捡。

那天的客人，站在我们五十米外的一棵树下，抱着树吐。我和王牛郎远远观望着。

客人吐完，站起身，开始解裤腰带，解开后，手里拎着裤腰带，对着树小便。完事后客人抖了抖，然后开始摸摸索索的，紧紧抱住了树，过了一会儿，客人晃悠着离开了。

客人在视线里消失后，王牛郎咧着嘴笑了。他回头看看大堂，确定前厅值班经理不在，然后转头说：“跟我来。”

我俩小跑到客人尿尿的树下，都笑了。

那哥们儿把裤腰带系在树上了。

我俩看着树上的裤腰带，一通傻乐。脚下那人留下的一摊尿，缓缓冒着热气。

王牛郎把裤腰带解下来，放手上看看：“登喜路。”

王牛郎把皮带递给我：“你留着用吧，也算有个名牌了。”

我推让回去：“师父，你发现的。”

王牛郎一脸大气的表情：“我不用这个，我有好的呢。”

王牛郎解开大衣，把棉袄往上一撩，露出一条皮带。皮带中央有亮闪闪的 logo。

“看见没有？万宝龙，贵族品牌。登喜路那是乡镇企业家用的。”

重新站回酒店门口后，王牛郎向我讲了这条贵族皮带的来历。去年夏天，那时候我还没来，一个香港老太太出了酒店门，问王牛郎，附近哪儿有药店，她嗓子很不舒服，想去买点儿药。王牛郎立刻劝老太太回大厅歇着，他一路小跑，顶着北京夏天正午的大太阳，跑了一站地，给老太太买回了川贝枇杷膏。后来老太太临走的时候，在酒店一层的礼品店，买了这条皮带送给王牛郎，还留给王牛郎一个电话号码，让他去香港的时候找她。

“那是哥们儿我离成功最近的一次。”王牛郎说。

王牛郎向我讲述了他的偶像，中国门童届的一个传奇人物，姓李。据说是真人真事儿。李传奇年轻的时候，在北京饭店做门童，职位虽低，但目光高远。李传奇对每一个入住的单身大龄女客人都非常关注，小细节上嘘寒问暖，大方向上直奔主题。最后，一个来自美国的富有老太太看上了他，把他带到了美国。老太太过世之后，留给了李传奇大笔的遗产。那笔钱多到李传奇花都花不完，只好拿出来做慈善了。

王牛郎眉飞色舞地向我讲述着李传奇的发家事迹，口水直往我脸上喷。

“那你当时送完川贝枇杷膏，怎么不接着送点儿别的？”我好奇地问他。

“当时我有点儿浮躁了。还是年轻，天眼还没开。我琢磨着这老太太是老，但又没那么老，你说我跟着她走了，就算是为爱闯天涯吧，万一处上十年二十年，姐们儿始终不挂，这日子我怎么过？牙碜不牙碜啊？这么一想，就㞞了。要不然，现在已经以港胞身份，满世界给多动症儿童捐钱呢。”

“后悔吗，师父？”

“你摸摸我静脉，这里面流的，都是恨呀！”

工作的第三年，王牛郎依然坚守在门童的岗位上，并没有遇到愿意带他为爱闯天涯的富有女性。而且，因为他常常替这些女客人跑腿，在每年一次的升职评测里，按资历应该是他升职，但因为他的多次无故脱岗，上面把我升成了领班。虽然看起来我比他职位高了鼻屎那么大一点儿，但在我心里，他始终是我师父。

也是这一年，我从员工宿舍里搬出来了。

同宿舍平时和我处得不错的两个哥们儿，都有了女朋友，希望搬出去住，找个房子合租。他俩在西坝河找了套房子，看完房回来，说那房还有一间在出租，一个月五百，劝我也去看看。

去看了房我才知道为什么一个月五百。那房一室一厅，我那俩哥们儿一个住卧室，一个住客厅。劝我租的，是阳台，一个月五百。阳台是一个飘窗，单人床架在飘窗上，床旁边就是木板搭的墙。想在这个空间里灵活移动，得练就一身芭蕾舞演员的功夫。

但这阳台我还是租了。因为看房那天，是个大晴天儿。穿过木板隔起来的过道，打开临时搭建的简易门，就看见整个阳台阳光灿烂。在地下室住久了，想到能晒着阳光睡一觉，激动得腿都有点儿软。这房在二楼，飘窗下，正对着小区里的花园广场，树被风吹得哗啦哗啦响，广场上，有遛小孩儿的妈妈三三两两聚在一块儿，聊着天。小孩儿们的笑声不远不近地传来，撞在玻璃上，清清脆脆的。

正式搬过去的那天，我刚好值完夜班。穿过小区里正准备上学、上班的人群，爬上二楼，打开门，把衣服脱了，我光溜溜地躺到床上。阳光把我冻了一宿的肩膀、膝盖、脚指头，通通透透地晒了一遍，全身都在渐渐回暖。我听着窗外的鸟叫声、风声，全世界跟暂停了似的那么安静。

我迷迷糊糊快睡着的时候，又想起了我妈电话里说的那句话：北京那么大，你能有张床睡，不得了。

我心里也在想，这张床太舒服了。我再也不想下床了。

和我一起住的两个哥们儿，都是门童，一个是我老乡，丹东人，比我早一年分过来。老乡姓鲍，叫鲍志春。人长得虎头虎脑的。我刚来的时候，他跟我们介绍自己，说“鲍”姓在蒙语里，是成吉思汗的意思，所以他是正经的成吉思汗第六十几代嫡孙，非让我们管他叫王爷。王牛郎那时候就骂他：这么上赶着给别人当孙子，你亲爷爷知道吗？

为了遂鲍志春的愿，我后来就一直叫他王爷了。他女朋友是我们常去的烤串店的小服务员，也是东北女孩儿。女孩儿的名字，王爷就和我们介绍过一次，当时没记住，后来，王爷就管人家叫媳妇儿了。两人好上后，我们去烤串店，他媳妇儿总会笑眯眯地多送我们一盆疙瘩汤。人不忙的时候，女孩儿就往王爷身边一坐，王爷一边咔咔撸串，一边演东北大哥范儿，从《隋唐演义》一路喷到双色球下期走势分析。他媳妇儿也不说话，就笑眯眯地坐着，一幅花好月圆的画面。

另外一个山东哥们儿，姓陈，叫陈精典。不知道他爸妈给他取名的时候怎么想的。山东哥们儿确实也努力想把自己往经典了活，他是我们所有人里，学历最高、认字最多的。我们大部分人是中专、大专，只有他是本科学历。陈精典中学的时候成绩挺好，按说最次也能考个北京的二本。但高考的时候，发挥有点儿失常，只上了当地一所三类院校。毕业以后，精典来北京找工作，揣着不太值钱的文凭，四处碰壁。有的小公司愿意找他，但一个月两千，还不包吃住。后来精典决定先放下知识分子的尊严，来当个门童，曲线救国，抓紧一切时间考研。

我刚来的时候，陈精典跟神经病一样，每天惨白着一张脸，嘴里念念叨叨，眼神呆滞，跟客人问好，连人家是先生、小姐都分不清楚。王牛郎那时候很照顾他，觉得他和自己一样，都是心怀大梦想的人，所以能帮他干的，都帮他干了，让他专心复习。

第一年考研，哥们儿差十三分。第二年，突飞猛进，差了两百多分。

陈精典颓了好长时间，从白着脸的学霸，变成了红着脸的愤怒青年，开始每天骂骂咧咧，把全社会都 × 了一遍。我们那时候很怕和陈精典一起值班，听完他八小时的控诉，感觉自己都想揭竿起义了。

暴躁的陈精典，最终被一个伟大的女性拯救了——我们酒店的客房保洁小妹。和小妹谈起恋爱以后，陈精典变成了陈精虫，每天脸上都是笑，平和中带着猥琐。在他愤怒的时期，每天值完班，我们都商量去哪儿吃点儿喝点儿，招呼他，他都不去，垮着脸说自己上班的时候是条看门狗，下了班就连狗都不是了。但谈恋爱以后，一到下班，他就一脸贱笑："抱小妹去喽。"

我们搬出来住不久，王爷的媳妇儿就和他分了手。据说跟另外一个常来吃烤串的东北大哥好上了。那大哥是真的东北大哥，在洗浴城是有会员卡的。

所以这套六十平方米的合租房里，住了一对儿小情侣和两个单身汉。王爷住客厅，每天下了班回来，就闷头惆怅，咣咣喝酒，看着月亮想他的剥蒜小妹。精典和女友住卧室。卧室因为隔出了一道墙，所以挡住了阳台上的光，卧室里放张双人床，一个衣柜一张桌子，就满满当当的了。

精典的客房保洁小妹完美地发挥了自己的职业技能，竭尽所能地把他俩爱的小窝布置得像是过日子一般。床单铺得一片水滑，一般妇女是没这个本事的。靠床放着的桌子上，摆了两盆仙人掌。我问小妹，屁大个屋子，还摆这玩意儿干吗啊？

小妹甜甜一笑："搞搞情趣嘛。"

"那养点儿别的花啊。"

"这屋没阳光，别的花养不活。仙人掌好，能净化空气。"

和他俩房间一墙之隔的，就是我的阳台。平时我们几个人都在的时候，夜深人静，不用想也知道两人在干吗。但精典不愧是个文化人，非常斯文。除了偶尔那木板床会吱吱歪歪地响几声，没别的什么让人着急上火的动静。就因为这个，我对全中国大学本科生的素质教育，堪称敬仰。

搬出来住以后，生活上安逸了很多，毕竟能晒着太阳了。但工作上突然变得昏天暗地地痛苦起来。因为酒店里新来了一个前厅经理。

新来的前厅经理姓孙，是个广东人，年纪和我们差不多大。刚来的第一天，我们就看他不顺眼，这哥们儿两只眼睛分得特别开，嘴上留着薄薄一层小胡子，整张脸又扁又平，表情又常常是滑腻腻的。远远望去，就是个成了人形的鲇鱼精。

鲇鱼精当上前厅经理，是 2012 年的春天。从这一年起，北京开始出现了严重的雾霾，但当时我们并没想到，雾霾天儿会在之后的几年里，变得越来越厉害。对当时的我而言，天气好坏已经感受不到了，有鲇鱼精在身边，天天都是雾霾天儿。

鲇鱼精来了以后，开始变着法儿地整我们。我们这批门童，已经算是老员工了。刚来的时候，酒店给我们做了培训，事无巨细地教了我们仪表仪容和服务礼仪之类的东西。但工作时间久了，人难免变得有点儿油滑。为了挣钱，我们的服务礼仪突飞猛进，已经到了为十块钱小费无所不用其极的地步。但服装仪表上，就没有刚来的时候那么当回事儿了。

按酒店的要求，我们每天上岗前，要先像个变态一样把自己从头到脚摸一遍。

摸头的时候，要说出来："发不过眉，后不及领，侧不过耳，清爽好少年。"

然后从脸摸到脖子，边摸边说："面容整洁，口气清新，衣领端庄，朝气去上岗。"

再把两手放在胸上，一路摸下去，摸到大腿根："工服笔挺，口袋平整，裤缝笔直，万无一失。"

接下来跺跺脚，伸开胳膊原地转个圈："准备就绪。"

最后的华彩是，上岗的所有门童大声喊出我们酒店的远景目标口号："To fill the world with light and warmth with hospitality！"让我们给全世界献上阳光和温暖！"

这套杂耍是我们刚入职的时候，前厅经理每天都要检查我们的项目。但当时的前厅经理是个女孩儿，人很好，斯斯文文的。每天，我们这群小伙子都要当着她的面自摸，她先比我们受不了了。没过多久，虽然这套流程还写在每天的责任表上，但女经理已经不要求我们照做了，为我们免除了这项当众丢人的责任。

但鲇鱼精来了以后，重新开始要求我们做这套上岗前检查体操，而且对这流程里的要求，查得格外仔细。他上岗第一天，就因为我裤子有褶皱，王牛郎头发太长，各扣了我们十分的员工考核分。我们每个月能扣的分是有限的，分一扣完，这个月的奖金就没有了。

鲇鱼精明摆着要和我们过不去，我们又明摆着不能和钱过不去，所以每到他当班的日子，我们都对仪容这一项紧张极了。

门童的工服不能有褶皱，在之前的女经理眼里，我们只要不像刚拧过的酸菜一样，皱皱巴巴地来就行。但在鲇鱼精这儿，工服上有腋毛那么细的褶都不成。我租的小阳台，没有衣柜，地上也摆不开衣服，为了不被扣分，我只好每天睡觉前，把衣服脱了，然后掀开床垫，把工服平铺在床板上。每天起床后，再掀开床垫，像抱媳妇儿一样小心翼翼地把我的工服抱出来。工服被床垫和我压得平平整整的，就是穿上以后，全身都是老木头味儿。

因为鲇鱼精的存在，我越来越讨厌上班。以前没有他的时候，我们这些门童，虽然知道自己做着酒店里很底层的工作，在这座城市里也属于可有可无的家伙，但那时，大家还能苦中作乐，上班时一起发发牢骚，说说笑话，偶尔遇到懂人事儿的客人，还会让我们觉得自己的工作其实也挺体面的。

但鲇鱼精来了以后，最喜欢做的事儿就是打压我们。每天让我们在大门口做上岗检查，让我们大声喊出口号，路过的人会笑话我们，这无所谓。让我觉得难受的是，他冷漠里带着一点儿嘲笑的目光。

鲇鱼精从来没和我们骂过脏话，他会用一种最斯文的方式表达他对我们的鄙视，把我们的自尊心像分尸一样，迅速卸得七零八落。

工作时间变得很难熬，所以每天下班后，我都会火急火燎地回家来找我的床，上了床就轻易不再下来了。这张架在飘窗上的单人床，不知不觉间，成了我在北京三年唯一确定是属于我的东西，是能保护我的地方。

每天工作里，被客人无视或是非难，只要下了班，躺在床上，我就好了。心里平静下来，感觉每天上班的时间，都是替身去演了场戏，躺在床上的，才是真正的自己。

床的一边紧贴着飘窗，有阳光的时候，我就躺在飘窗上晒太阳，心里总会想起小时候家里的炕。在冬天，家里的土炕也是暖融融的，人躺在上面，筋骨被烤得很舒展。墙上有个小窗子，隔壁邻居家养的大黄猫，老跳到窗台上，隔着窗户瞪我。有时候我妈在炉子上烤花卷儿，满屋子都是焦香味儿。

有时候我睡着了，迷迷糊糊间，想着明天得跟我妈要钱，学校春游去三营子山，我要买零食，这次别拿一兜子大瓜子糊弄我了。看在隔壁大黄猫老来瞪我的份儿上，我顺便给它买根火腿肠。想着想着一睁眼，自己却躺在北京的一个阳台飘窗上，窗外没有大黄，只有小区的住户在遛看起来很贵的狗。窗子里的我，离最后一次小学春游，已经隔了二十几年；离不舍得给我买零食的爹妈，隔了天南海北那么远。

我攒钱买了一台二手电脑放在床上，电脑配置非常低，但可以上上网，看看盗版碟。从那时起，我就几乎不下床了。我在床上睡觉、吃饭、看碟、上网，甚至连小便都想在床上对着瓶子解决。遇到休息日，我能一天都不从床上爬起来，就像被连根种在了床上一样，以扭曲的姿势上网，把吃完饭的碗拿来弹烟灰，累了就转头看窗外，看窗外小花园里的人、狗、婴儿车里的小孩儿。四周永远那么安静，没有客人会盯着我说：我这个行李箱很贵，你要轻拿轻放啊。

有一天，陈精典站在我门口，沉默地打量着像海参一样平摊在床上的我。

陈精典要和小妹一起出去吃饭，问我要不要一起。

“我不想下床，你们帮我带点儿回来。”

“带个屁，我们是去吃火锅。”

“那把你们吃剩的帮我涮一涮带回来，不就是麻辣烫嘛。我不嫌弃。”

陈精典叹了口气，盯着我看，我正试着用筷子夹起掉在地上的鼠标。

“你现在不光宅，还瘫了。你这是宅瘫啊！宅瘫男！”

我对陈精典给我贴的标签，感觉非常欣喜。当时刚流行起宅男的说法，而我却已经是宅瘫男了，比一般宅男要高级。

成为宅瘫男以后，我差不多胖了十斤，上班的时候就傻站着，回了家就痴躺着，永远保持着静止的状态。休息日在床上吃完三顿饭，脂肪成群结队地在我肚子上集结起来。

长时间盯着电脑，我的近视又增加了两百度，散光变得更严重了。身体也没有从前好了，偶尔帮客人跑着去取车，一路都呼哧带喘的。

但我还是很开心自己成了宅瘫男，因为我找到了最平和面对这个世界的方式。我自己总结出了成为宅瘫男的必备条件：

1. 身体上酸软无力。

2. 精神上高位截瘫。

3. 心灵上植物人状态。

简单地说，就是放弃成为一个人的最基本欲望，才能成为一个合格的、像我一样的宅瘫男。

过了不久，我的宅瘫生活进入了一个更完美的领域。就像无数不肯面对真实世界，缩在家里足不出户的猥琐青年一样，我，也有了专属于我的女神，我的意淫对象。

那天，我像平常一样，躺在床上，看着窗外发呆。天空特别蓝，蓝得一刺就破。树上长出了嫩嫩的小叶子。春天刚来，花园外的街道上，已经有女孩儿穿起了裙子，大风一刮，露出她们的大腿，大腿上套着炭黑色或屎黄色的丝袜。穿裙子的女孩儿断断续续地经过，露出的大腿看得我应接不暇。

在这一片视觉盛宴中，我先看到了我女神的大腿。那是一双穿肉色丝袜的大腿，站在路边。那腿长得真好看，笔挺纤直，腿形完美得让人心生尊敬。我顺着大腿往上看，看到了藏蓝色的短裙，那裙子的长度也很微妙，既完美地凸显了曲线，又不会让人心生杂念。再往上看，是暗红色的制服，领口上漂亮地系着丝巾，看起来像是空姐的装扮。我再往上看，整个人都愣住了。

女神长着一张挑不出错的脸。

我很不会夸女生的长相，但这不代表我没有审美。正相反，作为门童，我们每天都在嘴贱地点评酒店里擦肩而过的女客人。我自己虽功力尚浅，但我师父王牛郎在这方面造诣颇深。就算是来我们这儿入住的女明星，在老百姓眼里是整都整不出来的完美长相，王牛郎也能挑出错来，非说人家鼻孔有点儿外翻，注定一生漏财。

所以在我眼里，挑不出错的长相，简直就是可遇不可求。而此刻，在我窗外的街道上，就戳着这么一个姑娘。

我痴痴地看着女神，女神迎风纹丝不动地站着，脸上什么表情都没有，眼睛里闪着寒光。整条街因为她站在这儿，街不是街了，是庙。她站着的地方是大雄宝殿，她就是发着光的观音姐姐。

女神站了一会儿，一辆班车停在她身边，把她接走了。

从那天起，我开始每天靠在窗户上，追踪起女神的行踪。碰到过女神离开，也碰到过女神归来。每次回来时，她都在同一个位置下车，然后拎着箱子，走进我们对面的那个小区。

与我们一街之隔的那个小区，是一个高档小区，和我住的这个老居民楼，完全是两个极端。没有发现女神之时，我常常看着对面小区的高楼发呆，心里替那个小区的住户不值，因为我们望向窗外，看到的是他们那栋楼的大理石墙体、亮闪闪的落地玻璃，和玻璃里依稀能看到的贵气。长时间看下去，感觉自己也“同一个世界，同一个梦想”了。但他们看向我们这栋楼，只能看见脏得看不出颜色的外墙，有的阳台甚至都没装玻璃，晾着的红内裤、花袜子一览无余。

我和女神所住的小区，以楼下的小花园和街道为界限，清清楚楚地隔成了两个世界。就像当年冷战时的东德和西德。唯一不同的是，我们东德小区的人不想逃过去，而西德小区的人，也根本不想救我们。

所以，虽然对女神痴痴念念，但我从来没想过有一天，会冲破柏林墙，站到她面前。甚至，就算在路上遇到她，我可能会激动得尿失禁，但我会湿着裤子默默经过她，连“你好”都耻于说出口。

虽然看起来我就是个名副其实的偷窥狂，但我终于有了自己的终极爱好。

我花了大部分精力去守候女神，甚至买了一个高倍望远镜放在床上。不过大部分时间里，我看到的只是对面街上卖杭州小笼包的男老板，每天一有空，就像揉面一样揉搓自己的肚腩。

工作时间里，我变得越来越麻木了。客人或是前厅经理再怎么侮辱我，我都可以无动于衷。每天上班的时候，我度秒如年地熬着，只想赶快下班，冲回我那个安静的阳台上，躺好，拿起望远镜，拉开窗帘，追踪我女神的动向，就像天文爱好者追踪暗夜里的小行星一样。

这个阶段，我感觉人生已经达成了大圆满，就算没钱、没未来、没尊严，但我活得雍容、大度、无公害。

可是。

2012年3月14日，我永远忘不了这一天。

我完美的宅瘫族生活，突然屋倒房塌，毁于一旦。

02

我从小生活的，是一片女人穿大貂、男人玩儿砍刀的土地。

2012 年 3 月 14 日，凌晨，那天我和陈精典值夜班。鲇鱼精也在大堂当班。北京的春天，到了晚上还是很冷的，陈精典碰巧又感冒了。半夜里，刮起了大风，我们已经换上了春季制服，没有大衣能挡风寒。陈精典本来就是个书生，瘦瘦小小的，冻得哆哆嗦嗦的，流着大鼻涕迎风而站，除了“惨”字，我也说不出别的了。

到了凌晨两点多，我们身后的草丛里，噌地站起来一个人，是陈精典的小妹。小妹经常上白班，晚上很少在酒店里，而且她们做客房保洁的，平时不允许出现在酒店大堂。

小妹躲在草丛里，偷偷摸摸地叫陈精典过去。我俩过去后，小妹从包里拿出两个最小号的矿泉水瓶子，递给陈精典。

我帮陈精典接过来一个，瓶子里装的是热水，热得烫手。

“我想给你买那种能发热的暖宝宝，我看客人有用的，可我没买着。你就把这个揣兜里吧，能焐焐手。”小妹说。

陈精典一脸感动，但山东汉子的糙老爷们儿属性又让他不好意思表达。他大大咧咧地说：“哎，你大老远跑过来干吗？赶紧回去吧。再说这玩意儿能管啥用？一会儿凉个屁的了。”

小妹蹲在草丛里，从包里拽出一个大暖壶。“凉了我给你续上。我就在这儿，我不走。你正发烧呢，不能再受凉了。”

陈精典把两个小手榴弹一样的瓶子装进兜里，挥挥手：“赶紧回去吧，你在这儿我还得操心你。赶紧回去。”

因为怕被鲇鱼精抓到我们脱岗，我俩又站回了门口，但陈精典一直看着草丛。草丛里，小妹一动不动地蹲着，能看见两只亮闪闪的小眼睛。大概是热水管了用，陈精典不抖了，连鼻涕都不流了。

我看着双手揣兜的陈精典，那一刻，陈精典成了我活这么大，最羡慕的一个人。

可是，还没等热水凉下来，鲇鱼精就出来查岗了，臭着张脸，提醒我们快到赶早班飞机的客人退房的时间了，让我们精神点儿。转身快进去的时候，他余光扫到了精典的衣兜。

“里面是什么东西？你不知道我们的规矩吗？”

门童在上班的时候，按规定，口袋里是什么都不能装的。但之前的经理，除了提醒我们不能装手机，怕我们分散精力外，爱抽烟的装包烟，容易饿的揣块糖，夏天装点儿手纸擦擦汗，这些都在情理之中，经理不会较真儿来管。但到了鲇鱼精这儿，我们就必须保持兜比脸还干净的状态了。

陈精典把两瓶热水拿出来，交给了鲇鱼精。

“经理，他感冒了，正发烧呢。这个能帮他暖和暖和。”我上前帮陈精典解释。

鲇鱼精冷冷地看看我，又看看精典，然后把瓶子拧开，把水倒在了地上。

水还没凉，一股股热气在我们脚下升起来。

鲇鱼精拿着两个空瓶子向前走了几步，然后用力把瓶子扔了出去，扔得非常用力，像是要迫不及待地甩开什么脏东西一样。

鲇鱼精转身走向酒店，经过我们的时候，他开口幽幽地说：“我真的好烦你们搞这种偷偷摸摸的小动作。怕冷？怕冷不要站在这里啊。去楼上开间房喽，那里好暖的。”

鲇鱼精转身走进酒店，对面草丛里，小妹站了起来，不知所措地看着陈精典。陈精典的脸由红变白，我想说点儿什么，但牙关咬得紧紧的，一个字都说不出来。

那天值完夜班，我几乎是小跑着回家的。到了家，我连衣服都没脱，就躺到了床上。窗外花园里，只有清早的鸟在叫，四周一片安静，我努力用这种安静，把鲇鱼精的脸从我脑子里挤出去。

这一天是 2012 年 3 月 14 日，清晨。就在我迷迷糊糊快要睡着时，突然窗外传来了一声巨响。

从这一刻开始，我的生活被轰了个魂飞魄散。

那声巨响，是户外音响的调音声。我惊恐地睁开眼睛，窗外是几秒钟令人心悸的沉默。

然后，四周响起了刺耳的笛子声，配合着“咚次嗒次”的鼓机节拍。

一个声音高亢的女声从音箱里传出来：“热爱生活，保持健康，迎接美好晚年。老年养生健身操，现在开始！第一节，热身运动！”

笛子声变得更大了，从劣质音箱里，跑着调地钻出来。高亢的女声像是嗑了药一样，声音脆得直扎人脑仁儿。“双手叉腰，左脚向前，半蹲！提臀！伸展……”

魔音笼罩，我躺在床上簌簌发抖。真希望这声音来自我正在做的噩梦。我裹着被子颤抖着爬到窗前，拉开窗帘一角，向外看去，然后全身一软，瘫在了床上。

楼下的小花园，一夜之间，土壤变异了，散发出了不祥的气息，吸引了恶魔的注意。它们循味儿而来，集结成团，把这里占领了。

简单说就是，楼下出现了跳广场舞的大妈。

她们人数众多，目测起码三十人，全体伴随着笛子声，在“嗑药”女声的号召下，整齐划一地舞动着，动作刚武有力，眼里闪烁着刺眼的妖光。

在她们头顶上，栖居在二层的我，裹着被子靠在窗边，随着她们的节拍，全身不停地抖。

为什么？为什么要这么对我?

那一刻的我委屈极了。

楼下的小花园，就这样被大妈们攻占了。她们每天早上开练的时间，就是我下夜班回来以后。整套养生健身操，一共有二十节，耗时四十多分钟。嗑了药一般的女声全程负责讲解指导：“第八节，波浪运动组合。双手高举过头，由左至右画圆圈。摆动您的身体，舒展您的关节。这一节运动有助于您的颈椎、腰肌、背肌、臀肌得到锻炼……”

我有的时候偷偷看着窗外，这些老太太齐刷刷地高举双手，颤颤巍巍地画着圆，眼神坚定，充满渴求地瞪着天空，像是要组团召唤出什么，真像个邪教团体。

那段时间里，我整个人都崩溃了。清晨下班回来，抓紧一切时间上床，拼命想赶在大妈们集结前睡着。但常常就是刚要睡着，笛子声就像警报一样响起来了。“嗑药”女高音虽然嗓音吓人，但普通话却不怎么标准。开头的一句“老年养生健身操”，听起来像是“老娘养生健身操”一样。

音乐声一响，我就彻底睡不着了，因为这音浪太强。四十分钟后，大妈们终于心满意足地完成了养生大业。北京初夏的太阳已经晒得整个阳台金碧辉煌，我很难再睡着了，自己像躺在维也纳金色大厅里一样。

我就这样被大妈们摧残着，整个人每天都浑浑噩噩的。音箱里放着的时代金曲《潇洒走一回》，我已经耳熟能详了。有一天上班的时候，我跑去酒店员工厕所蹲坑，使劲儿的工夫里，我不知不觉就唱了起来："我拿青春赌明天，你用真情换此生……"

直到隔壁的厕所里，有人用力砸门："还让不让人好好拉屎了！"我才反应过来，吓出一身冷汗。

被大妈们骚扰了差不多一个月后，有一天，我终于崩溃了。

那天我还是夜班，门外站了一宿，一直没什么事儿。到了早上五点多，突然忙了起来。有个旅行团要退房赶飞机，我和王牛郎楼上楼下跑了无数趟帮着拿行李。刚把旅行团送走，我准备下班。可这个时候，我遇到了一个酒店全体员工最害怕的"亲爹"型客人。

酒店这种地方，就像一个小国家一样，跨进门来的都是客。但客人也分三六九等。

最有钱的，总统套房一租一个月，各种费用加起来，能买辆不错的德国车了。

也有来出差的白领或公务员，差旅费能报销，结账的时候会问前台，账单上他点播的收费色情电影，发票能不能写成教材费用。

一家三口来北京旅游，挤在最便宜的双床标间，临走前，小孩儿吃了 minibar（迷你酒吧）的巧克力，但父母死活不肯掏这个钱，全家跟前台嚷嚷半天。

底层的客人，每天晚上都会出现在大堂里，她们露着大白腿，画着黑眼线，打扮得都很有东方美。她们有的晚上能混进客房，有的在酒吧坐到半夜，原封不动地离开。这些人是主打外国客人的个体鸡，英语几乎都过了六级。

客人们每天在我们身边来来去去。有的客人会亲切地叫我们名牌上的名字，大部分客人直接无视我们。有的客人会走到我们身边，开口会微笑着先说“请问”。但也有的客人会觉得我们是他高级生活里的附属品。

曾经来过一个小女孩儿，七八岁的样子，长得可爱极了。小女孩儿背着书包走向我，大眼睛盯着我看，我笑眯眯地蹲下来，然后她把书包往我怀里一塞，口齿清晰，一个字一个字地说：“你帮我背。妈妈说你是我们的仆人。”

这些客人的所有行为，都在我们的接受范围内。

但是亲爹型客人不同。这种人简单说就是躁狂症晚期了，可能生活中无处发泄，所以他们会在住进酒店后，粉墨登场，把想发泄的都发泄个痛快。

亲爹型客人从踏进酒店开始，就希望大堂所有员工能全体跪下，冲他磕头叫爹。在前台办入住时，他就开始找麻烦。交着普通标间的钱，非要升级成行政套房。理由可能仅仅是：“我看得起你们，才住你们酒店的。”

住进房间后，又开始找客房的碴儿，浴室太小，被子不软，窗外八百米开外有棵树挡住了他的视线。

对于这种客人，我们的宗旨就是惹不起躲得起。别说跟他要小费了，让我们倒贴钱都行，只要能赶紧把这位爹送走。

那天清晨，我遇到的就是这样一位客人。

这客人四十多岁，身材精瘦，穿件小老板常爱穿的大 logo 马球衫，颧骨很高，垮着脸，红着眼。在前台退房时，我们隔着大门玻璃，就看到他在那儿跳着脚骂。王牛郎进去打听了一下，出来跟我说，咱俩小心点儿，客房的人说这傻 × 包了间房打牌，打一通宵，输钱输急眼了。

这位“亲爹”结束了和前台的骂战，一路向大门走来，经过我时，扔给我一个泊车牌。“取车，赶紧的。”

王牛郎担心地看了看我，我拿上钥匙，一路小跑，到地下停车场去取车。是一辆宝马，很长时间没洗过了。

我上了车，虽然不打算挣小费，但我还是按照王牛郎的教导，开窗换气，开冷风，打开收音机，调到了音乐台。我喜欢做这些事儿，抱怨归抱怨，我还是喜欢这些举手之劳的小动作，能给离开的客人留下点儿回忆。

我小心翼翼地把车开了上来，停在客人身边。刚下车，这客人就推开我钻进车里了，留下一句“真他妈磨叽”。

看着这辆脏兮兮的宝马消失在视线里，我和王牛郎都松了口气。

我和王牛郎这口气还没松完，突然，那辆宝马车又开回来了。开得速度很快，在我们酒店门前，一个急刹车。刚送走的客人怒气冲冲地下车，伸手指着我鼻子就冲过来了。

“谁让你丫动我车了？！”

我被问得一愣。

客人伸手掐着我脖子，把我往车窗那儿拖，又大吼着问了我一遍：“谁让你动我收音机了！”

我脖子被他拧得很难受，他大吼时，口水喷了我一脸。

“我想您要开车上路，现在时间比较早，听音乐可以提提神。”我努力解释。

他把我用力一推，我撞在了车门上，他接着骂：“这他妈是你车吗！

这车你碰得起吗？！”他突然又拽着我胳膊，走向车尾，指着保险杠上一条小刮痕，“说！你取车的时候，是不是给我蹭了！”

我立刻明白他是在找碴儿了。那条刮痕看起来年代久远，根本不可能是刚刚蹭的。他在牌桌上输多了钱，现在来讹我们了。

王牛郎拿着泊车牌走了过来，站到了我和客人之间：“先生，您入住时，我们帮您泊车是有规定流程的。您看，这个牌子上印着一辆车的平面图，在泊车时，我们会把车体状况全部记录在这张图上，撞击或者划痕都会写上。您看，您这条划痕，在平面图上有记录，这证明车在交给我们之前，就已经有这条划痕了。”

王牛郎耐心地向客人解释，客人直勾勾地瞪着他，琢磨了一会儿，接着犯浑：“别他妈跟我吹牛！没准儿是你们丫后画上去的呢！”

王牛郎有点儿急了，说话也冲起来：“先生，到目前为止，我们所做的都符合酒店流程。您的车不是我们蹭的，他为您开空调和打开收音机，也是我们酒店人性化服务的一项……”

王牛郎话还没说完，客人噌地钻进车里，把收音机关了，从杂物箱里抽出一张 CD，“人性化你妈啊！我是听那种歌的人吗?！你认识我吗你碰我东西！老子是他妈听佛经的！怪不得一晚上走背字儿呢，就是你们丫这个傻 × 酒店！傻 × 看门的！他妈的动我东西，坏老子风水……”客人突然把那张 CD 向我甩过来，亮闪闪的 CD 盘擦着我的脸飞过去，我眼睛下面一凉，伸手摸摸，破了个小口，流血了。

我在原地愣住了，王牛郎急了。

王牛郎冲上去把客人压在了车上，然后冲我喊：“叫保安！”

客人在车上腾出手打王牛郎，嘴里还在骂：“还叫保安? 老子他妈的一个电话，号子里关你们丫一年！”

王牛郎死死按着客人，但腿上挨了客人好几脚。前厅经理冲出来，万幸的是那天不是鲇鱼精值班。

前厅经理开始跟客人道歉，保证会严肃处理我们，最后又免了他的房费。这位客人终于骂骂咧咧地走了。

酒店里的任何员工和客人发生了冲突，都要直接和人事部汇报。那天下了班，人事部的经理找我去谈话。这经理是个美国人，五十多岁，在北京待了很多年，中文说得很好。

我向他汇报了事情的整个经过。他沉默地听着，我说完后，他抬头看着我，手里摆弄着圆珠笔。

“Philip，我们酒店内部的员工服务准则里，第一条是什么？”

我想了想：“客人是不会撒谎的。任何问题都要先从员工自身去反思和处理。”

美国人看看我，耸耸肩：“为什么你刚刚没有按照这一条去做呢？”

我沉默了。不知道该回答他什么。

我心里觉得很委屈。但我也知道我的委屈他是不在乎的。

最后，我只是安安静静地听他把酒店的原则重申了一遍，然后他像法外开恩一样，说这次可以算是特殊情况，不会在我的档案里记录下来。而王牛郎因为和客人动手了，所以要扣他半个月奖金，还要重新在酒店员工管理委员会的监督下，学习两周的员工守则，这不算加班，需要占用他自己的休息时间。

从经理办公室里离开，我呆滞地走在走廊上。员工区的这条走廊很长，一头连着更衣室，另一头连着食堂，是我们每天的必经之路。酒店见缝插针地，在走廊的墙上，贴了很多中英文双语的酒店目标和口号。

我在其中一张海报前站住了。那张海报上用大字写着：

“INTEGRITY——代表正直。我们永远做正确的事情。We do the

right thing，all the time.”

走廊上亮着刺眼的白炽灯，我盯着这张海报看了很久之后，伸手把它扯了下来，揉成一团，攥在手里，然后扔在了地上。

这一天的清晨，我回到家，脱了衣服，爬上床。我一动不动，浑身都是僵的。

我想要赶快睡着，睡着以后，我就能做梦，就能去编另外一个故事了。而醒着的时候，失败不是我故事的开始，也不是故事的结束，而是这个故事的全部。

就在这个时候，窗外的广场舞音乐，又响起来了。

笛子拉响警报。

女声高亢地大喊：“老娘养生健身操！现在开始！”

我噌地从床上爬了起来，拉开窗帘，站在飘窗上，俯视着楼下的大妈们。

她们一个个朝气蓬勃，看起来睡眠质量都很好。她们眼神炯炯，身姿矫健，迎着天空失心疯一样地蹦跶着。

怎么就这么想长命百岁？

怎么就这么不顾一切地想老而不死呢？

不远处，太阳在楼宇间升起来了。阳光笔直地照向了穿着裤衩站在飘窗上的我。

我感觉自己的每一个毛孔都在吸收热量。

我心里有什么东西蒸腾起来了。

我刻意遗忘了很久的事实，努力去违背的身世，在这一刻，我都想起来了。

我。

可是一个东北爷们儿啊。

小时候，我爹会突然冲回家拿菜刀，就因为和小区邻居玩儿抽王八，对方使了诈。

我妈在菜市场买菜，拿甘蔗当凶器，都能以一敌百，横扫一大片。

我从小生活的，是一片女人穿大貂、男人玩儿砍刀的土地。

每一条街道上，“你瞅啥？再瞅削你啊”是我们的问候语。

每一家饭馆里，一半的人在喝酒润嗓儿，一半的人在大声嚷嚷，但最后总会有人拿起酒瓶子互砸互砍问候对方的爹娘。

每一个小区里，都住着个心有猛虎，背有刀疤的传奇。

我们说急就急，宁可头破血流也不能受委屈。

我们好面子，事关尊严，就算是走路时不小心掉沟里，胳膊打了石膏，和别人解释起来，也得说是喝多以后徒手拦了辆挖掘机。

我来自这片土地。我天生就应该有这样的技能。

可能是从丹东来北京时，在火车站，我那个脾气暴躁的爹，站在月台上，生平第一次对我说出一句软话：“北京大，别惹事儿，惹事儿爹罩不了你。”

就是这句话，把我的技能封禁了。

我开始看人脸色，懂得了怎么委曲求全，最后还像个窝囊废一样瘫在这张床上，学会了自得其乐。

但是今天，此时此刻，我盯着楼下的这群大妈，愤怒已经点火燃烧了。

酒店的客人欺负我。

鲇鱼精欺负我。

你们也来欺负我？

我都退守到这个地步了，退无可退，就剩一张床了，你们还不放过我？

我已经无欲无求了，已经与世无争了，就想躺着睡个觉，做个梦，醒来好精力充沛地去装孙子，这都不行？

还攻到我窗户下面来了，还放着这么难听的歌，跳着这么气势汹汹的舞，就这么歌舞升平地欺负起了我？

不能忍了。

我开始一件一件地穿衣服，下床。

我走出房间，穿过走廊，走向客厅。

王爷正坐在沙发上，手里拎着一个酒瓶子，困得迷迷糊糊的，看我从他身边走过去，半睁着眼问我："还没睡？哪儿去啊？"

我夺过他手里的啤酒瓶，目不斜视地走向大门。

我庄重地告诉他："我，要下楼。"

关门的时候，王爷在里面嘟囔：傻 ×，你丫梦游了吧？

我不是梦游。

作为东北人的我，从这一刻起，觉醒了。

03

每一位广场舞大妈，都有可能是你未来的丈母娘啊。

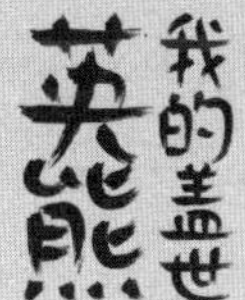

我手里拎着酒瓶子，一步一步下楼，穿过黝黑狭窄的走廊，用力踹开了单元门。

门外是一片刺眼的阳光。

我站进阳光里，不远处，群魔乱舞的地方，就是我的战场。

我把酒瓶揣进羽绒服口袋里，踏着音乐声，径直走向舞群。

大妈们没有感受到她们身后的危险，还在美滋滋地跳着。她们组成了一个棋盘一样的正方形，最前面有一个老太太在领操，她身边，放着的就是那个万恶的音箱。

我慢慢走向舞群，站在棋盘的最外沿，气运丹田，两手攥拳，召唤出了我大东北子民的战斗之魂。

我大喊了一声："你们这是在扰民啊！"

喊完，我自己都被吓了一跳。可是，前方舞群里，只有最靠近我的一个老太太回头看了看我，白了我一眼，然后转身，继续跳起来。

无视我？

看来不动真格是不行了。

我径直走进了舞群，打乱她们的队形，站到了棋盘的正中央，再次大喊一声："你们这是在扰民啊！！！"

大妈们终于正视我了。

但奇怪的是，她们只是看着我，音乐没有停，她们也没有停止自己的舞蹈动作。

音响里，"嗑药"女声还在解说着："弯腰低头，双臂垂直，左右摆动……"

所有的大妈都在做着这个动作，半弯着腰，抬头盯着我，两条胳膊左右晃动着。

我忽略面前这奇怪的一幕，死死地看向最前面领舞的大妈。因为我知道她一定是管事儿的。大妈也看向我，但表情却很不屑，她转头看着第一排的花衬衫大妈，向她使了一个眼色。

花衬衫收到指示，转身，弯腰垂臂，晃荡着两条胳膊，一路冲着我过来了。

花衬衫向我跳过来的时候，其他大妈也动起来了。

花衬衫一马当先，站在了我的面前，其他大妈自动地舞成了一个里外三层的圆。她们全体都还随着音乐，保持着这个猴子捞月的姿势，把我像花蕊一样裹在了里面。

我面前是几十条左右晃动的胳膊，大妈们全部高耸着肩膀，半弯着腰。她们集体保持着谜一样的沉默，谁都不说话，只是盯着我，眼神里充满了攻击性。

我四周只有胳膊划出的风声，呼呼作响。

四面八方，全部都是舞动着的胳膊。

笛声刺耳，"嗑药"女声还在解说："想象自己双臂如柳叶，柔软随风晃动。又好似水中摸鱼，顺势而动……"

我方寸大乱，这些胳膊晃得我眼花缭乱。

她们左右晃动间，形成了叠加和重影，像是复制出了无数条胳膊出来，我被困在了移形幻影的阵里面。

我抬脚，拼命闯出胳膊阵，冲到了这个黑洞的外围。

我跑到音箱旁，迅速扫视，然后一掌关掉了音箱。

四周终于安静了。

大妈们直起身来，胳膊终于不晃了。她们成群结队地逼近我。

两军终于要正面交锋了。

花衬衫一脸怒气地准备开口，但最前方穿健美裤的领舞大妈一伸手，制止了她。

健美裤大妈站到我对面，单手叉腰，挑眉，脸颊上的肉一紧。她开口说："小伙子，找碴儿是不是？"

一句话说出来，我确定了大妈的身份：北京人，年轻的时候肯定不是善茬儿，在"倚老卖老"领域应该是专业选手。

我伸手指向不远处我的阳台，说道："我……我就住楼上。老……老上夜班，回来想睡觉，你们在这儿跳舞，我睡都睡不着了！忍……忍你们好久了！"

不知道为什么，我开始有点儿结巴。

健美裤一脸的云淡风轻："呦，那还真是对不住您了。"

"不是对不起的事儿……"

"合着这花园是您家的？"健美裤打断了我。

四周开始营造起不祥的气场。

"那您把产权证拿给我们看看，看完我们抬屁股就走。"

我被问得一愣。

大妈脸色一变："扰民？扰了哪儿的民啊？你一个人就能代表人民群众啊？这花园是你家的吗？"

大妈伸手指向我的阳台："住一小破房，还得把这五百平方米花园划拉你家去？那您怎么不去买别墅啊？别墅清静着呢。"

"您、您怎么不讲道理……"

花衬衫这时站出来了，接替了健美裤的发言，开口是浓浓的南方口音。

"哪个人不讲道理了？我看是你这个小愣头不讲道理哦。我们在公共区域里健身，又没站你家床头跳，凭什么讲我们扰民啊？"

又一个血红汗衫大妈加入了战斗："再说了，扰民你找居委会啊。"

"别人都没事儿，全小区的人就你要睡觉啊？"一个烫着方便面头的大妈说。

渐渐地，所有的大妈都开始七嘴八舌地发言了。

"现在的年轻人都怎么回事儿！"

"正常人谁不要上班上学啊？这个时间早起来了！"

"上夜班？看你这样也不像是上正经夜班的。"

"你是小区住户吗？没怎么见过啊，租房的吧？有暂住证吗？"

…………

她们开始组团攻击我，从我的申诉理由到我的合法身份，全被她们推翻了。

我根本插不上话，怒火仍在胸中燃烧，但那怒火给罩了一个玻璃罩，火苗苟延残喘着。

话已至此，我也就不留后路了。

我伸手掏兜，拎出了我的酒瓶子。

我举起酒瓶，大喝一口，以此来壮壮士气。喝完，我一个甩手，把酒瓶子摔在了地上。

大妈们不说话了。

四周安静了一秒。

突然，大妈们集体避开了，一边躲一边捂着鼻子。“什么味儿啊！”

“尿臊！”

“真够恶心的哟。”

我嘴里的酒没有咽下去。

确切地说，那不是酒，是尿。

从王爷身边顺手抄起的啤酒瓶里，装的是尿。

健美裤大妈气势汹汹地向我走来，我一紧张，咕咚一声，尿咽下去了。

健美裤大妈指着我鼻子开骂了：“还带家伙来哪？还想泼我们尿？我看你是不要命了吧？我们老姐妹玩儿这套的时候，你还是液体哪。都不说你真把我怎么着了，就现在，我往这玻璃碴子上一躺，我就不动了。警察一来，我说我脑出血了，你赔得起吗？你后半辈子交待在这儿了！小伙子！”

我胃里翻江倒海，嘴里阵阵尿腥，视线一片模糊。我腰发酸，腿发软。

健美裤白我一眼，转身走向音箱，重新插上了电源。笛子声又响了起来。

我胸里一阵憋闷，一口痰上不上下不下地卡在了嗓子眼儿，我一边拍胸，一边咳嗽起来。

大妈们跟随着讲解踢起了腿，踢得虎虎生风。我无力地捶着胸，嗓子眼儿里冒着血腥。

健美裤走到我身边，看着正在拍胸脯的我。

“别拍了，我们不是声控的。”

她用这句话轻描淡写地结束了战斗。

上楼以后，我一脚踹醒了沙发上的王爷。

“你、你啤酒瓶里，怎么有尿？”

王爷睡得迷迷瞪瞪的：“小妹一直在厕所里洗澡，我憋、憋不住了啊。”

“那你他妈的跟我说一声啊！”

“谁知道你要干吗啊？我以为你帮我扔垃圾呢。”

我去厕所刷了半小时的牙，然后躺回了床上。

我真的不想活了。

豪气万丈地下楼，千疮百孔地回来，被一群大妈用语言轮奸了十分钟，还喝了王爷的尿。

东北人的脸，我算是丢尽了。

我颓废了好多天，缩在床上，不愿意再出门。

每当楼下的音乐响起时，之前我感到愤怒，现在就只有耻辱了。

因为我的下楼宣战，敌人已经知道了我的具体坐标，现在她们每天跳完操后，还会聚在我楼下大声聊天，刺耳的笑声时不时地传上来。

我听着她们的笑声，裹在被子里瑟瑟发抖，心在默默流泪。我努力安慰自己，人生可能就是这样的，有欢笑有泪水。一部分人负责欢笑，而像我这样的人专门负责泪水。

过了不久，到了我的生日。王爷和陈精典两口子非要给我庆祝。我跟他们说我不想过生日，一年年有什么好庆祝的，无非是离躺坟坑里又近了一小步。陈精典那时察觉到了我的厌世情绪，他从自己的一本名人名言小手册上，找到一句话安慰我。他说：“想死是很正常的。一个伟人说过，‘我从未在生活中碰到过一个连一次自杀也没想过的人’。”

陈精典经常喜欢抄名人名言，也特别喜欢和我们分享。但我们对他这些名言的可信程度，从来都报以怀疑态度。

“这么二百五的话，谁说的啊？你瞎编的吧？”

陈精典愣了一下，明显忘了这话的出处。所以他随口说：“莎士比亚啦。”

后来我认真地查了查，说这话的人叫李维，是一个富二代，古罗马时期的历史学家，花一辈子工夫写了一百四十二卷罗马野史。确实是伟人，值得尊敬。

生日那天，王爷和王牛郎一起请我吃了顿烤肉，陈精典和小妹给我买了个生日蛋糕。吹灭了生日蛋糕上的蜡烛后，我二十八岁了。

嘴上说已经活够了，但在吹蜡烛的那一瞬间，我还是想挣扎一下。我许了个愿，愿望非常简单，就只是：给我点儿活头吧！哪怕在新的一岁里，买彩票能让我中个五块钱，也是老天爷您想留我的暗号，不是吗？

我没有想到，我这个卑微的祈祷，在一周后，老天爷帮我实现了。而且，并不是让我中了五块钱那么简单。

那是一个寻常的清晨，我下了夜班，很困，想睡却不能睡。我靠在飘窗上，麻木地注视着楼下的大妈们。

我已经渐渐把她们的组织分工摸清了。

健美裤是老大，花衬衫是副手，其他人都是小弟。她们这个组织非常严密，行动迅速，时间观念极强，说好几点开练就是几点，偶尔有迟到的人，会很不好意思地从远处就开始跳，一路浑水摸鱼地偷偷插进队伍里来。除非是大风大雨，她们会取消活动，一般的阴天儿雾霾根本拦不住她们。就算是下小雨，她们只是在音箱上套一个巨大的塑料袋，然后照跳不误。

那天，我正痴痴地看着这个无懈可击的战斗团体，突然不远处的树林里，走出来一个姑娘。

这个姑娘手上拎着一串钥匙，走向花衬衫，然后把钥匙塞进了花衬衫手里。

花衬衫停止了舞动，把这个姑娘介绍给大家，看样子，两人像是母女。

我整个人都僵住了，死死盯着那个姑娘，又拿起望远镜确定了一遍。

那个来给花衬衫送钥匙的姑娘，就是我的观音姐姐，我的偷窥对象，我的完美大长腿——我一直在追踪的空姐女神。

女神走出了对面的西德小区，横穿过柏林墙，毫无征兆地，就这么突然出现在了我眼前，身下，直径五十米的花园里。

那一刻，我突然想起了不久前，我和陈精典、王牛郎一起吃麻辣烫。在麻辣烫的小摊子上，王牛郎就着啤酒聊起了“该不该信命”这个话题。

陈精典说人得信命，也得信缘分。“莎士比亚说过，每一只麻雀的死，都有特殊的天意。”陈精典咬文嚼字地说。

王牛郎一边吸溜着宽粉，一边说：“哥哥也送你一句名言：裤裆里拉胡琴——别瞎扯淡了。”

那一刻，看着近在咫尺的女神，我突然想起了陈精典曾经说过的这句话。

每一只麻雀的死，都有特殊的天意。

每一位广场舞大妈，都有可能是你未来的丈母娘啊。

那天之后，我认真想了很久，甚至第一次计划起了自己的未来，谨慎程度堪比面对高考卷子上的选择题。

楼下的这片小花园，花衬衫和女神的关系，是我接近女神的唯一生机。

我想要拉住女神的手，搂住女神的腰，我想和她翻山跨海，翱翔于祖国大地。我想和她过日子，她做饭，我洗碗，我想让我儿子叫她妈咪。

在无法接近女神的日子里，以上，是我豪气万丈的想象。

但现在，莎士比亚告诉了我什么叫天意，我的想象开始变得实际了。只要女神能知道世界上有我这么个人存在，我就圆满了。

我制订了作战方案，方案很简单：下楼—接近花衬衫—讨好花衬衫—跪舔花衬衫—获得花衬衫的引见—接近女神—讨好女神—跪舔女神—得到女神的爱。得不到我也心甘情愿。

我人生第一次，产生了一种类似“奋斗”一样的冲动情绪。

对于该怎么接近花衬衫，我仔细考虑了一下方式，发现可选项其实只有一个。

2012 年 6 月 6 日，我特意选了这么个吉利的日子。那天我是下午的班，但清晨六点，闹钟还没响，我自己先睁眼了。我穿上了一条特意买的新运动裤，白背心也认真洗过了。刮胡子、洗脸、检查鼻毛有没有长出来，甚至还多余地掏了掏耳朵。

下楼后，大妈们还没来，我在草丛边的长椅上潜伏着。六点半，大妈们陆陆续续地来了。我未来的丈母娘今天穿了一件鲜艳的红绿撞色长衫，配黄色打底裤，像一盏交通灯一样远远地向我走来。

我在草丛里按兵不动，静静看她们排好队形。健美裤大妈按下音箱开关，笛声响起，她们开始做热身运动。

第三节跳跃运动开始了。好！就是现在！

我从草丛里蹿了出来。

“抬起左腿，左臂向后伸展，右臂拍打抬起的左腿，跳跃。抬起右腿，右臂向后伸展，左臂拍打右腿，跳跃。此动作轮流交替进行。”

我高高地抬起大腿，用力伸展着手臂，一路策马扬鞭，向大妈们蹦了过去。原地做着动作的大妈们，全体瞪着朝她们的方向进击的我。

我舞动着大腿，伸展着双臂，身体僵硬，动作滑稽，但我微笑注视着大家，讨好地看向我的岳母：妈，您看，我的眼神是多么坚毅啊。

我就这么在众目睽睽之下，非常张扬地跳跃进了队伍里，以奋不顾身的姿态，向所有人宣告了我也要开始舞动人生的决定。

2012 年 6 月 6 日，这一天的新闻有：重庆上空出现金星凌日奇观，错过这次要再等一百零五年；外交部说，中方没有兴趣公布美国城市空气质量数据；商务部调查发现，上周大蒜价格上涨两成多；北京一高考考生路边摊吃坏肚子，城管对全市违规摊点进行整治；天气状况是华北平原晴热，东北江南多雨。

而这一天对我来说，不同于往常的任何一天。

这一天的广场舞，因为我的存在，也变得不一样了。

大妈们的方队中，强行插入了人高马大的我。我认真地疏通经络，活血化瘀；我左右侧步小跳，双手向内勾拳；我激情拥抱太阳，妖娆转动脚尖。

我，张散光，从这一天，也要开始长命百岁了。

那天的广场舞跳完，关掉音乐，大家转身防备地看着我。健美裤大妈向我走过来。

“你想干吗啊？”

我向前一步，真诚地看着她：“阿姨，之前是我错了，是我的生活方式有问题。从今天起，我也想加入你们，开始好好锻炼身体。”

我一边说着，一边看向我岳母，献给她一个暖心的笑容，用眼神告诉她：“这都是为了你。”

健美裤大妈从上到下打量我一遍，开口说：“你什么情况？大小伙子不能去跑跑步、游游泳？跟我们养哪门子生啊？”

“我就想从最有用的开始学起。您这套操，我觉得很科学。”

“有毛病吧你。”

健美裤大妈不再说话了，一脸懒得理我的表情，转身去收拾音箱。其他大妈也三三两两地离开了。

虽然没有立刻被组织接纳，但没关系。我相信给我一段时间，她们一定会发现我是一个彬彬有礼、细致入微、待人接物极有分寸、如阳光般温暖、如春风般和煦的优秀青年。

我有这个信心。因为，她们面对的，可是一个训练有素，经历过系统礼仪培训，以博人好感来赚取小费的专业门童兼泊车小弟。

在不被大妈们接纳的日子里，不管她们愿不愿意，每天清晨，我都会准时出现在方队里。

我认真地聆听讲解，确保每个动作都规范标准。

我跟随着旋律和节拍，感受每一次伸展的力与美。

刚开始跳时，其中有几节，我觉得有一些羞耻。

一节是搓脸运动。这一节的主要动作就是双手快速搓脸。上下搓，左右搓，顺时针、逆时针地搓，时长三分钟。每次搓完这三分钟，我都会觉得自己口歪眼斜，皮干肉燥，我已经不是我了。

另一节，叫转舌运动。如字面所言，这一节，就是双臂放在大腿两侧，笔直地站着不动，闭嘴，紧贴着牙齿转动舌头。这是充满了诡异气息的一节。三十多个老太太，全部笔直站着，紧闭双唇，嘴里缓缓嚅动。这时经过的路人，总会恐慌地看着我们，以为我们是受到了什么无声的诅咒。

渐渐地，所有小节我都熟能生巧了，并且能毫无心理压力地完成。

与此同时，我开始一步步接近大妈们，通过偷听、搭茬儿、没皮没脸地套话等种种方式，获取我想要的信息。

在心与心的接近中，大妈们不像刚开始一样排斥我了，偶尔还会指导一下我的动作。虽然健美裤大妈还是不给我好脸色，我岳母也依旧无视我，但我已经把她们的名字、身份都摸清楚了。

健美裤大妈姓孙，全名孙彩霞，北京人，五十六岁，体形敦实，微胖，热爱穿健美裤、白布鞋，搭配朴实麻汗衫，走不修边幅的老年森女风。退休前是王府井妇女百货用品商店尿布销售员。现任朝阳区西坝河贫穷东德小区花园舞蹈团团长。

我岳母姓柳，全名柳美莉，上海人，五十四岁，身材修长，保养得当，热爱穿撞色服饰搭配夸张首饰，烟花烫短发，极具时尚名媛气息。职业不详。年轻时曾系统学习过交谊舞，有艺术鉴赏力。现居住于朝阳区西坝河高端西德小区，是贫穷东德小区花园舞蹈团的高级会员。

其余的大妈，按各自住址，分为两拨。有十来个是跟随柳大妈，从西德小区跨街而来的。剩下的人，都住在我们东德小区，和孙彩霞几乎全部认识。

把大家的背景摸得七七八八了，我准备开始按照计划接近柳大妈。为此，我开始向立志“嫁”给富婆的王牛郎取经，钻研起讨好中老年妇女的秘籍。

但就在我摩拳擦掌，准备向梦想发起进攻时，事情又起了变化。

04

每一天的广场舞操练，都变得血雨腥风起来。

有人的地方就有江湖。江湖是不可能永远保持平静的，不是瞬间风云变幻，就是平静表面下暗流翻涌。

广场舞也是一个小江湖。

就在我美滋滋地旋转，跳跃，追随大妈们的步伐时，舞团内部产生了分裂。

在所有的广场舞大妈心中，最宝贵的，就是脚下这片地，一旦占领，就要脚下生根，绝不可能拱手让人。

其次重要的，就是音箱。小小的手提音箱，只有按响它的那一刻，大妈们的脚步才能有魂。而每天拎着音箱来去，按下音箱开关键的那个人，就是这个舞团的王者，代表着至高无上的权力。

孙彩霞大妈，是我们舞团的音箱负责人。音箱是她的，微波炉大的国产杂牌音箱，她每天用滚轮小车拖来，放好，然后站在音箱一侧，宝相庄严地按下开关，然后站在队伍前方领舞。她的权威，我们从未质疑过。

但有一天，有一个人站了出来。那天她来得很早，也推了一个大妈菜市场购物必备的单品——滚轮小推车。车上放着一个全新的音箱。

她把新音箱在广场上放好，然后静静站着，表情决绝。

这个人，就是我岳母柳美莉。

不久，孙彩霞来了，推着小推车。当她看到广场上另外的一台音箱时，愣住了。

其他人不知道发生了什么，大家沉默着，不安着。

柳美莉笑了，她手持推车，上前一步：“孙姐，我前几天买的音箱，外国的，音质好，声音也大。咱们试试吧？”

南方女人柳美莉向北方大姐孙彩霞，发出了看似贴心的邀请。

北方大姐孙彩霞面容僵硬，决定以退为进：“哎你这不是瞎花钱嘛，咱的音箱还能凑合用呢。那，买都买了，也别糟蹋了。等等啊，我把 U 盘给你。”

柳美莉伸手一拦：“孙姐，我今天拷了新歌，现在最火的快乐踩脚操。我看别的小区都跳这个，咱们也学学，好伐？”

孙彩霞要急了，拿着 U 盘的手开始颤抖：“这哪儿是一时半会儿能学会的？”

柳美莉二话不说，按下了音箱开关。

柳美莉站到了孙彩霞曾经的位置上。“我会，我来教你。”

孙彩霞打下的江山，就这么拱手让了出去。

从那一天开始，每一天的广场舞操练，都变得血雨腥风起来。

因为一次大意，孙彩霞大妈失去了大局的控制权，还被迫学了柳美莉带来的快乐踩脚操。从那一天起，孙大妈就不敢再轻敌了。

以前，六点半开始的跳操，她最多提前十分钟来，来了以后，气定神闲地热热身，和其他大妈交流一下早饭的食谱之类的家常话题。

但现在，孙大妈总是提前很久就推着小推车出现在了空地上。清晨的小花园，毫无人迹，树影摇摆间，孙大妈独自一人推车伫立着，像是在为所有仍在睡梦中的人站岗。

而柳大妈也不愿放弃胜利的果实，她也开始提前出现。有时两人一前一后抵达了花园，两台音箱狭路相逢，两人便表面客气地相互推让。“今天用你的吧。”“别呀，你好不容易推来的，用你的吧。”但手却都放在各自的音箱上面。

用谁的音箱，就代表要接受什么样的曲风。

长久以来，我们一直跟随着孙大妈，在笛子旋律和“嗑药”女声的伴随下，跳起养生回春操。回春操情绪舒缓，动作简单，以舒筋活络、增强体质为基本目的。简单纯朴，正如孙大妈本身的气质。

而柳大妈带来的快乐跺脚操，则是一番与众不同的新面貌。

该操节奏明快，动作夸张，电子乐的伴奏里，公鸭嗓儿的男解说员煽动性十足地喊着口号：“跺脚！跺脚！再次用力跺脚！提臀！提臀！充满了精气神！”

快乐跺脚操充满青春气息，就如柳大妈一样，撞色外衣下包裹着一颗躁动的心，她根本就不服老，何谈回春?

而其他大妈，对曲风的变化，也有各自的看法。有人觉得跺脚操太躁，容易晕，不是老年人的菜。但也有大妈跳过之后大汗淋漓地表示：过瘾，老过瘾了。

曲风代表了品位，孙大妈坚守的回春派和柳大妈的快乐操，产生了原则上的碰撞。为了让自己的权力得到巩固，两位大妈开始抢人了。

从西德小区来的大妈们，当然二话不说地站在了快乐跺脚操一边，但东德小区人多势众，又是自己的小区地盘，孙大妈也不是没有胜算。

而这时，为了加速夺权进程，柳美莉大妈开始收买人心。每天来的时候，除了音箱，她开始带一些别的东西。

有时是一盒巧克力：“我家小孩儿从瑞士带回来的，甜而不腻哦。没有糖尿病的都来尝一块嘛。”

有时是几块香皂：“竹炭的，不伤手哦。”

有一次甚至还带了一屉包子：“我早上五点开始蒸，里面包了日本大虾仁儿，我包你好吃得舌头都掉下来。”

香港的药膏、韩国的刷锅布、澳洲的绵羊油……来自世界各地的小玩意儿，被柳大妈很有针对性地送给了孙大妈队伍里最爱占小便宜的几位。

孙大妈对这种资本主义式的物质腐蚀很想反抗，但她贫穷东德小区资深住户的身份，又让她无力还击。柳大妈的进攻节节逼近，孙大妈强撑着不肯低头。气氛剑拔弩张。

每天清晨我们站到广场上，不到最后一刻，根本不知道会跟随着什么旋律起舞。

生命充满了变幻莫测。

终于有一天，几乎快要被集体叛变的孙大妈，选择了背水一战，正式发表了和柳大妈邦交终止的宣言。

而我怎么都没有想到，在这两位妇女的政治斗争中，我却被逼上了历史舞台，成了牺牲品。

那天清晨，孙大妈获得了暂时性的胜利，我们跳了养生回春操。跳完操后，我刚想离开，孙大妈却叫住了我。

“那孩子！你过来。”

我一愣，懵懂地走向她。

所有的大妈都还没走，一齐看向我俩。

“你叫什么名儿啊？”

“张光正。您叫我小张就行。”

孙大妈不感兴趣地点点头：“你跟着我们跳，有一个来月了吧？”

我点点头。

“以后还想接着跳吗？”

“想。”

孙大妈抬手指指我住的阳台：“你就住那楼上是吗？”

“对。”

“那你帮我个忙。”

我拼命点头：“您说。”

猝不及防地，孙大妈抬手，把装着音箱的推车塞到了我手里。

“你住那么近，就楼上楼下的，以后音箱你负责。”

众目睽睽之下，我愣住了。

孙大妈看向柳大妈：“小柳啊，你住那么远，愿意跑我们这儿跳操，就是给我面子了。我可不愿意让你再每天拖着车跑来跑去的了。这事儿你就听老姐姐我的。音箱呢，我交给小张了，他就住这楼上，又年轻，这玩意儿搬上搬下的，他肯定没问题。”

柳大妈挺起了胸，像是要反抗：“我不嫌……”

孙大妈大手一挥，打断了她：“这事儿就这么定了。每天麻烦你，我心里真不落忍。小张，你听见我说的了吗？”孙大妈看向我。

“啊？”

“以后每天六点二十，你帮我把音箱搬下来。”

那一瞬间，柳大妈的篡权起义，得到了孙大妈的强权镇压。

之前混战中的广场舞大妈们，清晰地分成了两派，一派是柳大妈的人，另一派是孙大妈的兵。

而本来只是潜伏其中，为了爱情而闻鸡起舞的平凡的我，却卷入了这场权力的游戏中。

孙大妈直勾勾地盯着我："听见了吗？！"

柳大妈也瞪着我。

我很想甩手把这辆小推车一扔，干脆地说："不行，这责任太大了，我怕早上起不来。"

但在孙大妈豪气冲天的注视下，就像当初第一次和她交手时一样，我又㞞了。

我点了点头，说："您、您放心吧。"

孙大妈露出了满意的笑容。

而我的岳母恶狠狠地白了我一眼，转身离开了。

我一动不动地站在广场上，握着这如权杖般的小推车，真想跪地问苍天："我到底在干吗啊？"

不是为了讨好柳大妈，才选择了这样一种无视自尊的方式，混进这支队伍里来的吗？

我本将心向岳母。

无奈彩霞把我收。

从那一天起，我正式成了孙大妈的人。

日子一天天过着，北京进入了盛夏。我每天没精打采地上班，清晨下楼和大妈们共舞。人生再次抵达进退两难的境地。

我实在不想再跳下去了。虽然两个月跳下来，我的身体状况还真的有所好转。因为睡眠不足，运动过量，我瘦了好几斤，跑起步来，也会不自觉地挺胸收臀了。

但我还是不想跳了。

我对未来产生了迷茫。

女神一直没有出现，岳母持续地讨厌着我，也持续地对孙大妈的领舞地位虎视眈眈。而孙大妈得寸进尺，好像真的把我当成了她的小弟，每天跳操结束后，总想指使我去替她扛大米或是通水管，但都被我圆滑地拒绝了。

有一天，我妈给我打电话，交谈内容照例是那几样：

吃得好吗？——好极了。

北京热吗？——热死人了。

找对象了吗？——找不着啊。

你爹跟我什么时候能抱孙子啊？——嗐，看命吧。

临挂电话时，我问我妈：“妈，你跳广场舞吗？”

“我才多大啊？跳那玩意儿。”我妈扯着嗓子说，“再说了，没文化的才跳那个呢！我们智商高的都去打麻将了。”

我心里一酸，想到自己在舞场上的投入身影，深觉自己在“不孝子”的路上，走得更远了。

过了不久，我每天早上的秘密行动，被陈精典发现了。我一直很小心，每次都确定王爷和陈精典在睡觉，我才会放心下楼。但有一天，陈精典下了夜班，已经回小黑屋里躺下了，却被小妹拽了起来，非要出去吃早点。

结果俩人下楼时，正看到我跟在大妈们身后，做着大鹏展翅的动作。

我当时没发现陈精典，陈精典也没上来笑话我，而是喜闻乐见地把这事儿告诉了王牛郎。第二天清晨，做到“深蹲华尔兹”这一节时，我和我身边的一位大妈互相握着手，面对面，不停旋转自己的臀部。一个转身，我看到不远处，王牛郎、陈精典正笑眯眯地蹲在路边，冲我招手。王牛郎还拿出手机一直给我拍照。

那天晚上上夜班时，王牛郎凑了过来，一脸贱笑："孙贼，呛行是吧？"

"师父，你误会我了。"

"没事儿，别紧张。咱俩攻的市场不一样，我的客户比较高端，你呢，走的是浑水摸鱼路线。咱俩不冲突。"

"我真不是冲那个去的。"

"你别不好意思。我告诉你，咱北京城里，藏龙卧虎，破小区里照样住百万富婆。你今天相拥共舞的那位姐，别看穿得破衣烂衫的，没准儿名下就好多套房，每年光收租子十几万。人不可貌相，你得稳扎稳打，一步步地摸透她。师父我祝福你，加油吧。"

"师父您真是高看我了。"

"别客气。等傍上了，介绍她的好姐妹给我，就是报答。"

一进入夏天，值白班的日子就变得难熬了。虽然站在酒店大门下，头上有点儿阴凉，但依然很闷热。一动不动地站着都出汗，稍微跑动起来，后背就湿透了。每天帮客人开车门，手往玻璃上一搭，就是一个湿乎乎的爪子印。客人车里一抬头，都会觉得金光一闪——那是我们油光四射的脸。

针对这种情况，鲇鱼精又开始整幺蛾子了。

他向酒店管理层申报了一个礼宾部服务人员自我培训计划，这个计划的名字叫"闪光一刻"。

管理层通过了这个计划，管理层当然会通过一切主要目的是折腾我们，而又不需要他们多花钱的计划。

鲇鱼精操着他的广东普通话，开始向我们宣讲这个自我训练的内容。

"闪光一刻，是什么意思呢？就是说，你们，作为酒店门童，代表了客人对我们酒店的第一印象。好比两个人相亲，客人是女方，你们是男方，那客人一下车，第一眼看到的不是酒店，是你们。那你们说，这第一眼是不是好重要？这一眼决定了你们来不来电。人和人的相遇，其实好短暂，如何让客人第一眼就爱上你们，爱上我们的酒店，觉得‘哇，这家酒店好 decent（体面）’；如何让客人和你们相视的那一刻，就觉得‘What a wonderful day！’世界都美好起来了呢。这就是闪光一刻。这就是你们一直该做而没有做到的。”

“闪光一刻”的培训内容分成三部分。

第一部分：面部表情调整。当客人抵达时，须迅速调整表情，确认面容清爽，同时在心里默念：闪光一刻，开始。

为客人打开车门的瞬间，眼神不能呆滞，要清澈真诚。笑容不能僵硬，要表现出发自内心的温暖。用手为客人挡住车顶，车顶和客人头顶保持一拳距离。客人踏出车门时，用身体语言表示：欢迎您，亲爱的客人。

第二部分：客人表情分析。客人车门未开，与客人隔窗相望的瞬间，通过客人的面部表情，判断客人此时处于什么样的心情之中。如客人表情沮丧，门童需提高音量，露出灿烂笑容，振奋客人心情；如客人表情生气或躁动，门童需放低姿态，动作轻柔，令客人的心情得到缓解与放松。

第三部分：英语培训。国外客人抵达时，只有标准的口语问好，才能真正令客人感到宾至如归，仿佛置身于自己家乡，并非万里之外的异国。礼宾部门童一直存在英语口语词汇量少、措辞简单粗暴、口音重等问题，酒店管理层将组织大家进行系统学习。

听完鲇鱼精的介绍，王牛郎耷拉着眼皮说：“牛 ×，这是正式劝咱们出来卖啊。”

我们被鲇鱼精的“闪光一刻”折磨得欲仙欲死。每天三十分钟的英语培训可以混过去,客人一来我们就得犯贱也无所谓,但在这么热的夏天,鲇鱼精还要随时来抽查我们面部是否整洁，逼得我们只要一休息，就先冲到厕所里洗脸。后来，陈精典的小妹给他买了包吸油纸。我们堂堂七尺男儿，现在一有空就得抽出吸油纸巾，缩在角落里，拿着纸在脸上摁来摁去。

但我没想到，过了几天，我的闪光一刻，出现了。

我的女神降临在了花园里。我，和她正面相遇了。

05

我正式从一个胯下长着安全气囊的㞞货，升级成了骗子。

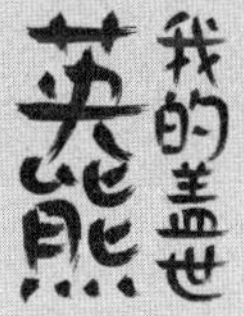

过了没几天，大事件发生了。

我的女神出现在了花园里，我，和她正面相遇了。

那天是 2012 年 8 月 12 日，王爷挂在床头的皇历上显示：宜：搬家，交易，祭祀，结婚，祈福。

这是一个被开过光的好日子。

那天早上，我的精神还很困顿，但身体已经熟练地随着音乐翩翩起舞。跳跃旋转中，小树林里，出现了一个我熟悉的身影。

就是因为太熟悉了，当她出现时，我以为我开始站着做梦了。

但女神却实实在在地出现在了我眼前，站在舞群外，拖着箱子，穿着制服，表情冷冷地看着我们。

柳大妈停下脚步，其他大妈也看向女神，孙大妈把音乐暂停了。

“妈，我没带钥匙。”

女神开口说话了，这是我第一次听到女神的声音。

那声音真好听，清脆里带着冷，她一开口，四周树上好像都挂了冰碴儿，我都想伸舌头上去舔了。

“哎呀，你怎么比我都糊涂。等我给你拿。有恩，你跟阿姨们打招呼啊。”

有恩，真是好名字啊。老天爷创造出你，可不就是对我们有恩吗？

有恩一动不动地站着，一边点头向其他大妈问好，一边等着柳大妈从大布包里掏钥匙。女神扫视着我们，目光所及之处，一片寒光璀璨，连平时张牙舞爪的大妈们，也被这气场震慑了，纷纷假笑着小声寒暄。

最后，女神的目光落在了我身上。

隔着层层叠叠的大妈，我和女神四目相对了。

那天的我，穿着一件超市买牛奶送的白背心，胸前印着一行大字：好奶好心情。下面穿着皱皱巴巴的棉短裤。脚下蹬着一双为了方便跳舞而买的老头儿乐黑布鞋。刚睡醒的头发还没好好梳过，脸也打算跳完舞再回去洗。

面对突然出现的女神，这样的一个我，简直污染了女神的视线。

但女神并没有嫌弃我，也没有无视我，她依然直勾勾地盯着我看。

柳大妈把钥匙递给女神，顺着女神的目光看向我：“喏，你看我们这里，还有小伙子跟着跳呢，说明我们很受欢迎。”

孙大妈也搭茬儿说了一句：“小伙子人挺不错的，每天跳操比我们都积极。你们年轻人也得注意身体，平时没事儿也和你妈跟我们来跳跳啊。”

好样的！孙大妈。我果然没有跟错人。

柳大妈脸上出现不置可否的表情：“她那么忙，哪儿有这个工夫。拿好钥匙回家吧，中午想吃什么？我一会儿去菜市场买。”

女神还是一动不动地盯着我，脸上什么表情都没有，但眼神闪闪发亮。

难道这就是一见钟情？

女神突然冲我招招手，我眼前一道金光劈过，整个世界都炸了，废墟中只剩下她和我。

我像条狗一样摇着尾巴扑了过去。

我站到女神面前，我俩之间只隔着一条胳膊的距离，只要我敢，我现在抬手就能把她搂进我怀里。

但我不敢。

面对着近在咫尺的女菩萨，我腿软脚酸，只想跪地一拜。

电光石火间，我想起了“闪光一刻”。

漫长的修炼，原来为的就是现在。

调整面部表情——眼神真诚，笑容温暖。

观察女神表情——女神表情非常平静。

我上前一步，开口问好，注意语气语速，不卑不亢，让她感到宾至如归：我就是你未来的家啊，媳妇儿。

“你，你好。”

女神从上到下看看我，然后开口说话了。

“你……”女神沉吟了片刻。

我期待地看着她，我的梦中情人，我的制服女神，我真想让她当我孩子的妈。

“你是卖保险的吧？”

“啊？”

“还是卖保健品的啊？”

“什么？”

我愣住了。

“我，我不是……”

我想解释，女神打断了我，直接看向了柳大妈。

“妈，你想跳舞我不拦你，能不能自己长点儿心眼儿啊？好多卖保险、卖理财的业务员，就爱接近你们这个年纪的人，见缝就钻，找机会就粘上了。先是阿姨阿姨地叫着，帮你们忙前忙后，然后就开始认干妈，最后就开始卖产品。这种手段新闻早就报道过，你们怎么还不防着点儿啊？”

又一道金光劈过，世界又炸了。这一炸，炸出了一条深不见底的沟壑，把我和女神隔开了。

女神拎起箱子，拿好钥匙，转身看看她妈。

“别被骗啊。咱家不买保险，不投理财，也不要什么玉石床垫。”

女神又看我一眼，那一眼扫过，我的心都冻透了。

女神转身走了。

看着女神的背影，我冻得硬邦邦的心脱离地心引力，从嗓子眼儿里横蹿出来，腾空三百六十度翻转，笔直倒栽葱落地，当啷一声，心碎了一地。

女神走了以后，大妈们看向我，表情微妙，开始窃窃私语。

“你闺女说得对。现在是有这种人吧？”

“卖啥我也不买，没钱。”

“就说正经人不可能每天跟着咱们这么瞎混。”

我完全蒙了，简直是百口莫辩。我想起了出门前看的皇历，上面确实写了，宜：搬家，交易，祭祀，结婚，祈福。但也写了，忌：出行。我当时还想，不出行怎么结婚，这不扯呢吗？

但现在惨剧发生了，我突然明白了，老祖宗的东西真是准确而神秘，今天的皇历分明就是写给我的最后警告：在家闭门意淫就好，不要出门，出门会有血光之灾。

面对大妈们防备的眼神，我已经没有立足之地了。我一步步摩擦着后退，从一开始我就不应该出现在这里。

这时，一直沉默着的孙大妈突然站出来了。

“等等。你们先别瞎嚷嚷。小柳，你家闺女脾气也太冲了。怎么一上来，人小张好好个孩子，就给你们说成骗子了？”

我怔怔地望着孙大妈，这个奇女子，灭我士气的是她，出手相救的也是她。

孙大妈伸手指着我：“我孙彩霞卖一辈子尿布，也算是个搞推销的了。阅人无数，看人没跑儿过。这孩子肯定不是卖东西的，他眼里没神。再说，跟咱们跳了仨月了，每天蔫屁蔫屁的，话都不敢多说，要是搞推销的，不早饿死了啊？”

我拼命点头。

“小张，你到底每天跟我们这儿干吗呢？别说是锻炼身体，我们也不信。是真打算认干妈？还是图什么别的啊？”

所有大妈都看向了我。

我哆哆嗦嗦地站着，大脑一片空白。

“赶紧的。你不说清楚，明天别来了。我们人老心不傻，你个小屁孩儿想遛我们玩儿，道行还差了点儿。”

我很想说出我的真实目的，可是怎么都说不出口。

“嘿！说话呀！”

我从小就特别㞞。我身体里的每个 DNA 组织上都刻着“㞞”这个属性。

从小到大没跟人急过眼、翻过脸，受委屈我不解释，被欺负我不还手。碰到事儿能躲就躲，1983 年出生，属龟的。

我爸曾经恨铁不成钢地骂我，说我裤裆里长的不是卵，是俩安全气囊，活着只求自保。

从小到大，被老师无视，被同学欺负，就连在家待着，都会被陷害。我爸把我妈斥巨资买的除皱擦脸油打碎了，收拾好残局后，我爸怕我妈拿擀面杖削他，非说是我当奶油给吃了。上小学的我单纯懵懂，面对这种人情险恶，无师自通地学会了“退一步海阔天空”，笑眯眯地领了罪名，还做出假口供：啥玩意儿啊，吃着一点儿都不甜。

家人尚且如此，何况外人呢。上班以后，继续被客人无视，被酒店冤枉，被鲇鱼精欺负，我依然选择了从小到大的处世方针：再大的屎盆子扣我头上，我也不解释。我只需要双手摊开，微微耸肩，云淡风轻地表态：你说是就是喽。

靠着这种明哲保身的机智，平安活到了现在的我，又一次站到了“你解释解释啊”这样的风口浪尖上。

我完全可以转身就走，留下一个神秘的背影。

去你的女神。

去你的大妈们。

去你的傻兮兮的养生回春操。

说我是骗子？你说是就是喽。

但是！

“柳阿姨，我想追您女儿。”

说出来了。

人生第一次，我居然有了想挣个鱼死网破的心情。

大妈们愣住了。

我指指我的阳台。

“我以前，在那儿，看见您女儿，在马路对面站着，就、就喜欢上了。后来，看、看到她来找您。我就想认识她，就下楼了，就、就开始跳舞了。”

新技能刚刚掌握，我还不能熟练使用，这番话我说得结结巴巴的。

我死死盯着大妈们。

“我不是骗子。真的。”

大妈们一阵沉默。

然后她们爆发出了一阵笑声。准确地说，是嘲笑声。

“你这还是认妈来了呀。”孙大妈说。

笑声中，柳大妈向我走过来了。她没有笑，表情很复杂。

“侬想追我女儿哦？”

“嗯。”

“侬这么干怎么讲，不上台面呀，好吧？追小姑娘你就堂堂正正去追嘛。”

“我，我不知道该怎么追。之前也不认识她。”

“那好，侬现在认识我了，我问你几个问题哦。侬老老实实给我回答，不要耍滑头。”

我拼命点头。

一个大妈插嘴了："哟，丈母娘审起女婿了。"

柳大妈大手一挥："什么丈母娘？八竿子打不着的好吧？"

孙大妈补了一句："还是上海丈母娘。"

"上海丈母娘怎么了？只要谈到我女儿，我柳美莉翻遍《新华字典》，就认得四个字：门当户对。这是负责任，好伐？来路都弄不清的小青年，开口说要谈朋友，哦，我就要心花怒放啦？你们可以叉着腰看笑话，我不行。"

柳大妈一口软软的南方口音，但底气十足。听完"门当户对"四个字后，我开始冒冷汗了。

柳大妈认真地盯着我。

"今年多大？"

"二十八岁。"

"老家哪里？"

"辽宁丹东。"

柳大妈不满意地撇撇嘴。

"家里是做什么的？"

"爸妈都是工人。"

柳大妈的表情更不满意了。

"哟，那你一个人在北京蛮不容易。做什么工作的呀？"

"……"

我刚想说出"门童"两个字，但突然意识到，这两个字一出口，一切都将灰飞烟灭。

我脑海里莫名其妙地浮现出了鲇鱼精的脸。

他脸上得意扬扬的表情，他身上的合体西装，他开的那辆别克车和他每天开口闭口都会说起的人生美好前景。

“问你哪，做什么工作的呀？不是什么讲不出口的工作吧？”

“酒店前厅经理。”

柳大妈眼神一亮。

“什么酒店啊？”

我指指不远处，从我们站着的地方，就能看到我们酒店高耸的大楼，和楼顶银光闪闪的招牌。

“哟，还是外国的大酒店呀？”

我点点头。

“现在是租房？”

“明年准备买。”

“车子有没有？”

“正在摇号呢。”

“有结婚的打算？”

“一切努力都是为了这一天。”

我和柳大妈短平快的交流结束了。

柳大妈不再提问，上下扫视我。

我在沉默中等待大妈的宣判。

周围的大妈们喜闻乐见地看着我俩。

孙大妈开口说：“小伙子条件不错啊。”

柳大妈没有说话，但扫了孙大妈一眼，眼神里写着：你们贫穷东德小区的人，懂什么叫条件好啊。

另外一个大妈没心没肺地说：“哎，要不然我介绍我闺女给你认识认识吧？”

柳大妈终于开口说话了：“你这个小青年，我觉得还蛮实在。”

圆满过关。

我的汗已经从腋下流到了腰间，潺潺小溪一般。

但我并没有如释重负的感觉。

我正式从一个胯下长着安全气囊的屃货，升级成了骗子。

这时，柳大妈突然笑了，笑容非常诡异。

“不过我话说在前头，因为不想坑你。我是郑有恩亲妈，这么多年，也就是有血缘关系，我才不能不管她。这个孩子，我生她的时候可能是撞了鬼月，简直生了个怪物出来。她那个性格，哦哟，活到现在没被人泼硫酸，是她命大。小青年，人呢，是你自己想追，就看你是不是有造化了。”

欸？

什么意思？

正在被负罪感纠缠的我，再次被扯进了新一团迷雾里。

“你自己想想，我女儿这个长相、这个条件，为什么这个年纪还没谈朋友？因为她恨你们男人呀。长得好看的嘛，是小白脸，长得丑的嘛，是流氓犯，有钱的嘛是暴发户，没钱的嘛是小瘪三。她刀枪不入，看男的，像看爬虫一样，都是低级生物呀。你自己想想，该怎么杀出血路吧。阿姨能说的就这么多，这么多年，我看着追她的小青年一批批往上冲，最后都被搞残掉了。”

柳大妈开始翻她的大布袋子，拿出纸笔，写下一行数字。

“喏，要是你不害怕，自己打电话给她。”

看着柳大妈递到我眼前的小纸片，我的视线有些模糊。

但最后我还是颤颤巍巍地接过了它。

06

"我脾气挺好的。

……好得都有点儿不太要脸了。"

那天跳操结束后，大妈们溜溜达达地走了，剩下我自己，坐在花园的长椅上，拿着手上的小字条，深沉地发呆。

手上的一串数字，像是打开新世界大门的钥匙。本来应该是这样的，可听过柳大妈那一番话以后，我的心乱了，有一种打游戏时，闯关救公主，可攻略突然提示，公主就是隐藏 boss 的感觉。

思绪正在缠绕时，身边突然挤过来一个屁股。

我抬头一看，是本来已经走了的孙大妈。

孙大妈看看我，又看看我手上的字条，摆出了一副准备操闲心的架势："怎么不打电话？"

"不，不敢打。"

孙大妈点点头："这姑娘啊，我一眼就看出来了，属于顺着好吃、横着难咽的那种，不是善茬儿。"

我被她说得更郁闷了。

"靠你自己肯定没戏。"

"啊？"我一愣。

"得有过来人帮你。"

“谁，谁啊？”

孙大妈笑眯眯地看着我：“我。”

“孙大妈，您就别逗着我玩儿了。”

“嘿，这孩子怎么说话呢？你打听打听去，我孙彩霞，自打住进这小区，屁股没挪过窝，光靠一张嘴，天南海北，我介绍成了多少对儿？数不胜数啊我告诉你。你这是睁眼瞎，不知道自个儿对面坐着谁呢！”

我再一次被孙大妈的气势降伏了。

“那您说我该怎么办？是不是应该打个电话？”

孙大妈摆摆手：“这事儿不能莽撞。这样……”

孙大妈看了看不远处的街道，路边有人开着小卡车在卖西瓜：“我得去买西瓜，再不去好瓜就没了。你要没事儿就一起来，我正好能跟你说道说道。”

“好嘞。”我抬屁股就站了起来。

“知道瓜该怎么挑吗？”站在抢瓜人潮中，孙大妈突然问我。

“敲一敲，听听熟没熟？”我犹豫地说。

大妈不屑地笑了。“哼，我看你就是个生瓜蛋子。”

大妈一边实战，一边开始讲解：“挑西瓜，一掐二掂三弹四听，听是放最后的。你想买瓜，首先得掐。熟瓜，这皮就软，一掐出水，说明芯儿里甜。生瓜，瓜皮就硬，你下手再重都掐不动。掐完了呢，你掂一掂，熟瓜轻，你能掂量得动，生瓜就沉，里面还是硬的呢。但是太轻的，就是娄瓜了，熟过了，瓤都坏了。接着你再一手托瓜，另一只手弹弹瓜皮，哎，如果这手能感觉到瓜里有震动，那就是好瓜，要是你怎么使劲儿，瓜都没反应，那这瓜就还是青瓜蛋子，没开窍呢。最后你再听，听听声儿，如果是‘嘭嘭’声，就是熟瓜。如果声儿特脆，就是生瓜。要是里面有扑通扑通的声音，那就是瓜娄了，再便宜都不能买。”

孙大妈一边说着，一边把一个瓜往我怀里一塞：“听明白了？照我这么选，就能选着好瓜。你想买的那个瓜，没熟，倒也还没娄，只不过还是生的哪。”

不愧是孙大妈，话里有话地向我传授了选瓜秘籍。但我看着手上的一个瓜和脚下她已经选好的四个瓜，心里升起了不祥的感觉。“孙阿姨，您买这么多瓜，怎么往回拿啊？”

“这不有你呢吗？”她理直气壮地说。

真是防不胜防，几句话的工夫，我就被骗了，成了孙大妈的人肉小推车，帮她把五个大西瓜一路抱回了家，她家住六层，老楼没电梯，我上上下下跑了三趟，累得我腿都软了。

把西瓜安顿好以后，孙大妈不让我走：“来了就别着急，吃口瓜再走。”

我坐在客厅里，打量孙大妈的家。格局和我住的房子差不多，但孙大妈住的时间长，已经把家住成了展览馆。房间里堆满了旧物，都不怎么值钱。老木头家具，仿皮沙发，电器也都是很早以前的款式，茶几上摆着药瓶、遥控器和蒙着灰的红枣。

卧室里一阵咳嗽声传来，一个老大爷拄着拐杖，穿着秋裤，身体一歪一歪地走了出来，站在客厅门口瞪着我。

孙大妈拿着菜刀从厨房走出来：“我老头儿，你就叫杨大爷吧。”

我赶紧站起来：“杨大爷。”

孙大妈用菜刀指指我：“这是小张，我们一块儿跳舞的，今儿我一口气买了五个瓜，便宜呀！幸亏有他，给我扛回来了。”

杨大爷点点头，开口说话了：“又买瓜，前天刚买一筐，吃得完吗？！”

我看向孙大妈，孙大妈把菜刀往瓜上一插："那都去年夏天的事儿了，哪儿是前天啊！"

孙大妈看向我："去年，你杨大爷中风了，身体恢复得还行，脑子不好使了，说是有老年痴呆前兆。医院让在家观察。我觉得他没事儿，这人年轻的时候就爱装傻。"

杨大爷咧着嘴一乐，指指我："坐。"

孙大妈回厨房，用盆端出了切好的西瓜。果然是好瓜，红汤沙瓤。

"孙阿姨，家里就您老两口啊？"

"俩孩子，一姑娘一小子，都结婚了，出去住了。"

我看着客厅一角堆着的儿童玩具："您也有小孙子了吧？"

孙阿姨眼神一亮："有啦！前两年可热闹呢，儿子儿媳忙，没空带，就把小孙子放我们这儿，哎哟，每天把我们老两口忙的哦。"

孙阿姨抽出茶几下的一个相册，翻开递给我，相册里是一个大胖小子的照片。

"看我们小孙子，可好玩儿了，一出生就八斤七两。"

我看着照片上的小屁孩儿，胖得像个包子。

"看到他上幼儿园，我儿子就给接走了，说幼儿园里双语教学，从小就要开始学英语，放我们这儿养，没人陪他说英语了。气得我呀，我们好好一北京孩子，着急说什么英语啊？又不是着急去美国认爹。"

杨大爷颤颤歪歪地抬手，指着孙大妈："思想落后。"

孙大妈塞给杨大爷一个碗，碗里是挖好的西瓜："吃吃吃，吃你的瓜。舌头都捋不直了，还老爱嘚啵。"

孙大妈抬头盯着我："小张，说说你的事儿。"

"您说。"

"阿姨啊是真想帮你。咱这么说啊，从古到今，再怎么改朝换代，这个男女处对象啊，始终都在坚持一个方针：‘有缘千里来相会’。俩人看对眼儿了，谁都拦不住。没看对眼儿，你非得往一起撮合，那等于你干的是人贩子的工作。你说对不对？”

我认真点头。有理有据，令人信服。

“小张，阿姨问你，你觉得自己最大的优点是什么？”

我努力想了想：“我脾气挺好的。”

“有多好？”

“……好得都有点儿不太要脸了。”

“好！这是优点！难得！”孙大妈吃了一大口西瓜。

“既然喜欢人家，想追求人家，就要发挥这个优点。你们这一代年轻人，谈个恋爱跟打架似的，谁都不服软，脾气都那么大，这就不行。两人要想好好处，就得有一个作威作福，有一个做牛做马。”

“我是想做牛做马呢，可是怕人家看不上我啊。”

“你这么想就不对了。老话说得好，‘骏马却驮痴汉走，美妻常伴拙夫眠’。你看你阿姨我，我这样的气质，你想象一下我年轻时候的长相，你再看你大爷，你大爷现在嘴歪眼斜，年轻的时候也没端正到哪儿去，可我俩照样处了一辈子。我当初是为什么呢？就是因为你大爷脾气好。”

杨大爷咧着嘴看着自己气势磅礴的老伴，又看看我：“你，你就当是听相声呢。”

“杨守义，别拆我台啊！你当年是不是死追我来着？不认字还想写情书，《新华字典》都让你翻烂了，有没有这回事儿？第一次吃饭，你拿筷子直哆嗦，从头到尾就说了一句话：听说明天有大风。这事儿都是你干的吧？”

我看着对面的杨大爷，仿佛在看着老年版的我。前辈，久仰了。

杨大爷把碗塞给了大妈，奇怪的是，碗里的西瓜一块没少。

“吃瓜吧。”

“嘿，还想堵我嘴。”

杨大爷缓缓伸开手，手心里是一堆帮孙大妈挑出来的西瓜子儿：“谁都堵不上您的嘴，我是怕您呛着。”

拥挤寒酸的客厅里，中午的阳光晒进来了，四周一片暖光。杨大爷歪咧着嘴，孙大妈眼里带笑，两人为一碗没有子儿的西瓜推让着。卧室里，小收音机正荒腔走板地播着评书，单田芳的《水浒传》第二十一回：虔婆醉打唐牛儿，宋江怒杀阎婆惜。絮絮叨叨的背景音里，有一句话我听清楚了：欢娱嫌夜短，寂寞恨更长。

杨大爷指着大妈胸前的西瓜汁：“吃得到处都是。”

“你还嫌弃我哪，自己先把口水擦擦。”

看着他们俩，我决定了，我要给女神打电话。

她是生瓜也没关系，我也还是生瓜。

就让我们一起携手变熟吧。

从孙大妈家出来后，我顶着烈日一路小跑，手中紧紧攥着字条。回家，穿过走廊，一鼓作气地拿起了放在床头的手机。

按电话号码的时候，我仿佛回到了高考分数出来的那一天，也是夏天的中午，我打电话查分。输入准考证号以后，电话那头有短暂几秒的沉默，我的心怦怦乱跳。

而此刻，我却比那天查分数时更紧张。当时的我，起码还怀揣着九分的希望，因为我考的那所大专院校，办学目的是为国家减少社会闲散人员，所以门槛非常低。但现在，我心里却只有一分的希望和九分的万一。万一她接了呢？接了就是胜利。

我在心里默念了一遍开场白：嗯，你好，我是张光正，早上我们见过面，柳阿姨给了我你的电话。我很想和你交个朋友。

直接，大气，稳重，酷。

按下最后一个键，我拨通了电话。

平静的铃声一直响着。我靠着墙，不停地深呼吸。

铃声响了很久，我也缓缓沿着墙滑溜到了地上。就在我要放弃的时候，电话接通了。

“喂？”女神冷冷的声音在耳边响起。

瘫坐在床与墙夹缝里的我，紧张得原地蹿了起来。

“谁啊？”

“我、我是张光正，那个，早上的男的，柳、柳阿姨，电话，那个……你见过我，跳、跳……”

完全语无伦次了。

语言系统崩盘了。

可能是要中风了。

“哦，我知道，我妈跟我说了。”女神淡淡地说。

我扶着墙，感觉有些缺氧，努力想恢复镇定。

“喂，说话啊？”

“那个……”

“你想干吗啊？”女神打断了我。

我紧紧地贴着墙，绷紧小腿，挺直后背，气运丹田，两眼直视前方，血气从腹部直蹿脑门。

“认，认识一下吧。”我畏畏缩缩地说。

电话那头沉默了一会儿。就像高考查分时一样，我恍惚间觉得，再过一会儿，她就会用机器人的声音播放出：张光正，学号 12093234，高考总分，三百，三十，九，分……

“我明天飞美国，这周都挺忙的。你下周六有事儿吗？没事儿我们见一下吧。”

怎么形容我这一刻的心情呢？

本来只打算考三百分平滑过关，查分时却发现自己成了当年文科状元。

本来只打算求女神存个我的电话，但女神直接和我定了约会时间。

多么冷血的母亲，才会把自己平易近人的可爱女儿，说得像易燃易爆物品！柳大妈一定还是觉得我不够帅。

“那、那我们下周六见。”我眼含热泪地说。

“嗯，挂了。到时候发短信吧，我不爱接电话。”

“好，听、听你的。”

电话挂断了。

我痴痴地拿着手机，手机散发出了浓浓的香气。窗外天那么蓝，阳光那么温暖，全世界都鸟语花香了。

我攥着手机开始翻滚，抖动，躁动地抠起了墙皮。

我脑中不可抑制地出现了很多浪漫的画面，幸福得无法自拔，直到这美好的一刻被推门进来的陈精典打断。

陈精典看着壁虎一样紧紧贴在墙上的我。

陈精典说：“我就觉得你一直在偷听我们俩。”

“滚。”我笑嘻嘻地说。

和女神的约会，还有一周的时间。

我想要开始做准备，但又无处下手。怀着激动的心情，上夜班的时候，我向我师父王牛郎展开了讨教。

我向王牛郎描述了女神的职业、相貌，也说了自己忍辱负重潜伏在大妈中，只为认识她的心路历程。王牛郎听我说完，沉默了一会儿，突然抬头，问了我一个问题。

“你知道咱酒店二楼西餐厅，每周六有五百八十八块钱一位的自助餐吧？”

“我知道。龙虾随便吃、香槟随便喝那个？”

“要是突然让你免费上楼吃一次，你打算怎么吃？”

“饿半个月，进去就抓龙虾，把这辈子的量都吃够了。”

“为什么要这样呢？”

“因为我穷啊。”

“那要是咱楼后头的那家兰州拉面馆，让你免费吃一次，你会往死了吃吗？”

“不会啊。那地儿大碗加肉才八块钱，我天天吃也吃得起。”

师父满意地点了点头：“你觉得你喜欢的这姑娘，是兰州拉面，还是五百八十八块钱的自助餐？”

我一愣。

“鱼找鱼，虾找虾。你想想你自己，就你这条件，放婚姻市场上，也就是鸡蛋灌饼那个档次吧。要这姑娘是个兰州拉面级别的，师父我还能帮你出出主意，但人家是大龙虾啊，你消费得起吗？免费让你试吃一次，你就抓紧机会，抱着平常心，也饿那么多年了，敞开了吃，有这次没下次，千万别想其他的了。”

我被师父说得有点儿颓，他说得没错，我是鸡蛋灌饼，女神是澳洲龙虾，本来就不是往一个盘子里放的东西。

“我想努努力，我真挺喜欢她的。”我挣扎着说了一句。

“光喜欢有什么用啊。全中国的人都喜欢人民币呢，也没见着人民币普度众生啊。你们俩，两个世界的人，这姐们儿约你图什么，是福是祸还不知道呢。”

我耷拉着脑袋原地站着，王牛郎拍了拍我。

“听师父的，没错。我上幼儿园就开始调解我爸妈的感情问题了，过来人，有经验。咱们这种人，找媳妇儿还敢看长相哪？性别没错就行了。你约会该去去，多照两张相，多感受一下，在人家不报警的前提下，摸个小手亲个小嘴什么的，以后一辈子，指着这个也能吹二两酒的牛。该知足了。”

第二天，心有不甘的我，又在家咨询了一下陈精典和王爷的看法。

读过书且有固定伴侣的陈精典，给出了一些含蓄的看法：“人还是得有梦想，我支持你。就像我当年考研，虽然最后没有考上，但我一点儿都没后悔。”

“你这意思，就是我肯定追不上人家呗？”

“好好享受这个过程，结果并不重要。但有一点要注意，约会的时候留意一下她的小腹，如果微隆，那这事儿不能同意。咱大老爷们儿，顶天立地，当爹要当头茬儿爹。”

刚分手不久，还处在情绪躁动期的王爷，给了我比较暴烈的看法。

“追！有啥追不上的啊？你那么喜欢她，她怎么就不能喜欢你了？长得好看？长得再好看，女的过了二十五岁就不值钱了，你追她是给她脸。她有钱？有钱怎么来的？肯定别人给的。”

我隐约感觉，按照王爷的路线去思考，可能要孤独终生，所以迅速把他的发言屏蔽了。

打过电话的第二天，下楼跳舞时，柳大妈已经告诉了大家我和女神下周约会的事儿。

和王牛郎他们的消极态度不一样，大妈们喜闻乐见、摩拳擦掌地替我操起了闲心。

“约在哪儿啊？”

“仔细想想该聊啥，第一印象很重要。”

“好好聊，注意态度，要让女方觉得自己很受尊重。”

大妈们三三两两地给我出着主意，我笑眯眯地选择了自动屏蔽。虽说当了二十几年处男，但恋爱经验也不需要从一群大妈身上汲取。大妈们边跳边叽叽喳喳的时候，柳大妈在一旁不动声色，时不时地斜眼看看我。也许是我多心了，总觉得柳大妈脸上，带着一丝不怀好意的笑。

转眼到了和女神约会的时间。2012 年 8 月 18 日，我的诺曼底登陆日。

07

话都没说两句，就被冷冷的女神逼着，把自己扒了个精光。

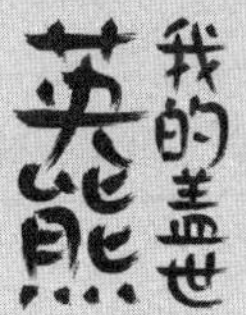

前一天晚上，女神给我发了一条短信，言简意赅，就两行字：朝阳门皇冠假日酒店，晚上七点。

我颤抖地看着手机上的短信，目光停留在“酒店”两个字上，不敢多想，一想就心跳紊乱。我迅速给女神回了一条：好的，我们明天见。

女神回了我五个字：穿干净点儿。

为了让女神满意，我拿出了不久前新买的格子衬衣，名牌，杰克琼斯的，打完折都小三百块钱。帆布裤子求小妹帮我熨了一遍，裤缝锋利得都能裁纸了。皮鞋用从酒店顺来的擦鞋布仔仔细细擦了两遍，油光锃亮。

出门前，我洗了澡，刮了胡子，头发用发胶喷出了海浪造型。陈精典塞给我一个斜背的皮包，非让我背上：“男人出门得有包，两手空空显得你没诚意。手拎的太老气，单肩背的太娘，只有我这种斜背的好，专供成功商务男士。”

我背上包，穿上鞋，站到镜子前看看，自觉非常闪亮。

客厅里，躺在沙发上，往西瓜皮里弹烟灰的王爷，盯着左顾右盼的我：“都约酒店了，不带个套儿？”

“她不是这种人。”

“那约酒店干吗？开房一起看《中国好声音》啊？”

“滚。”我转身看向王爷，“这身儿怎么样？”

“像被擀面杖擀过似的，淳朴，清爽。”

“那行，我走了。”

“要套儿通知我啊，我给你 Room Service（客房服务）去，也沾沾喜气。”

我在皇冠假日酒店的大堂里一边等着女神，一边习惯性地观察着不远处的门童。这酒店的门童真是命好，可以站在大堂里值岗。

正羡慕着，女神远远向我走过来了。

女神穿了一件米白色的连衣裙，一双灰色的高跟鞋，手上拎的包看起来价值连城。连衣裙像是真丝的，衬得她腰是腰，腿是腿。这是我第一次见到她不穿制服的样子，美不胜收，要不是为了保持心脏跳动，我都不想呼吸了。

“你、你好。”我哆哆嗦嗦地开口了。

女神面无表情，上上下下看看我，眉毛一皱。

“不是让你穿干净点儿吗？”女神开口说话了。

我一愣，看了看自己，紧张起来：“是、是干净的啊。都是刚洗的，这、这衬衣还是新的呢……”

“还斜背个包，包都耷拉到你屁股上了，走路不碍事儿啊？”

我开始大汗淋漓。

“……那我回家换换？”

女神抬手看看表：“跟我走。”

“唉。”

我被女神带到了酒店隔壁的一个购物商场。商场里人来人往，女神穿着高跟鞋，却像踩着风火轮一样，我一路小跑才能跟上她。她把我带进一个看起来很贵的男装店里，我不知所措地傻站着，女神从架子上一通扒拉，然后拎出一套西装和一件衬衣，往我怀里一甩。

“去换上。”

“唉。”

我抱着衣服跑进更衣室，正要换衣服时，听到导购小姐对女神说：“小姐的男朋友长得很帅啊。”

我心里甜甜的。

“不是我男朋友。”女神不耐烦地说。

“是家里人？”

“我俩哪儿长得像了？”女神的声音更冷了。

“那……是……”

女神打断了导购的话：“衣服我买，客套话免了吧。”

“……好的，小姐。”

我穿着裤衩，抱着新衣服，缩在狭小的更衣室里，心里一酸。明明是来约会的，昨天晚上激动得数了七万多只羊才睡着，可现在，话都没说两句，就被冷冷的女神逼着，把自己扒了个精光。

我这是在干吗呢？

我在心里哭了一会儿，然后迅速换好衣服出来了。

女神打量我一遍，勉为其难地点点头。

“起码看着不像中关村卖手机的了。”

“像最近特火的一个男演员。”导购小姐见缝插针地说。

我怔怔地看着女神，女神嫌弃地看了一眼我怀里抱着的旧衣服。

“赶紧扔了吧。”

“唉。”

导购小姐接过我的旧衣服：“先生，我帮您处理掉。”

女神看向导购：“你们这衣服几天退换？”

导购战战兢兢地开口：“小姐，我们这是高端男装，建议您完全满意后再购买。如果实在不合适，我们只能接受当天退换。”

“行，知道了。”女神转身走了。

我跟着女神重新回到酒店，然后径直上了六层的宴会厅。

电梯里，我和女神并排站着，电梯门映出我俩的样子。穿着黑西服的我，站在女神身边，说是郎才女貌，其实也不为过。

我犹豫了很久，终于还是鼓足勇气开口了。

“那、那个……衣服的吊牌还没摘，有、有点儿扎。”

女神冷冷扫我一眼：“扎也忍着点儿吧，一会儿就退了。”

“啊？”

女神看向我，嘴角一挑：“我刚二十多岁，还没有包养小男孩儿的资本呢。你自己那身儿，我实在是忍不了了，但我没打算真出钱给你买这身儿啊。”

“……明、明白了。”

出了电梯，跨进宴会厅，我才明白为什么女神非得逼我穿成这样。

宴会厅里正在办一场超豪华的满月宴。

虽然在酒店工作了这么多年，见过花钱如流水的，但我从没想过，有人能把满月宴也办成这样。几百平方米的大厅里，装饰得富丽堂皇，花堆得漫山遍野，还有现搭起来的小城堡。大厅中央的蛋糕有几米高。当事人父母正抱着屁大点儿的孩子满大厅转悠。小孩儿眼睛都睁不开，但已经头上戴花，身上披彩，裹得像个镶金的粽子一样。

女神带着我到圆桌前，桌旁已经坐了七八个人。

“有——恩，你怎么才来呀？”

我们刚坐下，一个大白脸、黑浓眉、嘴上一片血红的女孩儿，口音甜腻地就凑了过来。

“有——恩，好久不见哦，你都不找我玩儿。”

女神坐下来，依旧保持着自己的面瘫风采，淡淡地看了红唇女一眼。

“啊，在忙。”

“你还在公司哦？飞哪里的航线？我结婚辞职以后咱们有两年没见了吧？是两年吧，是不是？”

“那就是两年没见了呗。我也不知道，没数过。”

“Vivian 小孩儿的红包你给了多少？”

“问这干吗？又不是给你的。”

“讨厌。”红唇女拽过身边一个圆墩墩的男人，“老公，这是我以前公司同事——郑有恩。我们结婚的时候她来了。我跟你讲，她现在还在飞哦，是不是超厉害、超拼？”

女神微妙地翻了个白眼儿，红唇女看向我，“这位是……？”

我刚想自我介绍，女神抢先了一步：“我朋友。”

“你好，我叫张光正。”

红唇女表情夸张地看向女神：“郑有恩，我发现你超强哎，又——换——一——个！”

对面一个烫着大波浪头发的女孩儿也说话了：“你是故意气我们这些已婚妇女的吧？”

红唇女凑上来说：“你来之前，我们还聊你呢，你也老不跟我们联系，我们都不知道你结婚没有。但觉得应该没结，同事一场，你结婚不可能不请我们。”

波浪女突然跑了过来，往我们身边的空座上一坐：“但是我家宝宝满月，你就没来！你都不知道我生小孩儿了吧？不知道吧？”

“我还真不知道。”

波浪女掏出手机，打开相册：“给你看我家小孩儿，可萌可萌了，哎哟，我每天怎么看都看不够。”

波浪女硬把手机塞到女神手里：“往后翻，全都是。”

手机上是一个胖丫头躺在床上一动不动的照片，连翻十几张，表情基本没变过，中间穿插着脚部特写、肘部特写等。

红唇女在我俩耳边大呼小叫起来：“好——可——爱——啊，亲亲！好想亲亲！”

波浪女死死盯着女神：“可爱吧？是不是特可爱，再往后翻，有一个五分钟的视频，是她睡觉打呼噜！哎哟，有恩，我跟你说，孩子真是太可爱了，你赶紧要一个吧！”

女神突然笑了。

女神把手机还给波浪女：“这么多细节图，看得我跟刷淘宝似的。你这是准备把孩子上架卖了呀？”

气氛尴尬了一秒钟，波浪女讪讪地坐回自己的座位：“郑有恩，你说话怎么还这样啊。”

红唇女为了缓解气氛，凑过去安抚波浪女：“哎，我俩准备要孩子呢，你给我传授一下经验吧。”

波浪女重回高潮：“好好好！那你们开始吃叶酸了吗？”

“吃了吃了！”

“得提前半年开始补钙！海豹油吃没吃？”

“想吃，哪个牌子的好啊？”

“买加拿大的！加拿大的好！这样，你代购吧，国内的不靠谱……”

“阿嚏！”

女神打了个惊天动地的喷嚏，坐在她旁边的我原地一哆嗦。

“阿嚏！”

女神再接再厉，又打了一个。

在座的人都吓了一跳。

“对不起啊，你们说话声太大了，我对这个过敏。”

女神面无表情地向我伸手：“卫生纸。”

“……唉！”我蹿起来，从不远处拿过纸盒，迅速抽出纸巾，轻轻放在女神手心里。

女神擦了擦鼻涕，红唇女和波浪女目瞪口呆地看着我俩。

“你这哪儿是处男朋友，你这是驯猴儿哪！”波浪女说。

女神轻轻一笑：“驯再好也没用，比不了你们。你们结婚的多幸福啊，跟海难抢着了救生艇似的。”

饭吃到一半，女神也没怎么和我开口说话。满月小孩儿的爸妈，抱着孩子来我们桌敬酒，小孩儿妈妈是女神的同事，结婚后也没辞职，算是她的顶头上司。女神陪着喝了两杯酒，大家挤成一团逗小孩儿的时候，她默默转过头，一脸的百无聊赖。

临走前，从不远处的桌子，晃过来一个男的，瘦瘦高高，长着一张正方形的脸，颧骨像俩乳房一样凸立在脸上。男的一手拿着酒杯，另一手插在裤带上，站到了女神面前。

“郑有恩，有日子没见了吧？”

女神看看他，有些烦躁：“你怎么也在这儿呢？”

“我和小孩儿爸爸，一个俱乐部的。你最近飞哪儿呢？我一个月飞好几次香港，都没见着你啊。”

“我今年改飞美国线了。”

“我给你打过好几次电话，你都没接。你是不是没存我的号啊？赶紧存一个，到美国你跟我说，咱在洛杉矶有房，带大泳池的呢。”

“手机内存满了，存不下。等我回头删删吧。”

“什么手机啊？电话号码都存不下？”

“我也奇怪呢。”

“……”男的被女神这么一堵，运了半天气才缓过来。他转头看看我。

“呦，找着主儿了？”

女神冷冷一笑：“瞧您说的，又不是失物招领。”

男的盯着我看了一会儿，还是不死心：“你怎么来的？我送送你吧？我今儿开玛莎拉蒂出来的。”

女神微微弯腰，把放在椅子上的包拿起来，背在身上，伸手撩了撩头发，我觉得整个大厅都春心荡漾了。

“玛莎拉蒂的英文怎么拼啊？”女神开口说。

“啊？”

“你能拼出玛莎拉蒂，我就坐你车走。”

男的满嘴酒气，表情恍惚：“m，a，哎？ masa……”

女神转身准备离开：“我走了啊。你也别开车了，开什么车碰见查酒驾的，都得折。”

“嘿！架子够大的啊！”男的一脸不忿。

“也不是架子大，就是没有逮谁跟谁献爱心的习惯。”

女神踩着风火轮走了。

男人转头盯着我。

我斯文得体地笑了笑：“m，a，s，e，r，a，t，i，maserati.”

专业门童兼泊车员，熟练掌握各种车型性能的我，替他完成了这个问题。

“我想买个包。”

出门，站到大街上，女神突然开口说。

“每次参加完这种破事儿，我都得买个包，不然这恶心劲儿压不下去。”

“我，我陪你？”我斗胆问了一句。

“想跟就跟着呗。”女神这样回答我。

平心而论，作为一个东北人，不会好好说人话的老娘们儿，我见得多了，我妈就是一个。无论是体现愤怒还是表现幸福，她只会用“屎屁”夹杂的方式表达：“你爹高兴得直蹦屁。”或者，“你爹嘴里糊上屎了？说的是人话？”

但是，在日常对话中，如何不带脏字堵别人嘴，让对方感到百爪挠心，四肢酸麻，我面前的这位女性，算是行业翘楚了。我接触过的女人少，这么丧的更是没见过。

她是怎么平安活到这么大的呢？

一定是因为好看吧。

换张脸，要还是这性格，在东北，早被当成酸菜腌缸里了。

我屁颠屁颠地跟着女神，到了一个专卖店。专卖店不大，挂着的东西也不多，但我随便翻了翻价钱，价格吓得我跟过电了一样。

女神继续面无表情地挑挑拣拣。

我像个魂儿一样跟在她后面，伺机聊天。

“那个……柳阿姨是上海人，但我看你北京话说得很好啊。”

“我爸是北京人。”

“哦，没见过叔叔，每次跳舞都是阿姨自己来。”

“他俩在我小学的时候就离了。我跟我爸过，大学的时候我爸没了，我才跟我妈住到一块儿。”

“呦，对不起……”

“户口查完了？那我查查你吧？你一东北人，怎么个儿这么矮啊？”

“……我脱了鞋一米七八，也、也不矮了。”

女神抬眼看看我，不太认可的表情，然后转脸看向了导购：“这包有灰色的吗？”

导购唯唯诺诺地要去给她拿包，我越挫越勇地接着搭话。

“刚才那些人，都是你同事啊？”

“嗯。”

“挺烦人的。”

女神抬头看向我，眼神真诚清澈：“我不烦她们啊。”

“嗯？我看你，好像……”

“我跟她们说话一直那样。再加上她们一结婚，集体得病了。”

“得什么病？”

“以前都是正常人，一结了婚，都成神经病了。”

“那……那你不想结婚吗？”

“不是想不想，而是至不至于。不就结个婚吗，干吗非得忆苦思甜啊？结婚就是脱离苦海，没结婚就是苦大仇深？合着以前都是混妓院的，可算有人把她们捞出来上岸了。要是结个婚就能得道升天，那以后婚礼别送红包了，送花圈吧，大家往新人面前一站，鞠三个躬：您一路走好，驾鹤西归享福去吧。”

我被女神说得簌簌发抖。

导购小姐也惊恐地看着她。

“不过我不烦她们。她们打着鸡血地活，我就丧了吧唧地过，也没谁对谁错。哎，小姐，我那包呢？”

导购小姐缓过神来，一路小跑着去找包了。

过了一会儿，导购走过来：“小姐，您要的灰色我们店没有，可以从世贸的店里调。您能不能稍等一会儿？”

“行。”

“楼上新来了一批貂皮小外套，现在反季销售，打折，您要不要上去看看？”

“行。”

我们跟着导购小姐上楼，女神边上楼边说：“我烦的是那些男的。刚刚那个人，是我去年在商务舱做乘务员的时候认识的。家里有点儿钱，不知道该怎么嘚瑟好了。跟我们要电话，好像给了我们一天大的面子似的。真想往这种人身上靠，我得先把脸皮摘下来当卫生巾贴。”

导购小姐一边领着我们上楼，一边竖着耳朵听，一脸取经的表情。

我唯唯诺诺地开口：“有钱人可能都有这毛病……我不是有钱人，我挺踏实的。”

“哼，”女神一脸不屑，“今年我调到经济舱做乘务员，穷的也伺候够了。买的都是打折机票，还把自己当上帝呢。我还碰见过自己带橙子上来，让我给他榨汁喝的。这么会享受生活，怎么不包机去啊？虎背熊腰的都挤成一团了，还能抽出空来丢人现眼。等着排队上厕所的工夫，眼角还挂着屎呢，就敢问我要电话，说自己去美国是去运作公司上市的。你说这种人哪儿来的底气？穷到谷底，心比天高，我们飞机都是他们帮着吹上天的。”

我语塞了，有钱的骂名我能躲，穷鬼的罪名我逃不过。

导购小姐拎过来几件油光水滑的貂皮大衣："小姐，这批货质量都非常好，您感受一下，摸摸看。"

女神的手在貂毛上游走。

我好希望自己就是那些毛。

"可是，咱俩这不聊得挺好的吗？你也不是什么男人都讨厌吧？"

女神看向我，笑了，这是第一次我在她脸上看到了正式的笑容。

"我没把你当男的看呀。"

"啊？"

导购小姐直勾勾地看向我。

"我讨厌有钱的男的，也讨厌穷得只会意淫的男的。这两种你都不是。我一眼就看出来了。"

"对，我都不是。我挺踏实的。"

"你是那种像小猫小狗一样的男的。"

"啊？"

"没什么攻击性，跟我也不是一个物种，聊聊天啊，打发打发时间，挺好的。我知道你想追我，想想得了，没戏，我这脾气你今天也看见了，真跟你动真格的，你就奔着英年早逝去吧。我妈说你人挺好的，我也懒得拧着她来。做个朋友吧，以后有这种局，我还找你。"

说完这话，女神真的像摸猫一样，摸了摸我头顶。

我的怒火噌地燃烧了起来。

"做个朋友吧。"

出门前，小妹给我熨裤子时，王爷和我聊过今天的战术分析。他也说出了这样的话。

“要是人家实在看不上你，你就放出这个金句：没关系，先做个朋友。暂时退下战场，躲在角落里伏击。平时可以嘘寒问暖一下，认个哥哥妹妹，主线任务没你事儿，支线任务你可以上嘛。哎，没准儿，出了 bug，你就顶上去了，这样不就能占便宜了？”

我当时气急败坏地抨击了王爷的这种想法。

我再尿，也是个老爷们儿，而且是个东北老爷们儿。在我的家乡，根本不存在男女能做朋友这种说法。尿尿的姿势都不一样，做什么朋友啊？要不就当我媳妇儿，搁手心里供着；要不就是别人媳妇儿，三尺外避着。躲阴沟里藏起小鸡鸡装蓝颜知己，这种事儿我干不出来。

面对女神主动提出的交友申请，我感觉自己的底线被挑战了。

女神摸着貂毛，伸手招呼我：“哎，你们东北真是女人都穿貂吗？你过来帮我看看，质量怎么样？”

我带着燎原的怒火走向女神。

女神左手拿着貂皮外套：“你摸摸看。”

我左手捏住外套另一边，深呼吸，然后开口说：“你知道我们家那儿，怎么卖貂皮吗？”

“怎么卖啊？”

“我们那边有个大营市场，都是卖貂的。大家都开卡车来，货放车上。来买貂的，看对了，不能问老板多少钱，得偷偷摸摸询价。”

“怎么询啊？”

“你把右手放貂皮底下，然后比个数，比如你心理价位三千，就比个三。别让别人看见，别人一看见，容易跟你抢货。”

“有点儿意思。”女神把手伸进了貂皮下，“好，我比完了。那你怎么知道我出多少钱啊？”

“我有办法知道。”我伸出空着的右手，也钻进了貂皮里。

然后，我一把握住了女神放进貂皮里的手。

“四千，对吧？我摸出来了。”

“哎！你松手啊！”

四周谁都看不见，银灰色的貂皮下，我紧紧握住了女神的手。

女神的手真软。

我的心都化了。

我紧紧抓着女神的手，她怎么挣扎都不松开。

“我张光正，没什么钱，也没车没房，穿得也挺土的，你看见了。可是我要追你，你愿不愿意我都要追。我不跟你做朋友。听见了吗？郑有恩。”

我第一次叫出了女神的名字。

郑有恩愣愣地看着我，我也是第一次在她脸上，看到了冷漠和不耐烦之外的表情。

四周安静极了，只有空调吹出的风声。一屋子的貂皮大衣，白的、粉的、紫的、灰的，细小的毛随着风摆动，仔细听能听到唰唰的声音。

貂皮大衣下，有恩被我紧紧握着的手，渐渐不挣扎了。

“张光正，”有恩抬头看了看墙上的表，“你身上这套衣服，今天可必须得退。还有一小时，商场就关门了。”

“呃？”我一愣，手松开了。

有恩重新变回了面瘫女神："你不想退也行，把钱给我吧。衬衣加西服，三千七。"

"……还是退了吧。"

和郑有恩回到购物广场，我突然愣住了。

"我，我衣服已经扔了。就留了个包。"

郑有恩不耐烦地看看我，又看看表，抬头指指不远处。

"先去厕所脱了，原地等着，我再帮你买身儿便宜的。"

我冲进厕所，郑有恩也跟了进来，幸好厕所里没人。我钻进小隔间，她在隔间外等着。

我又开始脱衣服了，一天，两次，把自己扒个精光，真是出息。

正脱到一半，听到门外有人进来。

一个男声错愕地说："哎？哎？哎！这不是男厕所吗?！"

郑有恩冷冷的声音："男厕所怎么了，以前没进来逛过啊？"

门外没声了。

"张光正，你快点儿！"郑有恩开始敲我门。

"我叠好就给你。"

"叠什么叠，赶紧塞给我吧。"

我从门缝下把衣服塞给了郑有恩。

"你得给我拿新衣服回来啊。"我趴在门上说。

"等着吧。"

厕所小隔间，我穿着裤衩，光着膀子，斜背着陈精典的商务男士包，蹲在马桶上，一边等着郑有恩回来，一边回味着刚刚紧握女神小手的瞬间，自我感觉非常好，传递出了浓浓的雄性霸气。

十几分钟后，厕所里响起了商场的送客音乐，离商场关门还有十五分钟。

郑有恩还没回来。

心里隐约开始不安，头顶中央空调吹出的风打在我光溜溜的身上，起了一层鸡皮疙瘩。

电话响了。女神来电。

“喂？”

“衣服我退了，你放心吧。”

“那就好。我新衣服呢？”

“我已经在回家路上了。”

“……啊?！”

“张光正，你刚刚觉得自己特潇洒吧？”

“这个咱们回头聊……”

“我没钱，没车，没房，但我人好，我就是要追你。你愿不愿意都行。说得真恳切，好像我不答应你，就特嫌贫爱富似的。”

“能先把衣服给我吗……”

“要是你去买衣服，售货员拿着一背心跟你说：‘我这衣服，颜色特俗，设计得也丑，关键质量还差，但是我就是想卖你。你买吧，我都这么真诚了你还不买啊？’你什么感觉？”

“……”

“是不是有点儿太没礼貌了？”

无法反驳。

完全无法反驳。

“跟我来这套？我中学的时候就被小混混堵校门口，说要不答应做他女朋友，他就白塔寺出家去了。”

“我错了。我穿上衣服，好好跟你认错，你能先来救救我吗？”

“自己想辙。”

吧嗒。

电话断了。

我整个世界都坍塌了。

我光着身子，在马桶上蜷缩成一团，心在簌簌发抖。广播的送客音乐持续响着，温柔的女声反复播送：今日的营业时间即将结束，我们诚挚欢迎您的再次光临。

叫兄弟也来不及了。再不出去，就要被锁厕所里了。

怎么会有这么恶毒的女人？

我蹲在厕所里，大脑一片空白。

空白过后，我突然想起了高中的时候，我一个同学的哥哥，喝多了跟别人打架，被关进监狱劳改。有一个周末，我们几个人陪同学去看他。

在监狱会客室等着的时候，我看向窗外，窗外是犯人活动的大操场，操场上有一面高墙，墙上用红油漆刷着三行大字：你是什么人？这里是什么地方？你来这里干什么？

此时此刻，我脑袋里开始反复盘旋着这三行大字，淡入淡出地反复盘旋。

我是谁？

这里是什么地方？

我来这里干什么？

2012 年 8 月 18 日这一天的悠唐购物广场，商场结束营业前五分钟，一层左侧的男厕所里，跑出了一个全身赤裸、只穿着一条淡蓝色内裤、斜背皮包、脚踩皮鞋的男子。该男子一路小跑，冲进最靠近厕所的服饰店，在店员的瞠目结舌、女顾客的惊声尖叫下，抓起最靠近自己的商品，套在了身上，然后迅速结账，逃离了现场。

逃出商场后，我穿着新买的背心短裤，吊牌依旧没摘，惊魂未定地靠在公交车站牌上，等着回家的车。

站牌灯箱上映出了穿着一身新衣服的我。

背心上印着两个硕大的英文单词：dream boy。

我心情凝重地回到了家，开门，王爷居然还躺在沙发上，姿势似乎就没变过，唯一不同的是，西瓜皮里的烟头已经快塞满了。

“咋样啊？小伙子。”

我看看王爷：“快死了。”

王爷一脸兴奋：“这么爽？”

看着王爷身边的西瓜皮和这个烟雾缭绕的房间，我有种经历了耻辱大冒险，终于回到家乡的感觉。

08

我沉默了，怪不得每次见到郑有恩，都会觉得四周杀气缭绕的。

我们酒店的员工食堂，每个月都会办一次“海鲜日”。顾名思义，就是当天的菜以海鲜为主。当然了，这只是一个噱头，为的是凸显人性化管理。所谓的海鲜，也都只是些蒸草鱼、炒蛏子之类的大排档货色。

海鲜日有一道名菜，叫天妇罗炸虾。这个炸虾太惨了，只有小拇指那么大的虾米，被裹上厚厚的面团，炸出来以后老大个儿，跟面包似的，咬上三五口，才能见着虾，小小的身体被面裹着，死状格外委屈，伸胳膊蹬腿的。陈精典管这道菜叫“窝囊琥珀虾”。

和郑有恩约会后，我也变成了窝囊琥珀虾。

第二天一早，我缩在被子里昏睡，迷迷糊糊中，窗外有人叫我名字。我爬到窗口，看到孙大妈一群人正虎视眈眈地看着我。

“怎么还不下楼啊？”

炸虾一样的我紧紧裹着被子，把窗户开了一条小缝，气若游丝地说：“孙大妈，我今天不跳了。”

“那你得把音箱给我们拿下来啊！”

“……您稍等啊。”

我身后拖着重重阴影，拎着音箱下楼，然后转身想走。孙大妈一个小箭步，拎住了我衣服领子。

“跳完再走。”

我转身，绝望地看着孙大妈：“孙大妈，以后我不来跳了。”

柳大妈隔着人群看向我，突然开口了：“小张，侬先跟着我们跳，跳完我有话和侬讲。”

我看着这位曾经想象中的丈母娘，犹豫了一下。孙大妈按下了音箱开关，《潇洒走一回》的前奏又响起来了。

大妈们纷纷又扭动起了腰肢，我进退两难地站着，过了一会儿，虽然心情还很倔强，但身体已经下意识地跟着节拍开始了晃动。

我边跳边在心里想：算了，就当这是最后一次。

跳完了健身操，大妈们各自离开，柳大妈走向我：“你一会儿有事儿吗？”

我麻木地摇摇头。

“那跟我来吧。”

我跟着柳大妈走出花园，穿过街道，走进了昂贵的西德小区。这小区的气质果然和我们东德不一样，空气里有一种消过毒的肃穆气息。

柳大妈打开家门，把我迎了进去。

房间里十分宽敞，大理石地砖亮得让人胆寒。客厅里家具不多，每一样看起来都很贵，茶几上摆着水晶大果盘，但果盘里没有水果，里面都是药瓶。和对面孙大妈的家相比，这个房间简直拒人千里。

“坐。”柳大妈指指客厅中央的布艺沙发，“我去给你倒点儿水。”

柳大妈端着和果盘配套的水晶玻璃杯走出来，把杯子递给我，我心慌手颤地接过来，小心翼翼地放在茶几上，完全不敢喝，怕一不小心把杯子给摔了。

“柳阿姨，您家真漂亮。”

柳阿姨在单人沙发上坐下来：“漂亮什么呀？都不像家，像酒店大堂，是伐？”

我看看四周，柳阿姨说得也没错。

“郑有恩什么多余的东西都不让我添，我买回来就扔。喏，那个电视遥控器，我想买个套子把它套上，缝隙里落了灰不好弄嘛。买了五次，她扔了五次。她平时都不看电视的哎，一个电视遥控器套子怎么就刺到她眼了？”

我盯着茶几上的电视遥控器发呆。

“一个家，住得像个墓一样。你说她是不是变态？”

“……别这么说，那可是您女儿啊。”

“小张啊，我不怕你笑话，你柳阿姨，命苦的嘞。”

我有些尴尬，不知道该怎么回应柳阿姨的话。柳阿姨抬头看向我：“昨天，她欺负你了吧？”

“也没有，就是没看上我吧。”

“那你对她还有意思没有？”

我沉默了一会儿：“就、就算了吧。这事儿也得看缘分。”

柳阿姨也沉默了，我俩就这么安静地坐在古墓一样的“酒店大堂”里，半天没人吭声。

“有恩以前是模特，你知道吧？”

“欸？还、还真不知道。”

柳阿姨不高兴地看我一眼：“我女儿这身架、这个长相，一眼看上去就不是普通人的哦。”

“这、这倒是。”

“模特做得好好的，她老跟人家吵架。有些事看不惯，非得指着人家鼻头骂出来。模特做不下去了，转行去当空姐，以前是在 T 台上走，旁边的人都得仰头看她。现在呢，T 台换成飞机通道了，她还是走模特步，只不过前面加辆小推车，给人家端茶倒水。现在不像早几年，说起空姐，还是高级工种。现在飞机票便宜了，上面什么人都有，她都得伺候，心里是有气，捋不顺的。”

我点点头：“我干的也是服务行业，里面的辛苦我懂。”

“有恩性格不好，也怪我。我嘛，上海人，爱讲究的呀。有恩爸爸呢，北京人，北京人你知道的吧，活得太糙，每天就求个吃饱喝足，别的不操劳。有恩小的时候，我和她爸爸老吵架，都是小事儿，但是就绕不开，不吵不行。后来吵得日子过不下去了，有恩怕我们两个离婚，那么小的年纪哦，居然偷偷翻出我俩的结婚证，烧掉了，就不想让我们离。但最后还是离了，没有结婚证，搞得好麻烦。离了以后，我就回上海娘家去了，有恩不跟我走，她要陪爸爸，她跟她爸爸亲。上大学的时候，她爸爸去世了，我就跑回来了，总不能让她没家，你说对伐？可是已经晚了，不亲了，她心里怪我，我知道。”

柳阿姨看看四周：“离婚以后，我回上海做小买卖，攒了些钱。回到北京，我就出钱把这个房子的首付付掉了，想让有恩换个环境，心情也好一点儿。可是有恩呢，觉得我是在还债，还这些年欠她和她爸爸的债。她一工作，就开始攒钱还月供，一分钱都不肯让我出。她就是不想住在我的房子里。这么大个家，我们母女俩，像合租户一样。她工作忙，成天飞来飞去的，回到家，跟我没话，我多说两句她就急。这个性格随她爸，说话做事，跟个男人一样。”

“有恩爸爸……是做什么工作的呀？”我好奇地问。

“警察。派出所民警。郑有恩这么多年，被她爸爸教育的，好好一个女孩子，得了民警的职业病，眼里没好人，说话像审犯人。”

我沉默了，怪不得每次见到郑有恩，都会觉得四周杀气缭绕的。

“可是小张呀，有恩这孩子，心不坏的。”柳阿姨突然站起来，走进了卧室，过了一会儿，拿出了一个小本。

柳阿姨把本子递给我：“她心里想对你好，可是不知道怎么说。她刚当上空姐的时候，工作特别忙，每次就只能回来待一个晚上。回来以后呢，一句话说不好，我俩就吵起来了，吵得翻天覆地，恩断义绝。第二天早上，她走得早，自己拎着箱子关门就走了。可是呢，走之前，她会给我留张小字条。”

我打开柳阿姨递给我的本子，里面密密麻麻贴着长长短短的字条，上面的话都很短。

“妈，昨天对不起，我不应该那么说。我榨了果汁在冰箱里，你起来喝吧。”

“不让您瞎买保健品，是为您好，那些都是骗人的。我话说重了，对不起。路过香港的时候，我给您买药。您自己不要瞎买。”

“昨天我也很难过，希望您理解我，落地后我给您打电话，桌上我留了几张餐厅的赠券，您自己约朋友去吃。”

“不要乱和陌生人套近乎，尤其是你们广场舞里那个可疑的男的，他肯定不是好人，有所图才靠近你们。昨天和您吵，不是不想让您运动，是想让您有警惕心。您自己安全，我才能放心工作。”

“对不起。”

“妈，对不起。”

柳阿姨盯着我手里的本子：“她在天上飞，再怎么说，也不是个踏实工作。每次她走，我就把这些字条小心留好，万一出什么事儿，这就是最后一句话了啊。她自己心里也知道，也不想和我吵，可就是控制不住。”

柳阿姨坐到我身边，认真地盯着我：“小张，你脾气好，你从第一天来跳舞，我就觉得你这个孩子不是一般人，陪着我们这群老太太，都这么有耐心。你帮帮有恩，也帮帮我，好不好？”

我手上捧着写满“对不起”的小本子，看着柳阿姨，心里却想起了昨天在厕所里光溜溜的耻辱瞬间。

虽然很想点头，但脖子却直直地梗着，“柳阿姨……我……我，我可能……”

柳阿姨看着我为难的样子，理解地点了点头，拍了拍我的膝盖：“我懂。这又不是做买卖。做买卖还要你情我愿呢。”

柳阿姨站起来，走向卧室，我也跟着站起来：“柳，柳阿姨，那您忙，我先走了。”

“啊，你走吧，我也得做饭了。”柳阿姨站到另一个卧室门口，开始拍门，“有恩啊，中午啦，该起床啦！”

我愣住了，血噌地流向了脚底，浑身过电一样开始抖，我都快忘了这也是有恩的家。

“有、有恩在家啊？”

柳阿姨看向我：“对啊，她这两天休息。”

我拔腿想逃，但还没来得及抬脚，卧室的门开了。

有恩迷迷糊糊地晃了出来。

我眼前闪过一道白光，那光来自有恩的大长腿。刚睡醒的她只穿了件大背心，刚刚遮住屁股，背心的领口很低，要是花心思看，里面的内容那是一览无余。背心下，两条腿明目张胆地露在外面，美得像两把名师锻造的兵器，晴天霹雳一样戳在了我眼前。

我心里跟自己说：赶紧撤，不然又要被法办了。但我的腿却直直地戳着，一步都不挪窝，眼睛像浩瀚宇宙中的卫星，隔着千山万水，死死定位在了有恩身上。

有恩目不斜视地晃到厨房，根本没往我的方向看，径直打开冰箱，拿出矿泉水，靠墙咕咚咕咚喝着。

我呆呆地看着她的胸脯一起一伏，两条长腿像刺一样扎进我心里出不来。刚睡醒的她还没化妆，可整张脸好看得发亮。

虽然她把我扒光了扔在厕所里，这是无法改变的事实，可是这一瞬间，我居然觉得那是一种荣幸了。

我想变得比山还高，然后把她托在手心里，捧着仔细观赏。我又想变得比芝麻粒都小，钻进她背心，在乳沟里翻山越岭，啾啾地滑来滑去。

我就这样猥琐地想着，继续一动不动，直到有恩看到了我。

“呦，自己送上门了？”有恩冷笑一声，慢悠悠地说。

我舌头像被拔了一样，张着嘴，但说不出话。

“有恩，妈妈请人家来坐坐，你客气点儿。赶紧去换一下衣服。”

“怎么着？”有恩面无表情，用眼神上下扫了我一遍，“满血复活了？”

柳阿姨站到了我俩中间：“去去去，你先换衣服去，穿成这样像什么话。”

“有什么好换的？”有恩叉腰盯着我，表情冷酷极了，“赶紧走。哪儿来的回哪儿去。”

“你你你！你泼妇啊你！郑有恩。”柳大妈气愤地说出了我的心里话。

“你才有毛病吧？妈！什么人都往家里领，出事儿了怎么办？”

眼看母女间战火即将点燃，我迅速往前蹿了一步：“柳阿姨，您忙，我先走了。有恩，回头见。”

“我没长后脑勺，回不了头。”郑有恩横眉冷对地答复我。

我没有动摇，指了指她的衣服：“多穿点儿。空调一吹，该生病了。”

“不归你管。赶紧走。”

“郑有恩！闭嘴吧！小张，我送送你。”

柳大妈把我送出门，门一关上，我眼前的白光终于消失了，浑身的血也开始往下流了。

“小张，你别往心里去啊。我女儿啊，变态，真的是变态了。”

我握住了柳大妈的手，柳大妈一愣。

“柳阿姨，我愿意帮您。”

“啊？”

“真的，我愿意竭尽所能地帮您。”

09

我会花好长时间盯着X光片里有恩的心脏，因为那是整个银河系我最想去的地方。

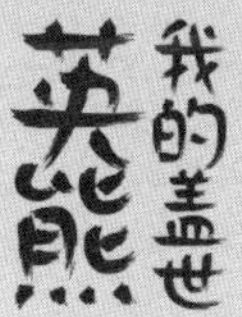

被郑有恩的两条裸腿晃瞎了眼之后，我的心也彻底乱了。本来前一天晚上，我惊魂未定地回家后，躺在床上抱着被子，在心里哭了个翻天覆地后，痛下杀手，进行了精神上的自阉，决定从此尘归尘，土归土，干脆就跟着我师父守株待兔，等着未来被某个善良的富婆把我领走，再也不自取其辱了。

但女神大腿一露，我所有的心理建设都坍塌了。

我突然觉得自己真的好像一条狗。

晚上值班时，我和王爷一个班。鲇鱼精在大堂值班，我俩不敢偷懒，一动不动地站在门口喂蚊子。

王爷最近突然多了一个爱好——挑战吉尼斯世界纪录。他说这是出人头地最零成本的办法。只要被选上了，吉尼斯总部就能发一个证书，有了认证，就可以到处去表演赚钱。

吉尼斯挑战分好多种，拼的都是最大、最快、最强。王爷想挑战的是一分钟内眨眼次数最多的人。他说英国有一哥们儿，一分钟能眨眼五百二十次，王爷只要能多眨一次，就是世界纪录了。

漫漫长夜，天干物燥，蚊子肆虐，我面前的王爷掐着表，一刻不停，飞快地眨着眼睛，还逼我帮他计数。我盯着他上下翻滚的眼皮，嘴里念叨着五十五、五十六、五十七，实在是烦得百爪挠心。

“谁会花钱看这玩意儿啊？”

“国外傻 × 多着呢，锯个木头都有全国巡回赛。你好好数，别分心。哥火了，给你在美国买房子。”

“你眼屎都翻出来了。”

“技多不压身，你也跟哥一起练吧。这又不费事儿，努努力就闯出未来了。”

“别，我现在一紧张就结巴的毛病还没好呢，再多一眨巴眼儿，下次见着我女神，脸上得多热闹啊。”

“对，和你女神怎么样啊？”

“今天中午，我还见着她了呢，在她家，她妈领我上去的。”

王爷不眨巴眼儿了，直勾勾地盯着我看：“还真有这人啊？”

我一愣：“你一直当我是瞎编的？”

“也不是……就是我和陈精典吧，我俩一直觉得你常年闷在你那阳台小屋里，可能是身心有点儿不太正常了。你没发现小妹最近趁你不在的时候才敢洗澡吗？就怕你听到水声，闻到香味儿，瞬间丧心病狂了。我俩估摸你也是不想让我们担心，所以编出这么个人来。昨天你嚷嚷着去约会，回来不也屁都没放？”

“你们咋这么想我？”我挫败地盯着眼皮继续上下翻飞的王爷，“我比你正常多了。”

“那你昨天约会约得怎么样？”

“……不太好。”

“有照片吗？”

“没有。”

“没照片你嘚瑟什么，空口无凭啊。没照片你说你跟一米八的大长腿约会了？那我还可以说昨天中午某冰冰来家给我下饺子吃呢，煮完饺子没留汤，气得我一个大嘴巴把她扇出去了。”

“我要以后能拿来她照片怎么办吧？”我被激急了。

“要真有这么个人，你把照片拿来，摆我面前，我先冲照片磕个头，叫声奶奶。再冲你磕个头，喊声爷爷。”

“行，你等着。等着当我孙子吧。”

我给自己定下了目标：下次见到郑有恩，跪求也好，偷拍也好，我要和她拍张照，她如果不愿意和我出现在同一个画面里，那单人照也行。

怀揣着这个目标，第二天清晨下了班，我又乖乖地下楼，站在了大妈群中。

也就是从这一天开始，莫名其妙地，我迎来了一个长达一周、关于如何谈恋爱的特训。

而特训的导师，就是这群平均年龄六十岁，人生最大目标是如何避免血脂、血压、胆固醇过高，曾经骚扰得我痛不欲生，现在开始为我出谋划策的大妈。

那天我一下楼，大妈们就集体笑眯眯地看着我，气氛诡异极了。

柳大妈已经向大家说了我打算往死里追她家的变态闺女。这群大妈每天也没什么正事儿，能把广场舞跳出政治斗争，把市场菜价走向当成研究课题，现在队伍里混进了一个激情求偶的我，她们简直太喜闻乐见了，活像一群穷困潦倒的科学家，终于逮到了一只可以做活体实验的小白鼠。

跳完舞后，大妈们谁都没走，拽着我在小花园里开始谈心。我头皮发麻，心浮气躁，可是为了营造柳大妈心中尊老好青年的形象，只能原地乖乖坐着，还要做侧耳倾听状，不时认真点头。

大妈们聊高兴了，居然还会说：“这句话你应该记一下。你明天带个本子来。”

而我，第二天就真的带了个小本去。

现如今，翻开这个本子，可以清晰地看到当初大妈们给我灌输的成功学内容，主要分为以下几大块。

1. 人生格言分享；2. 为人处世原则；3. 养生小窍门；4. 论什么才是正确的爱情婚姻观。

“人分三六九等，木分花梨紫檀。”——孙大妈。

“男人要多吃姜，提高免疫力，增强自信心。”——柳大妈。

“炮制虽繁必不敢省人工，品味虽贵必不敢减物力，知道是哪儿的家训吗？同仁堂。做人也要这样。”——血红汗衫大妈，以前在同仁堂卖中药的。

“男人要是不尊重女性，就应该把裆里那玩意儿捐了，留给有需要的人。”——金链子大妈，曾经的个体户，现在的女权战士。

每天大妈们拽着我唾沫横飞地瞎喷时，我心不在焉，本子上也记得乱七八糟。我完全是装出不耻下问的姿态，哄她们开心而已，像游戏里做任务一样，努力刷着我未来岳母的印象分。

但渐渐地，大妈们说话时，我开始留心认真听了。

其实她们只是想说话，想随便拽着一个年轻人说说话。

有的大妈可能把我当成了久不回家的儿子。有的大妈把我当成国外留学的孙子。有的大妈可能跟儿女住一块儿，但朝夕相处，却话不投机，像柳大妈和郑有恩一样。

队伍里有一个大妈以前是中学老师，说起话来很有文化的样子。有一天瞎聊的时候，她慢悠悠地说："人一老了，就爱想当年，忆过去。也不是说以前过得有多好，而是过去的日子已经瓷瓷实实地戳在那儿了，你回过头去，全都看得见。哪段路走错了，哪段路走糊涂了，当时自己不知道，老了才琢磨明白。琢磨明白了呢，就想和正往过去走的人说道说道，就是想提个醒：'这段路滑，小心脚下。'心是这么个心，可没人爱听。因为你老了呀，现如今除了博物馆，谁还惦记着老东西？"

我是个存在感特别低的人。从小，家里过年的时候，七姑八姨来我家串门，和我妈坐炕上说别人家闲话，谁谁谁天天给男人炖鹿鞭啦，谁谁谁闺女不光早恋还偷家里钱啦，从养颜秘籍聊到避孕五十四招儿。蓦然回首，突然发现七八岁的我始终盘腿坐在炕上，竖着耳朵，嗑着瓜子，听得云山雾罩。

童年情景再次重现。后来，老太太们不给我出主意，开始聊家长里短的时候，我要不赶着上班，也还是乖乖坐着，竖着耳朵听，居然也不心浮气躁了。

大妈们聊起天来，有个特点：时间跨度长，物是人非多。

有一天，大妈们聊起了养花，都说自己技术好，你一句我一句的，全体倔强起来了。后来一个大妈杀出重围，取得了胜利："我家阳台上那盆绿萝，那还是我大儿子没了之前给我买的呢。我大儿子死了有小十年了吧，那绿萝现在还活得好好的呢。"

其他大妈纷纷表示：行行行，你赢了。

还有一个大妈，住我们东德小区，老伴走得早，自己一个人住，眼神不太好。有一天来跳舞的时候，满脸不高兴。大家问她怎么了，她气呼呼地说，昨天去超市买油，排队结账的时候，看前面的小姑娘购物车里放着一堆包装得花花绿绿的罐头，她就问小姑娘这是什么，小姑娘不耐烦地说，肉罐头。她又问小姑娘怎么一口气买这么多，小姑娘接着不耐烦地说，买二赠一。大妈心里就琢磨起来了，自己一个人住，轻易不舍得炖肉，费劲儿地炖半天，自己一顿也就吃几块。这小肉罐头好，一次开一罐，吃饭也能添点儿肉腥味儿。

大妈就转头去货架上拿了好几罐。回了家，蒸了米饭，打开罐头，一口吃下去，觉得特别腥。勉强撑着吃完一罐，深觉上当受骗了，抱着剩下的罐头就去了超市，超市里的人一听她的投诉就乐了，说猫罐头是给猫吃的，人吃能不腥吗？

大妈特别委屈，讲完前因后果，转头瞪着我：“你们年轻人怎么这么坏？就那个小姑娘，你说你告诉我一句这是猫罐头，不就完了吗？我是老，可我没傻呀。”

我很想嬉皮笑脸地安慰她，但想到大妈自己一个人在家里，就着猫罐头闷头吃着白饭的情景，心里一酸。

最早开始跳广场舞，接近大妈们，我是心怀杂念，把大妈当成工具，异想天开地伺机接近女神。

可日子晃到现在，大妈们不再把我当成外人，摁着我听她们天南海北地胡侃，拽着我当免费劳力，帮她们搬搬抬抬，我都开始觉得心甘情愿。有时候听她们聊天，我会开始走神，想起自己在东北的爸妈。

来北京以后我一直没回去过，让他们来他们也不肯，说是嫌路远，其实是怕给我添麻烦。我想象着他们俩每天都是怎么打发时间的。我爸那么爱吹牛，我妈那么爱管闲事儿，真希望也能有一个像我一样不学无术、贪图美色、混吃等死、要啥没啥的年轻人，替我听他们聊聊天。

当其他大妈负责提升我的精神境界时，始终站在潮流前线的柳大妈开始担任起了我的时尚导师。

一年前的我，做梦也想不到，我居然有一天会侧耳倾听一个五十多岁的中老年妇女教我怎么穿衣服。

“我问你，你对我们家有恩也不了解，为什么想和她谈朋友？”一天，恳谈会结束后，柳大妈拎住了准备回家的我。

“……她长得漂亮。”我老老实实地说。

“可是哦，有恩嫌弃你太土了，小张。那天哦，你走了以后，她让我赶紧开窗换气，讲你留下来的土气都眯她眼睛了。”

我尴尬地站着，挠挠头：“我一个男的……也没必要把自己捯饬成什么样吧……”

“你这个话就讲得伐（不）对了。你是觉得人伐可以光看外表啊？”

我点点头。

“这些哦，都是不懂道理的人才说得出口的话。那男孩子想寻漂亮的，觉得天经地义，是伐？那人家小姑娘凭啥就得不顾长相只要你内心美啦？你要是又矮又胖，眯眯眼，穿戴嘛，邋里邋遢，头发乱哄哄，一面孔胡子拉碴，你讲你内心美有啥用？你总不能逼人家每次见你的时候，心里头感觉像烈士一样，谈朋友又不是做慈善，两个人以后是要领结婚证的，又不是去领奖状。你讲对伐啦？”

我汗流成河，用力点头：“您说得太有道理了。我其实也想时髦点儿，但是觉得钱要花在正经地方。”

“你这个想法是对的，但是不好走极端的呀，你看看你身上这件背心，哎哟，阿拉阿姨们都不肯穿了。这样吧，明天，我带你去买衣服，你下楼的时候带好钱。”

这母女俩怎么都这么喜欢强迫别人换衣服！

想到她女儿之前对我的所作所为，我心里一寒，颤抖着提问：“柳、柳阿姨，我得带多少钱啊？”

“五百块！”柳阿姨大手一挥，“五百块就够，柳阿姨包你改头换面！”

外贸大集。

大妈们的潮流 shopping mall（购物中心）。

定期在北京的农展、北展、工体、首体等地区流窜出现。每一期都有主题。夏天是苏杭出口丝绸展，冬天是外贸皮草集。

我尾随着柳大妈跌跌撞撞地出现在了农展馆的外贸名品大集上，放眼望去，四周涌动的全是大妈。她们全都步伐稳健，神采奕奕，期待与兴奋的眼神活像赌徒抵达了澳门。

我跟着柳大妈穿过农副产品区，陪着她尝过了大兴安岭的蜂蜜，抚摸了安徽淮南的枸杞，抢购了山东胶州买八赠二的海带，见识了哈尔滨空运来的巨型大马哈鱼。

我陪着柳大妈品尝了五湖四海，踏遍了祖国大地，终于，我们来到了服装区。

柳大妈径直把我带到了一个卖背心也卖羽绒服的展台，展台角落，一个中年妇女噌地站起来，迎向柳大妈：“姐！姐您来啦！”

柳大妈一副 VIP 顾客的做派：“啊，最近有新货伐？”

“有！给姐留着呢。”

“你这里男装有没有？”

“有男装呀！都是外贸的！”大姐看看我，“您家儿子呀？长得真俊。”

“不是儿子，一起跳舞的。”柳大妈云淡风轻地说。

卖货大姐困惑地盯着我。

耻辱感忽地涌了上来。

大姐从大黑塑料袋里拽出一堆衣服，一件件甩向我们：“这个裤子好，阿玛尼，外贸原单，您摸摸这料子。配个衬衫，这个衬衫出口日本的，市面上您看不到同款。背心来不来几件？瓦萨琪，显瘦又洋气。”

柳大妈认真地挑挑拣拣，不时拿起几件在我身上比画，我一动不动地站着，孤独地漂浮在大妈们的海洋中，有种要溺毙的感觉。

“就这几件好了。你算算多少钱。”

“姐，我都给您最低价，您放心。这裤子店里卖好几千，我算您三百八，进货价。衬衣嘛，搭配着卖您，不赚钱了，给我两百块，亏本我心甘情愿。这两件背心，一件纪梵希，郭德纲同款，火得不得了，这件瓦萨琪没办法便宜了，料子丝光棉的，穿身上透气，预防皮肤病的。两件背心，我打包价卖您，五百。加一起一千零八十，零头我给您抹了，一千。姐，你捡着大便宜了。”

“四百。”

“您买一件啊？”

“开玩笑，我全都要。”

“姐您坑我。涨一点儿。”

“四百五。”

“八百。”

“五百。”

“六百五。”

“小张，咱们走。”

“姐！姐！哎呀，我就是欠您的。就是想交您这个朋友，真是亏本买卖都得做，您说我何苦呢？哎，姐您心太狠了……”

柳大妈用武林高手的气势转身看向我：“掏钱吧。”

“唉。”

我哆哆嗦嗦掏钱的工夫，卖货大姐又拽出一套艳粉色的运动服，运动服是带绒的，后背上用水钻贴着英文单词。

“姐，这我给您留的，您不是爱穿点儿艳的吗？这个运动服保暖，您空调房里可以穿。颜色多正，显脸白。留一套吧？这货不好找。”

“呦，这衣服倒是蛮洋气的。”

“姐！这衣服不是什么人都能穿的，但是您穿，肯定出风头！人上人就是您了。”

柳大妈明显被打动了，她拎着衣服犹豫了一会儿，转头看向我：“你觉得呢？”

我看着裤子的大喇叭腿，衣服上的浮夸水钻，感觉二十多岁的女性都不太敢挑战这一款。

所以我点了点头：“您穿肯定好看。”

第二天，柳大妈顶着清晨的灿烂阳光，穿着这套绚彩运动服，无比招摇地出现在了小花园里。

大家纷纷围上去抚摸柳大妈：“小柳，你不热啊？”

“不热，这衣服进口货哎，你看着厚，其实很透气，还能防紫外线。你们也得注意哦，紫外线晒多了，容易得皮肤癌。”

大妈们点着头啧啧称奇。

孙大妈站在不远处，冷冷地看着柳大妈，发表了自己的看法：“秃瓢儿别发卡——真够调皮的！”

果然让孙大妈说着了。

舞快跳完的时候，柳大妈中暑了。

柳大妈靠着树，哎哟哎哟地直嚷晕，我和其他几个大妈扶着她去了附近的社区小医院。

医院的大夫也很震惊，一边让护士帮柳大妈换衣服，一边做出了初步的病情诊断：“老太太，您有什么想不开的？大夏天穿这么多？”

检查过后，医生说就是有点儿中暑，没别的情况。柳阿姨开始输液，其他大妈看没什么事儿，也都回家了。我想了想，还是留了下来。

犹豫了一会儿，我问柳大妈：“要不要给有恩打个电话？”

“别给她打。她今天回来，刚飞完长途，累，回去好睡觉了。我好一点儿就自己回去了。”

“那我陪您，今天我是夜班。”

柳大妈不想麻烦有恩，但有恩却给柳大妈打来了电话，她已经到家了，但没带钥匙。柳大妈吭吭哧哧半天，最后还是得说自己上了医院。

没过多久，走廊里传来一阵火急火燎的高跟鞋声，病房的门被推开，有恩穿着制服拎着箱子，闯了进来。

“怎么回事儿啊？”

我第一次见到郑有恩脸上出现了着急的表情。

“没事儿，中暑。”柳大妈笑嘻嘻地说。

“好好的怎么就中暑了？”

我拎起病床旁边的衣服：“穿，穿多了。”

有恩盯着衣服皱眉，甩下箱子走过来，一把拽过衣服。

“妈，你有毛病吧？这衣服是你穿的吗？”

旁边的柳大妈，昨天还带我勇闯外贸大集，威风得如入无人之境，可现在变态女儿一来，立刻老实了，缩在病床上战战兢兢。

“瞎穿嘛，穿个舒服。”

“这种廉价玩意儿，都什么人穿你知道吗？不是小明星，就是小老婆，包屁股露小腹的，那是为了卖起来方便。你跟着凑什么热闹啊！有病吧?！”

“我是有病啊。这不是在医院呢吗？”

“好好查了没有啊！”有恩突然转头瞪着我，“除了中暑有别的毛病吗？血压量了吗？做心电图了吗？”

“我，那个，查，查……”我被郑有恩的逼问吓得心慌手颤、视线模糊，只能嗷嗷对着门喊，“大夫！大夫！”

“有恩啊。”柳大妈突然拽住了有恩的手。

“啊？”有恩还是一脸着急的表情。

“吃早点了没有？”

柳大妈慢条斯理地问道。

有恩一愣，然后迅速回过神来：“吃什么早点，哪儿有心情吃啊！”

“妈妈没事儿，就是中暑了，输完液就好了。医院门口有早点摊，你去吃一点儿。小张，你陪她去。”

“不吃，我在这儿等大夫来，再好好问问他。”

“侬别让我着急。一进来就乱吼乱叫的，本来没事儿，被吓得血压也高了。你早点吃好，我也输好液了，我们一起回家，好伐？”

“我不吃，我在这儿陪你。”

“你不要在这儿陪我，你在这儿我紧张。讲话这么大声，人家以为医闹来了呢。去吃早点，我求求你了。”

“行行行，我吃我吃。你老实待着啊，别瞎折腾了。”

“我都挂上水了，还能怎么折腾啊。”

有恩向门外走去，柳大妈给我使了个眼色，意思是让我跟上。

其实说良心话，面对此刻情绪不稳定的有恩，我更想留在病房里陪着柳大妈。一出了门，就不知道是福是祸了。我咬咬牙，还是走了出去。反正就在医院门口，被打了也方便抢救。

跟着有恩走到了早点摊，我问有恩："你吃什么？我去买。"

"豆浆，油条。"

"好嘞。我吃豆腐脑。"

有恩恢复了面无表情："谁问你了。"

我讪讪地转身掏钱买早点，端回路边的桌子上。还没到中午，但天阴了下来，刮起了大风，一会儿像是有雨。大风里，我和郑有恩隔桌而坐，有恩沉默地喝着豆浆，我的豆腐脑被风吹得舀一勺飞一勺。

气氛肃穆地吃到一半，有恩突然抬头："她是跳舞的时候中暑的吧？"

"啊，是。"

有恩露出生气的表情："从明天起，我再也不让她跳这破玩意儿了。"

"啊？为，为什么呀？"

有恩抬头，冷冷地瞪着我："这么大岁数了，还不老实在家待着，组着团地出去丢人现眼。"

"别这么说她们。"

"那怎么说？"有恩不耐烦地抬头，"一上公交车、地铁，就装老弱病残，跳起广场舞怎么就那么有精神头儿啊？多少人嫌她们扰民？这不是倚老卖老吗？"

"那是你妈……"

"我妈怎么了？想锻炼哪儿不能练，我们小区有专门的健身器材。从我妈开始跳这个舞，以前那股爱出风头的劲儿就又上来了，回来老说谁谁谁让她下不来台，谁谁谁老跟她拧着干，天天较劲儿，现在进医院了吧。"

想到每天和我在花园里絮絮叨叨的大妈们，在有恩眼里是这个样子的，我心里一阵着急，明知道应该安静地听她说，自己负责点头就好，可还是放下了筷子，勇敢地抬起了头。

“你光看见她们跳广场舞了，你知道她们平时自己在家，都是怎么过的吗？”

“不就老年生活吗？谁没老的时候，又不是什么特异功能，有什么不能想象的啊？”

“你平时上班，有同事，下了班，有朋友，再无聊了，上网，刷刷微博，总能找着跟你说话的。她们呢？退了休，到哪儿找同事？想和以前的朋友见一面，有住东城的，有住西城的，你觉得不远，她们见一次，特别难。坐地铁找不着换乘的口，坐公共汽车怕坐过了站。她们也想上网，可一半人有老花眼，看表都困难。柳阿姨一直想注册个微博，想让你帮着弄账号，你是不是一直不耐烦？咱们还年轻，想去哪儿，抬脚就走了。可她们呢？交个电费都是跋山涉水。”

“老了是不容易，年轻就是享福的啊？我昨天飞了十八小时，光给乘客倒饮料就倒了两百多杯，下了飞机还得先来医院看我妈，来的路上我吓得腿都抖了。做老人的，能不跟着添乱吗？”

“能不能理解理解她们？她们愿意跳舞，是因为有人能跟她们说说话，昨天晚上吃了什么，最近菜价便宜还是贵了，降血压有什么好办法……这些事儿，只有她们能聊到一起，别人愿意听吗？你愿意听吗？柳阿姨每天跳完舞，回到家，你经常不在，她一整天都是自己待着，前两天她和我说，看电视剧看着看着，就跟戏里的人聊起天了，你能想象这是什么感觉吗？”

“呦，说得跟您多理解她们似的。合着您混进这老太太群里，是来当心理医生的？你图的不是我吗？你比我浑蛋多了。人家有接近老太太骗财的，您可好，打着感情牌来骗色。要是我长得歪瓜裂枣的，你愿意跟她们混一块儿吗？躲着走都来不及吧？”

我盯着有恩的嘴，感受着海量的语言攻击，心跳加速，意识再一次开始模糊。

“还教育我？我有亲生爸爸，我不缺野生的爹。从明天开始，我就让我妈在家老实待着，这舞我们不跳了，你呀，也别想再上赶着套近乎了。你死了这条心吧。”

我的大脑一片混乱，虽然我的文化水平很低，但此刻却有种秀才遇到兵的感觉。

我得阻止她说下去。我朦朦胧胧地产生了这样的念头。

“离我们远点儿，小区外五十米看见你，我就敢报警你信吗……”有恩低头喝了口豆浆，可能是渴了。

在她抬头的一瞬间，我心里还没想明白是为什么，但手已经伸出去了，一把捏住了她的脸。

我凑到了她面前。

电光石火间，一阵大风吹过，有恩的脸被我紧紧捏着。我们俩都愣住了。

“别说了……”

我话还没说完，有恩的嘴被挤开了，一股白色的液体，像小海豚吐水柱一样，喷到了我脸上。

一股豆香在鼻间蔓延开。

我用空着的另一只手擦擦脸，捏着有恩的手没有松开，我死死地盯着她，人也镇静了。

“老人还在的时候，你说什么都是气话。老人走了，你想起来的可就只剩后悔了。我姥去世前，我妈跟她说的最后一句话是，‘别老给我送酸菜，我都吃烦了’。我姥走了以后，我妈连酸菜味儿都闻不了，我们家可能是全东北唯一冬天不腌酸菜的人家。你每天在飞机上，伺候乘客都那么有耐心，干吗回了家，跟自己最亲的人犯浑？”

有恩愣愣地看着我，努力从嘴里挤出一句：“放开我。”

“跟我也是。以后咱俩是什么关系，都说不定呢。我想得乐观一点儿啊，万一你成了我媳妇儿呢，想起今天这么数落我，你尴尬不说，我都替你后怕啊。”

“臭不要脸的，你放开我。”

我盯着有恩的小脸，被我手捏得圆嘟嘟的。嘴唇鼓鼓地翘着，粉嫩水滑。

好可爱啊。

我又往前凑了一点儿，心里清楚自己即将酿成大错，但身体已经不受控制了，像飞蛾扑电灯泡，蟑螂迷上了蟑螂药一样，我的嘴忽忽悠悠地开始向有恩靠近。

不是说我浑蛋吗？我还就浑蛋给你看了。

离有恩的嘴还有一个小拇指的距离，我嘴唇已经看好了跑道准备降落了。

突然，我的头上脸上，一股热流涌了上来。

郑有恩把剩下的半碗豆浆浇在了我头上。

我手一松，有恩的脸恢复了正常。

我嘴唇没有安全降落，被迫返航了。

旁边的早点摊老板都看呆了，正炸着油条，手一抖，筷子掉油锅里了。

“您醒了吗？”有恩面无表情地问我。

我勉强睁开眼，舔了舔嘴旁边正哗哗往下流的豆浆。

“你喝豆浆怎么不加糖啊？”

有恩匪夷所思地看着我：“你脸皮怎么这么厚啊？”

我淡淡地笑了笑："我这才是特异功能。你理解不了。"

擦干净脸回到医院，柳大妈也输完液了。我跟在她们母女俩身后，陪她们回家。

郑有恩一路都没再搭理我，但我依然没皮没脸地跟着。

世界上最温暖的事儿是什么？是陪伴。世界上最有效的沟通手段是什么？是交流。这是爱穿血红汗衫的那位大妈向我灌输过的人生格言。

今天两样我都做到了，还知道了女神喝豆浆不放糖。

心满意足。

一路走回她们小区门口，郑有恩回头看了看我，表情依然冷酷，却说了句让我热泪盈眶的话。

"你脸没事儿吧？"

"没，没事儿。"

"我本来想拿炸油条那油泼你来着。"

"谢手下留情。"

"下次再这样，我就毁了你的容。"

"下，下次？"我眼睛噌地冒出了金光。

郑有恩带着忍无可忍的表情，转过了身。

我突然想起了和王爷打的赌，下次再见到有恩，不知道又是什么时候了。

"有恩……"

"叫全名。"

"郑有恩。"

"干吗？"

“你能给我张你的照片吗？”

有恩转身盯着我：“干吗？”

“我想要张你的照片。万，万一真没下次了呢？”

“你脑子里装的都是什么恶心的事儿啊？”

“绝对不是，不是你想的那样。就当给我的精神补偿吧，你看你当着那么多人的面泼我，我好歹也是个男的。”

有恩冷冷地看着我，面无表情。我觉得可能悬了，打算放弃。

“实在不行就，就算了。没事儿，我脑子里能记住你，其实也不需要实物。”

有恩嘴角一挑，给了我一个似是而非的笑。

“行啊，不就要照片吗？你要大头照，还是带胸的？”

我一愣，没想到这个要求居然被通过了，还附带选择权。

“大头……啊，带胸的吧，带胸的。”

“你原地等着，我回家给你取去。”有恩转身走了。

“太谢谢了，谢谢啊！不着急，慢慢走。”

等着有恩回来的工夫，我掏出手机，给王爷发了条短信。

“把地擦干净，跪好了，一会儿爷爷奶奶来看你。”

过了不久，有恩远远地向我走来，我扒着她们小区的铁栏杆，像狗一样翘首以盼。

“给。”有恩把一个硕大的纸袋子递给了我。

“这，这么大？太客气了，明星照吧……”我正高兴着，一低头，看到了纸袋子上几个硕大的字：北京朝阳医院。

心里再次开始有不祥的感觉。

郑有恩把照片从纸袋里抽出来。

是张 X 光片。

“上个月体检刚照的，带胸，清清楚楚的我，行吗？”

“……”

“要不要啊？不要我拿回去了，贵着呢。”

我手上捧着郑有恩的胸片，眼里又泛起了泪。

“要，我要。”

郑有恩一脸打量变态的表情。

我恍惚地看着手里硕大的胸片。

“哎？”我突然一惊，指着胸片，有恩肺部上有拳头大的一团黑影，“这是阴影吧？肺上这么大一块，大夫没看出来吗？”

有恩也凑过来看了看，然后用鄙夷的表情看向我。

“那是胃。”

我恍然大悟：“是胃啊。”

我小心翼翼地把胸片收好：“胃那么小，怪不得这么瘦呢。”

“赶紧走。”

“唉。”

我抱着有恩的胸片回到了家。一开门，王爷正蹲在客厅沙发上，剪着脚指甲。

“地我墩三遍了，剪完指甲我就跪着去。我奶奶呢？”

我想把手里的纸袋藏起来，但这么大的目标，无处可藏。

王爷从沙发上蹿起来，走到我身边拽过了纸袋，拿出了黝黑的 X 光片。

王爷笑了。

王爷理解地点了点头。

王爷重新蹲回沙发上，咔嚓一声，剪下了一块硕大的脚指甲，然后放在了我手上：“这是我女朋友，小甲。今天也给你介绍一下。”

有恩的 X 光片，后来被我贴在了墙上。躺在床上，睁眼就能看见。

每天睡觉前，我会像看星图一样看着它，甚至还专门查了人体构造详解。我看着有恩的胸骨，有恩的胸膜，有恩的膈肌，想象着她肺叶慢慢松弛扩张的样子，我会花好长时间盯着 X 光片里有恩的心脏，因为那是整个银河系我最想去的地方。

10

谁都没有想到广场舞
的战场会这么残酷。

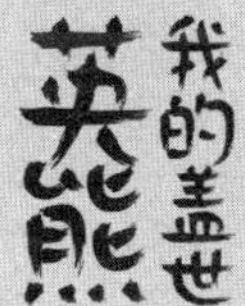

北京渐渐告别了炎夏，进入了秋天。

好消息不断。

工作方面，最近形势一片大好，因为鲇鱼精居然恋爱了，据说对方还是个女的。他的注意力开始分散，不再像警犬一样盯着我们了。上班时候也能看到他偷偷拿出手机，对着微信跟个傻 × 一样自言自语。

广场舞方面，我的变态女神并没有禁锢住柳大妈的肉体和灵魂，丈母娘还是每天参加着跳操。

有一天跳操前，孙大妈兴奋地通知了大家一个惊天喜讯，有家保险公司准备冠名举办一场全市的广场舞大赛，最后获胜的团体，除了给一笔奖金，还会每人发一件背心，后面印着这家保险公司的名字，跳舞的时候穿着它，就算是帮保险公司做宣传了，公司每个月会赞助获胜团体一小笔活动经费。

大家听到这个消息，开始摩拳擦掌了。对贫穷东德小区的各位来说，这“一笔奖金”很诱人；对西德的柳大妈她们来说，这把年纪居然还能重登时代舞台，本身就是一种刺激。

“赢了就能当代言人了呀！”柳大妈激动极了，虽然理解得有些偏差。

至于我的恋爱方面，暂时毫无进展，但我获取了和女神沟通的另一种方式。受鲇鱼精启发，我用女神的手机号搜到了她的微信，抱着想在微信里给她唱情歌的想法，我试着申请成为她的好友。

第一次申请，不出所料被拒绝了。

第二次申请，我在申请时加了一句话：我是小张，张光正，加我一下吧，别那么小气。

又被拒绝了。意料之中。

第三次至第八次，我在好友申请下的小白框里，分别填写了当日天气、冷笑话、名人名言、养生常识等各种信息。

但都被拒绝了。好伤心啊。

第九次，我决定换一个思路，填写了这样一句话：今天给柳阿姨拍了张好看的照片，想看吗？加我呀。

通过了。

居然通过了。

“您的朋友郑有恩已通过您的好友申请，现在你们可以开始聊天啦。”

我们可以开始聊天啦！

我抱着手机左右旋转，咔咔咔地开始在手机上输入信息，因为这一刻太具有历史性了，我紧张得不知道说什么好。输入，删除，输入，删除，最后在深思熟虑下，发了一个微笑的表情。

几秒钟之后，有恩回我了。

“你再这样，我就报警。”

没有“你好”，没有“我们开始聊天吧”，也没有笑眯眯的表情。

但我不能让对话就这么终止啊，于是再次输入，删除，输入，删除，最后苦思冥想，发过去两个字。

“嘻嘻。”

有恩没有再回我。

不回我没关系，我可以看你的朋友圈了。朋友圈里肯定有自拍吧？我可以在王爷那儿给自己正名了。

翻遍了郑有恩的朋友圈，我颓废了。

有恩的朋友圈里干干净净，什么照片都没有。

没有自拍照，没有美食照，没有到此一游照，更没有在卫生间里对着镜子拍的秀身材照。

长得这么好看，这些照片不应该是标配吗？

郑有恩基本上不回我微信，我也不敢打扰她。

自从加了她微信以后，我心里却多了牵挂。我们值岗的时候不让带手机，只有休息的时候可以去休息室里用。以前我的手机是用来打小游戏和看时间的，但现在，它唯一的功能就是刷郑有恩的朋友圈。我惦记着她有没有更新，又飞到了哪儿，哪些傻 × 乘客又惹她生气了。我很想给她留言，可又不敢，所以只好兢兢业业地点赞。她到了加州，我就在网上查加州的天气；她到了纽约，我就搜曼哈顿夜景的照片。不知不觉，我对美国地理开始熟悉起来。我常常想象她正在跨越太平洋的哪片海域，窗外是日光还是月光，我还会幻想自己是那架飞机的机长，坐在飞机最前方，按下按钮叫她进来，她问我：机长，需要我帮您什么吗？我说没事儿没事儿，你看远处那片云的形状，像不像抱在一起的我们俩。

贴秋膘那天，王爷、王牛郎和我一起去吃烤羊腿。等着羊腿熟的工夫，王牛郎突然踹了踹我凳子：“你丫怎么把我从微信里删了？”

我嘿嘿一笑：“我女神加我微信了。”

“那干吗把我删了啊？”

王爷也插话进来："他把我也删了。"

"这样我微信一响，就知道是她。没别人了。"

王爷忍无可忍地看着我："我祖宗哎！第一次约会，你回来以后头上都冒青烟了。要照片，人家给你的是胸片。你当人家是女神，人家当你是个啥？"

"碎催。"王牛郎见缝插针地总结。

王牛郎给我夹了口拍黄瓜，打开面前的小口杯，一边抿着酒，一边慢条斯理地劝起了我。

"今天呀，师父跟你泛谈一下资源利用和资源配置的问题。谈恋爱是什么？是资源利用。有脸刷脸，有钱撒钱，口条好的可以玩儿嘴皮子。利用得好，姑娘不愁找，前仆后继地来。你呢，人长得不丑，五官齐全，眉是眉，眼是眼的，也就是命不好，命好现在估计看见女人都得烦。既然脸长得好，就应该利用，多谈点儿恋爱，好好过过招儿，老了以后写回忆录，那都是素材。我们当代的年轻人，谈恋爱要心无杂念，别动不动就惦记着未来，未来心里没有你。"

王爷在一旁啪啪鼓掌，王牛郎低头抿了一口酒，润了润嗓子。

"那结婚是什么呢？结婚是资源配置。你趁什么，我趁什么，哎，咱一碰，对上了，齐活儿，一起过日子吧。可要是你家趁大米，我家趁耗子，这就没法儿处。你现在一根筋地扎着人家这姑娘，是奔着谈恋爱去的，还是结婚啊？"

"……说心里话，挺想娶了她的。"

"那你趁什么啊？人家的配置已经是宾利级别的了，你一残疾人代步车，死命屁股后头追着，就算你追上了能怎么着？两人找地方赛一圈啊？"

烤好的羊腿端了上来，腾腾地冒着热气，王爷和王牛郎张牙舞爪地扑了上去。

“师父，你看，咱们是干什么的？咱们是门童，不是专门察言观色的吗？我自己觉得，她不是真烦我。”

王牛郎一只手抓着羊腿肉，另一只手往上撒着辣椒面：“人家烦你干吗呀？你这号儿的肯定见多了。人是逗着你玩儿呢，因为你得罪得起啊。有钱有势的跟她要照片，你看她敢逗着人玩儿吗？”

“她就是这么个性格。”

王牛郎冲我摆摆手，手上的羊腿肉在我面前虎虎生风：“没有的事儿。现在的女人，都是在生物链里的。她在你这儿是女神，在别人那儿就是女仆，一物降一物。你何苦呢？低三下四地供着她，不就是一女的吗？都 21 世纪了，别人谈恋爱，比开水泡面都快。咱酒店遇到过多少对儿，开房办入住的时候，才知道对方全名。你这都苦哈哈被人家遛了几个月了？手都没碰过。你抬眼看看，地上那么多姹紫嫣红等你摘，你非抱着个向日葵不撒手。向日葵是抬头冲太阳的，你指望人低头看你？没戏。”

如果师父早些时候跟我说这些话，可能我也就被说动摇了，因为听起来确实有道理。

可现在，按师父的说法，我却突然想起了我们酒店住过的一个客人。

“师父，你记得‘1608’吗？”

师父想了想，点点头。

“1608”是前年住在我们酒店的一个男客人，从上海的外资公司派来北京公干，公司给他包了长期房间，房号就是 1608。

1608 的客人三十岁出头，人长得很精神，又有气质。他住在酒店的半年里，一到周末，总能看到他搂着不同的姑娘回来。“1608”的口味常换，上周是大家闺秀，下周就是短裙吊带，有时是贤妻良母型，有时是典雅学院派，但共同的特点是特别好看。这些姑娘只在酒店出现过一次，没有重样过，就像王牛郎说的，姹紫嫣红摘遍。

有时“1608”换了新的女朋友，上一任却还没回过神来，痴痴地找到酒店。酒店当然不会让她上楼，她就守在门口，问“1608”什么时候回来。我们还要帮着撒谎，说客人已经退房了。为了感谢我们，“1608”也没少给我们小费。

我们特别羡慕“1608”，简直快羡慕死了，羡慕得想偷张门卡溜进他房里把他阉了。

但那一年的除夕夜，酒店里除了外地客人，本地客人几乎没有，大家都回家过年了。凌晨一点多，大堂里空空荡荡，我和王牛郎值夜班，因为是除夕，所以我们也能提前离岗，两点就可以下班了。

正看着满天烟花灿烂的时候，“1608”突然站到了我俩身后。

“兄弟，附近哪儿有吃饺子的地儿啊？”

我俩一愣，“1608”没有平时那么精神，像是刚睡醒。

“先生，酒店的餐厅已经结束营业了，附近的饭馆可能放假也都不开门。您稍等，我帮您查查远一点儿的餐厅。”

“1608”摆摆手：“不用了，太远我就不去了，挺麻烦的。”

“您过年总得吃顿饺子啊。”王牛郎说。

“是，本来想下楼到餐厅吃的，结果看着春晚睡着了。算了，不吃就不吃了。”

“1608”转身想走，背影看起来格外萧条，王牛郎喊住了他。

“我们俩快下班了，倒是有地儿吃饺子，您不嫌弃就一起来？”

“1608”回头，给了我俩一个灿烂的笑容，我心里都一软。他说：“太谢谢你了，兄弟。”

那天我们去了酒店后门小巷子里，王爷老乡开的饭馆。很小的苍蝇馆子，老板没回家过年，我们几个酒店员工就包了下来，一起出钱攒了顿年夜饭。

吃上了东北大饺子，“1608”一脸满足的表情。王牛郎忍不住开口问了：“您今天……怎么一个人啊？”

“家人都在外地呢。”

“那您平时那些……”

“1608”明白过来，不好意思地笑了笑：“人家各自都有家，也得回家过年啊。”

“您这是逗我们。要真想有人陪，恐怕您从除夕排到正月十五，一天三班倒，都排不过来。”

“1608”嘿嘿一笑：“说实话，确实不是找不着人陪，而是不敢啊。你说这种日子，全家团聚嘛，我叫人家来陪我，她想多了怎么办？觉得我在暗示她？以为我们的关系已经走到那种地步了？我要叫她们陪我过除夕，初一她们就得嚷嚷着回家见我爸妈去。太可怕了！想想我都冒冷汗。”“1608”还真的哆嗦了一下。

“防患于未然啊您这是，不愧是成功人士。”王牛郎竖起了大拇哥。

“1608”继续美滋滋地吃起了饺子，可是我好像看到了他身上特别矛盾的一面。除夕夜里，他敢和陌生的我们一起穿过小巷，钻进脏馆子里吃饺子，吃得格外坦然。可是在刚刚说话时，他的眼神却显得那么懦弱和恐惧。

王牛郎也记得这件事，他撕扯着羊腿肉大大咧咧地说：“所以嘛，你看人家那么有钱，又有身份，谈恋爱都只争朝夕了，你又奔着什么花好月圆去呢？”

我给王牛郎他们讲了个故事，就是这个故事，让我坚定地想奔着和郑有恩花好月圆了去。

这个故事是我在大妈们七嘴八舌给我出主意时听到的。当时，一群大妈起哄，让其中一个短发大妈说说自己和老伴的故事，让我取取经。

短发大妈年轻时是卫生站的医生，一直也算是心高气傲，快三十岁了还没结婚。后来单位给她介绍了个对象，是个电工。那时候谈恋爱，不是逛街、吃饭、看电影，是约着一起去学习，每周三次，在劳动人民文化宫学《毛主席语录》。来来回回的路上，俩人就互相喜欢上了。

听起来是个很平淡的故事，我有点儿好奇地问大妈："您喜欢他什么呀？"

"他对我好。"

"怎么个好法儿？"

大妈沉默了一会儿，开口说："我是回族，他是汉族，你明白了吗？"

我含糊地摇了摇头。

"我们那个时候，回族和汉族结婚，难着呢。我家不同意，他家也不同意，我俩都跟家里闹僵了才结的婚。"

旁边有个大妈插嘴："罗密欧与朱丽叶。"

短发大妈笑着瞪她一眼。"我们结婚以后啊，他为了尊重我的民族习惯，就再没吃过肉。我俩结婚四十二年了。"

我愣住了。

"你们年轻人不好想象吧？他结婚前，特别爱吃肉，我说这哪儿能说断就断了。结婚以后，我劝他，你偷偷在外面吃，我装不知道。他说这哪儿行，这不是偷腥吗！"

刚刚那位嘴比较快的大妈又凑上来了："这就是罗曼史。"

短发大妈沉默了一会儿，再开口时，故事的调性就变了。

“他走了以后啊，我们周围的人都替我难受，都说：老刘人太好了，对你太好了，怎么走那么早，你怎么办啊？可是我心里呢，难过是难过，可是又高兴。他火化那天，我盯着烟囱里的烟，我就在心里说啊，老刘啊，走吧，快点儿走，去那边，好好补回来。这些年，谢谢你了。”

短发大妈给我讲这个故事前，我想到郑有恩，心里还是一团乱麻，我确实想不明白，该怎么对她好，她的刻薄和坏脾气，我担心我消化不了。

可是听完这个故事，我心里却踏实了。

既然有人能为了自己喜欢的女人四十二年不吃肉，那我一定也可以。

我给王牛郎和王爷讲完了这个故事，语气沉稳，表情坚定。

他俩举着手里的羊腿肉，像看傻 × 一样看着我。

我也直到此刻才发现，从前那个宅瘫在床上，没有目标得过且过的我，自从遇到了这些大妈，不知不觉间，从床上爬了起来，下了楼，还向前走了不算短的一段路。

俩人沉默了一会儿，王牛郎开口说：“拦是拦不住了，你自己想清楚吧。钱花完了还能再挣，感情可没有零存整取。在一个人身上用干净了，没处补去。”

我认真地点了点头。

王牛郎眼里的谈恋爱是资源利用，可我觉得谈恋爱是创造历史。每一段历史都是重复的，都有前人帮我们打过江山了。那么多人都证明过，所以我也想赌一次。

天渐渐凉快下来，北京一到秋季，天天都是让人忘忧的好天气。

9月初的一个清晨，我照常扛着音箱下楼，发现大妈们人人一副秋游打扮，拎着水壶，背着小包，穿得也都干干净净的。

“我们一会儿去东城，咱那广场舞比赛，开始海选啦。今天是东城海选，我们去观摩一下。”孙大妈美滋滋地跟我介绍。

“对，应该去。知己知彼，百战百胜嘛。”我眼睛还没完全睁开，就已经熟练地拍起了今天的第一个马屁。

“侬一起来伐？”柳大妈看向我。

“哎？”我一愣，本能地想撤。

“一起来吧，有个年轻人，我们心里也有底。”

我乖乖地点点头：“哎，我陪你们去。”

跳完舞，我们就向东直门的来福士广场出发了。二十多个老太太一上公交车，公交车上的年轻人集体皱眉了，但还是纷纷起身让座。大妈们不好意思地坐下，纷纷跟让座的年轻人解释：我就坐几站，东直门就下。

柳大妈坐在车厢后面，我靠在她旁边的扶手上。为了合理地利用时间，我向柳大妈打听起了郑有恩的背景资料。

“柳阿姨，有恩平时喜欢吃什么啊？”

“有恩喜欢吃水果。”

“啊，女孩子多吃水果好，养颜。她喜欢吃什么水果啊？”

“榴梿。”

“……口这么重啊。”

“要不说她变态嘛，臭都臭死了。有一段时间她拿这个当早饭，一睁眼就捧着它，臭气熏天哎。”

“榴梿吃多了可不好，容易便秘啊。”

柳大妈抬头看看我：“你敢劝她吗？”

“……”我黯然地低下了头，“那她不喜欢吃什么啊？”

“她特别讨厌吃水饺。”

“哦，不喜欢吃带馅儿的？”

“也不是，”柳大妈转头看向窗外，“我和她爸爸分开以后，我不就回上海了嘛。一到冬至啊，春节啊，她爸爸忙，有时候回不来，她就只能自己吃速冻水饺。这么多年，吃伤喽。”

柳大妈看着窗外的眼神有些伤感，我为了把话题岔开，接着问起了别的问题：“有恩平时回家，休息的时候都爱干点儿啥呀？我想多了解了解她。”

“她一回来,就躲房间里睡觉。醒了嘛,除了吃饭,也不怎么出来……”柳大妈认真想了想，“跟我吵架算不算？每次回来她不管待几天，总得跟我吵一架。算个人爱好伐？”

我和柳大妈对视，两人一起苦笑。

到了东直门的海选会场，我再次潜入了大妈们会集的海洋。四周彩旗飘飘，人山人海，广场正前方搭起了一个小舞台，舞台上坐着几个中年男女评委，评委头顶上挂着横幅，贴着一行大字：×× 保险 祝您夕阳灿烂 第一届老年广场舞东城区海选。

此时此刻，广场即战场，放眼四周，大妈们各自为阵，虎视眈眈地相互打量。

我和我的大妈们也找到空地坐下来。比赛开始了，东城区一共有三十五个队伍参战。

三十五个队伍的广场舞全部看完，我和大妈们全体颓废了。

躲在我们那个小花园，莺歌燕舞的岁月里，大妈们浪费着时间搞政治斗争，花尽了心思陪我聊恋爱问题，不知不觉间，就这样忘记了自己的初心，荒废了舞艺。此刻来到了高手云集的战场，大家才震惊地发现，自己居然被广场舞的潮流，狠狠地甩在了后面。

安瑞嘉园社区广场舞团，参赛曲目：《我要做你的新娘》。舞蹈风格：炫技派，动作难度极高，抬腿劈叉间，连评委都吓得瞠目结舌。

海运仓广场舞团，参赛曲目：《我是一条小河》。舞蹈风格：蒙古异域风，抒情派，动作柔软，借舞寓情，舞者四肢舒展间，在场观众已然置身于大草原，鼻尖仿佛飘过了羊的微膻、草的清香。

交道口广场舞团，参赛曲目：《今夜舞起来》。舞蹈风格：快节奏创新国标舞，高端，洋气，有男选手助阵，动作整齐划一，男女选手的一收一放间，舞出了爱情的奥义，生活的激情。

菊儿小区广场舞团，参赛曲目：《爱我就把我来追求》。这个组织太可怕了，桑巴曲风，无法逾越的高端。快四步伐，看得人眼花缭乱。选手们齐刷刷地展开双臂，抖动起臀部的瞬间，天昏地暗。

综上所述，东城区的三十五个广场舞团队，每一个队伍，都有自己的强项与特色。

我们输了。

还没有登上战场，我们就已经输得片甲不留。我们的曲风，是笛子演奏的《潇洒走一回》，严重落后于时代。我们的舞步，简单粗暴，摇头晃脑，甚至还有三分钟，是原地傻站着，闭嘴动舌头。

谁都没有想到广场舞的战场会这么残酷。

大妈们如遭雷劈地登上了返程的公交车。来的路上，大妈们叽叽喳喳，七嘴八舌；回去的路上，整辆公交车是死一般的寂静。

我们回到小花园里，大妈们午饭也不做了，呆呆地坐在长椅上，相互依靠，安抚自己受惊吓的心。大妈们讨论了一阵后，意见迅速分成了两拨：以孙大妈为首的东德小区派，决定退出比赛，不自取其辱；而以柳大妈为首的西德小区派，则想要迅速吸取教训，改变战略方针，在半个月后的朝阳区海选中，奋力拼杀一下。

政治斗争再次展开，柳大妈开始抱怨："早点儿跟着我跳快乐踩脚操，今天也不至于被吓成这样。"孙大妈反击："跳了你的踩脚操也没戏，人都能大劈叉了，你光踩脚也没用啊。"

大妈们再次吵吵起来。

眼看就要翻脸，我一股热血涌上心头，噌地站起来了。

"别，别吵了。"

大妈们看向我。

"咱没准儿能赢呢。"我战战兢兢地说。

"怎么赢啊？"孙大妈问我。

"那，那些大妈跳得是不错，但离咱们区的海选，不还有半个月呢吗？我刚刚观察了一下，那些来比赛的大妈，都没有年轻人跟着，这说明什么？说明她们都是靠自己，已经尽了最大努力了，到头了，但你们不一样啊。"

大妈们抬头盯着我。

"你们有我呢。我是年轻人，我来想点儿四两拨千斤的招儿。咱还有半个月时间，干吗非得放弃？可以再好好练练。"

大妈们有些感动地看着我。

"前一阵子，我的事儿，净麻烦大家了，我也属实学到了很多。这次，让我帮着尽尽力吧。你们要是放心，就交给我。咱们别放弃，还是那句话，你们有我啊。”

在大妈们的一片表扬声中，我拍着胸脯把这事儿揽了下来。看着柳大妈看向我的赞许的眼神，我在心里对自己竖起了大拇哥。一箭双雕，厉害！

既让丈母娘看到了我热心的一面——看起来豪爽地主动请缨，又可以全身而退——大妈们已经是输到谷底了，到时候我不管出什么主意，都是雪中送炭，毫无风险。

"

那时的我并不知道，
前面等着我的，是
什么样的腥风血雨。

第二天，我开始琢磨怎么帮大妈们一把。

初步想法是，曲子得换一下，别人都已经是《我要做小三》了，我们还是《潇洒走一回》，信息量太不对等。我上网搜了搜，发现曲子如果变时髦了，舞步肯定得跟着换。我本来想跟着视频先自学成才，然后再去教大妈们，但真的舞动起来，却像只发情的猩猩。

我接着在网上找合适的舞蹈老师，发现有一个舞蹈教室，负责人叫广场舞小王子 Jack。都已经是小王子了，指导一下大妈们，应该非常顺手。我给这个舞蹈教室打了电话，问了地址，下了白班以后就赶了过去。

舞蹈教室在百子湾的一个社区里。我被前台小妹领进教室，宽敞的教室里，五六个年轻女孩儿正跟着女老师练着舞。女孩儿们全穿着高跟鞋、黑色包屁股短裙，音箱里放着快节奏的外国舞曲。

领头的女老师一头大鬈发，穿着高衩泳衣一样的运动服，也穿着高跟鞋，身高足有一米八几，正风骚地甩着长发扭着臀，浑身像过电一样抖动着。

前台小妹指了指教室旁边的椅子：“先生，先坐一下。”

我乖乖坐下：“好，您忙，不用管我。”

我盯着面前跳热舞的姑娘们，没想到今天还能有这样的眼福。几个学生跳得很笨拙，但女老师十分放得开，虽然身材比较奇怪，但动作非常妩媚。恍惚间，老师跳了一个双臂高举向天的动作，猝不及防，老师胳肢窝间，两团黝黑浓密的毛发映入了我的眼帘。

那……是腋毛吗？

我眼前一晕，又仔细看看，确实是腋毛，生机勃勃的浓密腋毛。

我沿着腋毛往上看，开始仔细端详老师的脸，宽脸，大浓眉，刚刮的胡楂儿还若隐若现。

这他妈是个男的呀！

我完全混乱了，腋毛和大长发，喉结和高跟鞋，随着舞曲在我面前轮番旋转。

起身想跑时，舞曲终于停了。老师面向大家拍拍手："OK，大家休息十分钟。"

男老师顶着鬈发，露着大腿，一步步妖娆地走向了我。

我贴着墙，紧张地慢慢后退。

"嘿，我是 Jack。有什么可以帮到你？"老师站到我面前，操着一口台湾普通话，向我打了招呼。

我恍惚地盯着他，眼神都不知道该怎么定位了。

Jack 摸了摸自己的假发，开口解释："哦，那些女孩儿都是小白领，年底有年会的嘛，想突击训练，学一些舞蹈。哇哦，现在的女孩儿真的都好中性，我不穿成这样，她们都不知道该怎么发掘女性的身材美。腰不会扭，头不会晃，真是够了。"

我理解地点了点头，为人师表，能做到这个地步，真是个好人。

"我今天打过电话，是这么个事儿。我看您的舞蹈教室跟广场舞有关系，正好，我们有一些跳广场舞的大妈，想参加比赛，希望能短时间内提高一下。您看这事儿您能帮忙吗？”

Jack 一边听，一边抬手把假发摘了下来，露出油光锃亮的短发。

“你让我去教大妈啊？”

“啊，对，咱有这业务吗？”

“你是她们谁的儿子吗？好孝顺哦你。”

“呃……也不是，就是和她们一起跳过一阵。这群大妈人都挺好的，有这么个比赛，我想帮帮她们。”

Jack 一脸假笑地看着我：“你和大妈们一起跳广场舞？哇哦！你好好笑，好变态哦。”

我尴尬地看着脚踩高跟鞋、穿高衩泳衣、手捧假发轻轻抚摸的 Jack 小王子，居然被这样的一位爷评价为变态。

“我跟你讲，我很贵的，我们整个 team（团队）都很贵的。你们有预算吗？”

“冒昧问一下，那您有多贵啊？我就先问一下……”

小王子指指身后几个女孩儿：“我只做私教的，她们几个人凑了一个小班。我按人收费，一小时三百五十块。”

我默默心算了一下，觉得这个开销大妈们应该承担不了。“那个，我们吧，都是些大妈，跳舞就是爱好。你看是不是能便宜点儿？”

“亲爱的，你可以给到我多少？”

我咬咬牙，说出了个数：“……那个，别按人头收费了，就一节课三百，行吗？我真的是看你们网页上介绍自己是广场舞天团，觉得您肯定能帮上忙。但要是太贵，她们确实负担不起。兄弟，帮帮忙。”

小王子耸了耸肩：“拜托，我在网上那么写，是因为现在广场舞很火嘛。那是我们的 slogan（标语），一种营销策略来的。我是希望让大家觉得我们很 nice（友好），很有趣，来和我学跳舞，比学广场舞还简单。但归根结底，我是要赚年轻人的钱。我怎么可能真的会去教老太太？她们身上没钱赚的。我跟你讲，我的教室里，只接收两种女人：一种是倾家荡产要减肥的，一种是刚刚分手、离异想不开的。她们真的是视钱财如粪土。亲爱的，我也很想帮你，可是我真的好忙，好疲惫，你不能要我做义工，对不对？”

“……我明白您的意思了。”

小王子重新戴上了假发，妖娆地一甩头：“你真的来错地方了，亲爱的。”他指指身后几个女孩儿，“你看那些女孩儿，她们花这么多钱，每天只吃水果瘦身，下了班来学跳舞，是为什么？是为了年会的时候闪耀全场，你知道吗？然后她们就有可能升职加薪，恋爱成功，哇，无限的未来。可是大妈们跳舞，讲真心话，还那么拼干吗？随便跳跳就好啦。”

我沉默了，过了一会儿，说：“行吧，打扰您了。”

小王子拍拍我胸脯：“sorry 喽，没有帮到你。以后有年轻客人，记得还来找我好吗？小王子 Jack 帮你做人生赢家哟。”

坐在回家的公交车上，我心里觉得很挫败。

刚刚小王子对我口若悬河时，我其实心里很想反驳他，那些大妈也是女的，发光发亮这件事，一定得分年龄吗？

但我知道，这话说出来，也只会被他笑话。小王子不愿意在大妈们身上耽误时间，他不需要她们。

我看着窗外的街道，车水马龙，正是下班高峰期。不管是挤在公交车里的人，还是窗外拼命按喇叭的私家车主，大家一定都有一个地方赶着要去。可能是回家，可能是赶饭局，但总是有人在等着他们，总归有一个目的地。

我看看四周，突然觉得，大妈们的不被需要，其实我是最理解的。

我宅瘫在床上的那些日子里，有时候，也会问问自己，我这到底是在干吗呢？明明还年轻，应该为了什么去奋力搏一搏，可自己和这个世界却像水油分离一样，清清楚楚地被隔离了。后来我想明白了，没什么可较真儿的，物竞天择，我只是被放弃了。

在这座城市里，不管是工作、生活，还是所谓的梦想，未来，我都等待着被选择，而不是必不可缺的那个唯一。我没有在任何人心里占地为王，也不是任何事情的成败关键。

都说人生好像舞台，敢踏上去就能赚几声喝彩。可现实就像小王子说的那样，你得先确定这舞台上有没有未来。这些年下来，我早就不信这种心灵鸡汤了，舞台我没资格上，可观众席的票，却始终没抢着。每天就随着人流走，到处都是熙熙攘攘，各路神仙粉墨登场，忠实观众凭票入场。而我，只能趴在墙头，远远地看着热闹。

虽然和广场舞大妈们经历的人生毫不相同，但处境却很相像。她们已经不再需要升职加薪、恋爱顺利，子女也都成了家，她们渐渐放弃了。而我却是什么都想得到，但不被任何人需要。所以，人潮里，我们一头一尾地迎面相遇了。

就是因为太明白那种感受，所以，我一定要帮大妈们赢得这个比赛。

我想帮她们登上舞台，哪怕观众席上一个人都没有。

我开始对着电脑，练起了视频里教的动作，练得勉强能看后，下楼教大妈们。

大妈们虽然嘴里都在抱怨：这什么玩意儿，喳喳哄哄的，不体面，但还是开始努力地模仿起了我。

我想帮大妈们重新换一首曲子，但大妈们担心又添了新动作，又换了新曲子，改变太大，记起来困难。我从网上找了无数个版本的《潇洒走一回》，最后选了一首大气磅礴版本的。

大妈们真的很努力，为了记住队形变化，各自带来了小本子。有的画圈，有的画叉，神秘的图形布满纸面，外人根本看不懂这是什么战略蓝图。

而我，一开始，只是一个混入队伍中，跟着大妈们摇头晃脑的怪异男青年。现在，我变成了更加怪异的男青年：站到了队伍正前方，一边领操，一边口中念念有词：左转！小跳！蝙蝠步转半圈！

怎么走到了这一步，我心里也说不清楚。

为了感谢我的奉献，10 月初的一天，柳大妈给了我一个贴心大奖。

“小张，来，我跟你说个事儿。”

我狗一样摇着尾巴蹭到了丈母娘面前。

“你和有恩，最近有什么进展没有？”

我摇摇头：“没有，我给她发微信，也都没怎么回。回了也是骂我的。”

柳大妈神秘地笑了笑。

“有恩后天回来。后天她过生日，你知不知道啊？”

“我还真不知道。”

“你约约她嘛。”

“……这么重要的日子，她能愿意和我出来吗？”

“你不试试怎么知道嘛。”

“带她去香山吧。”孙大妈不知道什么时候凑了过来，“香山红叶正是漂亮的时候呢，我家老杨当年就是在那儿把我拿下的。”孙大妈开始支着儿。

其他大妈也凑了过来，集体开始七嘴八舌。

“去什么香山啊，都是人！看红叶还是看后脑勺啊？”

“去怀柔，怀柔有野长城，人少。”

“人年轻人约个会，干吗非得往荒山野岭了去？逛商场，逛商场好，姑娘要什么你就给买什么。”

柳大妈不耐烦地看看操闲心的其他大妈，拍了拍我的手：“她每年过生日啊，都是和以前的朋友一起，喝酒，喝得醉醺醺地回来，讨厌死了。你今年约约她，让她正常地过个生日。也别买什么贵东西，她该有的都有，不要别人送。你好好花花心思。这不要我教伐？”

“不用不用，我自己想，一定会努力的。”

我一路小跑地回了家，盘腿坐床上开始思考，一动不动如老僧坐定。女神生日！诞辰啊！应该放假三天，举国同庆。

我心里“嘣嚓嚓，嘣嚓嚓”地响起了军鼓声。

第二天，我给女神发了微信，表达了我对她生日的祝福和强烈想与她共度生日的愿望。

郑有恩照例没有搭理我。

但我还是开始准备生日礼物了，就算女神没时间召见我，礼物还是得送，我可以拜托柳大妈拿给她。至于礼物送什么，我经历了一番深思熟虑。以我的能力，就算倾家荡产送个贵的，可能在她眼里，也不算什么好东西。

钱该花得花，但礼物我决定走心一点儿。上个月，酒店西餐厅来了一个美国的甜品师，做的蛋糕好看又好吃。他来了以后，西餐厅下午茶的预约天天爆满，女顾客捧着他做的蛋糕嗷嗷乱喊，咔咔拍照。我让陈精典做翻译，吭哧吭哧地求他屈尊帮我做个生日蛋糕。幸好这美国哥们儿挺浪漫，知道我是为了追女孩儿后，居然就答应了下来。

转眼到了郑有恩生日当天，一直到下午，她也没给我回信儿。蛋糕已经做好了，放在员工食堂的冰箱里。我没精打采地坐在休息室里盯着手机。这天是我们那个“闪光一刻”计划的英语培训日，王爷、陈精典和王牛郎都在，等着下了白班去培训口语。

我又试着给有恩发了一条微信：“给你做了一个蛋糕，你要是忙，我晚上给柳阿姨送过去。”

一片死气沉沉中，手机突然响了。

我噌地蹿了起来，打开手机。

“晚上我和朋友聚会吃饭，你想来就来呗。”

整个世界都被点燃了，一片金光灿烂，但这时，我突然残存了一丝警惕。

又是朋友聚会。

我想起了上次被她当成泰迪狗一样牵着遛弯儿的回忆。

“这次我得穿成什么样啊？”

有恩很快回了过来：“随便。今天全是我以前的模特朋友。”

我盯着“模特”两个字发呆，眼前好像已经出现了层层叠叠的大长腿。

正发呆的时候，手机突然从我手里消失了，我回过神，发现手机已经被捧在了王爷手里。

王爷飞快地帮我回着信息。

我上前一个飞踢，但王爷躲开了。手机重新回到我手里时，对话框里已经多了一行字。

“我能带朋友一起来吗？求你了。”

手机安静了几秒，然后女神回了两个字："行啊。"

我气急败坏地放下手机，准备抄起椅子往死里劈王爷，但他一个转身，扑通跪地上了。

"爷爷，带孙子去见见世面吧。我还没见过活的模特呢。"

一番闹腾后，不光王爷要去，王牛郎听到了"模特"两个字，也威逼我把他一起带上。俩人还游说陈精典，陈精典内心挣扎了半天，拒绝了邀请，说自己已经有小妹了，对大长腿看得很淡。

我想想郑有恩对外貌的要求，再看看面前这两位大哥。两人都已经换掉了工服，王爷穿着大裤衩，V 领花背心，胸毛若隐若现；王牛郎穿着老头儿汗衫，破麻裤子，裤裆都快垂地上了，趿拉着双黑布鞋，他说这打扮才是正经老北京人的风骨。我看着他俩，脑仁儿一阵阵地疼。

"我上次去，还穿得干干净净的呢，都过不了郑有恩的眼，被扒了个精光。你俩穿这样，真是奔着找死去的。"

两人互相看了看。

"让我自己去吧，求你们了。兄弟我好好努力，早日把她拿下，有的是见面机会。"

王牛郎低头想了想，仿佛被我劝明白了，但突然他猛地一抬头："不就是换身儿皮吗？有多难啊！陈精典，给你家小妹打电话！"

陈精典懵懂地拨通了小妹的电话，王牛郎把电话抢了过来。"小妹啊，我是你家陈精典的师父。你现在当班呢吗？……行，我问你啊，今天你们客房这儿有客人干洗西服吗？今天洗，明天送回去的？有啊？有你给师父找三套来，要名牌的啊……怕什么呀，出事儿师父给你兜着，你赶紧把衣服送礼宾休息室来……就这事儿，跑着去啊，赶紧办……嘿！真乖，我能替陈精典亲你一下吗？"

王牛郎把电话扔给陈精典，陈精典愤怒地瞪着他。

王牛郎转头看向我：“这不结了吗？咱是干吗的呀？要人脉有人脉，要资源有资源。”

半小时后，我、王爷、王牛郎三人，穿着从酒店偷出来的客人的西装，踏上了去觐见大模的征程。

偷来的西服穿在我们身上，居然非常合适，王爷一米八，我和王牛郎一米七八，三个大高个儿穿上正装，晃荡在一起，不打听身世，光看上去，还挺神气的。夜色渐渐笼罩，我手上拎着认真包装好的蛋糕，看着陪在我身边的哥们儿，心里莫名地多了些底气。

那时的我并不知道，前面等着我的，是什么样的腥风血雨。我心里只有一个念头，希望从今天开始，在女神的新一岁里，能有我始终在她身边加持。

12

“你知道我爸是怎么没的吗？”

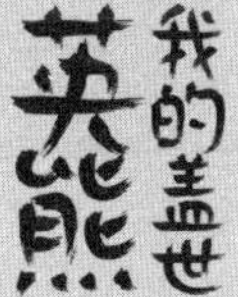

有恩的生日聚会在朝阳公园旁边的一个会所里。大厅里布置得花团锦簇，非常时髦。扑面而来的贵气压迫得王爷走路都顺拐了。连见过世面的王牛郎都显得有点儿紧张。

服务员把我们领进了包厢，门一打开，站在门口，我们三个集体愣了一秒。

满屋的大长腿啊。

几十平方米的小空间，就像一片森林，长满了参天大长腿。虽然目测只有七八个姑娘，但个个都比我们高，居高临下间，形成了慑人的气场。我们三个人走进去，就像采蘑菇的小姑娘一样，根本不敢有杂念，只能诚心膜拜大自然。

我们在“树林”里坐下，房间靠墙摆了一圈沙发，中间放着桌子，上面乱七八糟地堆着吃的、花和礼物。有恩坐在正中央。参天大长腿们之间，也散坐着几个男的。

有恩穿着黑长裤、白背心，简简单单，但看起来英姿飒爽。她冲我点点头：“来了？”

“啊，来了。”

有恩上下打量我身上的衣服，笑了。“怎么着？一会儿赶着去结婚啊？”

“不是怕你嫌弃我吗？”

和有恩说话的工夫，王爷拼命在我身后捅我肋骨，我只好介绍一下他俩。

“这是我朋友，鲍志春，你叫他王爷就行。这是我师父，王牛，啊不是，王然。”

王牛郎向有恩伸出手：“久仰久仰。老听张光正提起您，今天能见到真人，算是实现了梦想。”

有恩敷衍地握了握手：“呦，您北京人吧，家住哪片儿啊？”

“我南城的，正经胡同串子。”

有恩看看我：“手上拎着什么呢？”

“蛋糕。我们酒店大师父做的。”

有个女孩儿开口说话了：“哎呀，我们也给你买蛋糕了，翻糖的呢，我放酒吧里了。咱一会儿吃完饭，不是得去那儿喝酒吗？”

有恩点点头，看向我：“我们在这儿就是吃点儿东西，一会儿换地儿喝酒去。那你这蛋糕，就在这儿先吃了呗。”

我怀着激动的心情，把纸盒端到桌上，小心翼翼地打开，给女神献礼的重要时刻到了。

我负责拆蛋糕盒，王牛郎在旁边贴心地讲解：“这蛋糕张光正可费心了，求我们酒店美国甜点师做的，平时那毛子难沟通着呢，这真是张光正把他给哄好了。”

另一个长腿女孩儿看看纸盒上的 logo，帮我说了句好话：“呀，他们家蛋糕是特好吃。”

我向这位陌生的善良女孩儿投去了一个“大恩不言谢”的眼神。

蛋糕摆到了桌子上，淡黄色，乳脂奶油，上面插着小花牌，牌子上写着“Happy Birthday”。

贴心，温暖，我要是个姑娘，看到这个蛋糕，心里会一软。

蛋糕摆出来的瞬间，大家还没来得及露出赞美的表情，先纷纷皱起了鼻子。

我向有恩隆重介绍了这个蛋糕的精华所在：“有恩，专门为你做的榴梿蛋糕。里面全是榴梿果肉。我专门找地儿买的马来西亚猫山王榴梿。你尝尝吧。”

周围的人迅速四散开，集体捂着鼻子嚷嚷：“臭死了！郑有恩！你怎么好这口儿啊?！”

有恩面无表情地盯着蛋糕。

“谁告诉你我喜欢吃榴梿了？”

“你妈啊。”

我看着有恩的表情，心里一沉，哆哆嗦嗦地开始往上插蜡烛。浓浓的榴梿味儿，在房间里弥漫开。

点好蜡烛，其他人像难民一样躲得远远的，我小心翼翼地看向有恩。

“吹，吹个蜡烛吧？反正生日蛋糕就那么个意思，不，不一定非得吃。”

有恩盯着蜡烛看了一会儿，然后深呼吸，一口气把蜡烛吹灭了。

“许，许愿了吗？”

“许了。”

“许的什么愿啊？”

“让这屋里的味儿赶紧散散。”

有恩话还没说完，门外闯进来一个短发长腿姑娘，像是喝多了的样子，一进来看见蛋糕，就开始嚷嚷：“靠！我上个厕所的工夫，怎么就切蛋糕了啊？唱生日歌了吗？拍寿星了吗？”

短发姑娘边说话边晃晃悠悠地抄起了桌上的蛋糕。

我原地一惊，感觉要出事儿，腾地站了起来。

可还是没来得及，短发姑娘单手抄起蛋糕，一个大跨步，整个蛋糕拍在了有恩的脸上。短发姑娘大喊一声：生日快乐！有恩脸上，奶油裹着浓黄的榴梿肉，丝丝缕缕地开始往下耷拉。

这时候，短发女孩儿才开始觉得不对劲儿，吸着鼻子四处闻：“什么味儿啊？啊？什么味儿啊？谁拉裤裆了吧？这才喝得哪儿到哪儿啊！”

我如遭雷劈，郑有恩一动不动地站在原地。

“我去一下洗手间。”

郑有恩转身出了门。

房间里气氛很尴尬，我沉重地坐着，动都不敢动。其他人坐回原位，互相开始聊起天来。

“兄弟，”我旁边坐着的一个男的突然开口跟我说话了，“你小时候没看过《机器猫》吗？”

昏暗的光线里，他嗓音黏黏糊糊的，开始在我耳边叨叨起来。

“《机器猫》里有一集，野比，就那戴眼镜的小二逼，不是喜欢小静的吗？小静过生日，他不知道送什么好，就让机器猫弄一机器，偷听小静的心里话，发现小静最喜欢吃烤白薯。到了生日那天，野比就整了一麻袋白薯送过去，结果被打出来了。你看你，现在不就是野比了吗？”

我一愣，转头看向他。这哥们儿头大脖子粗，身材滚圆，招风耳，半秃瓢儿，稳当当地坐着，他开口说话前，我一直以为这是会所供的弥勒佛呢。哥们儿年龄也不好判断，看脸像是四十出头了，但依旧穿着球鞋、帽衫，一副青春永不朽的打扮。

“跟女孩子打交道，要讲情商的。人家可能心底里喜欢吃榴梿、凉皮、酸辣粉，但对外肯定是说喜欢西餐、法餐、日本料理，你得以官方公布的为准嘛。哪有女孩子会当着这么多人的面吃榴梿啊？你还是太嫩了。”

“弥勒佛”不停在我耳边唠叨，我假装客气地点点头：“您说得对。”

“我看你今天这个架势，像是奔着郑有恩来的。那我就不见外了，郑有恩啊，我追三年了，这条不归路，我算你前辈了。你要是没死心，倒是可以跟我学两招儿，我这个人，吃斋念佛，心胸很坦荡的。”

我呆滞地看着他，这位朋友富态地端坐着，脸上还真是一派安详。天花板上的射灯打在他半秃的头上，反射出一圈佛光。

“那，那还真是谢谢您了。”

“不客气，感情路上，咱也算是同行。”

过了一会儿，有恩洗干净脸回来了，素白的脸上看不出是阴是晴。女孩儿们纷纷拿出了送有恩的礼物，有首饰，有包，有全套的化妆品和香水，每一样看起来都比我的榴梿蛋糕要强。

负责压轴的“弥勒佛”大哥最后拿出了自己的礼物，一个雕刻精致的木头盒子。“弥勒佛”递给有恩：“小郑啊，生日快乐，祝你新一岁，用我们佛家的话讲啊，四大安和，福慧增长，修行精进，好不好？”

有恩打开木头盒子，从里面拿出一枚玉石刻章。

“什么玩意儿啊，这是？”

“天然和田仔料雕莲花钮玉章。哥哥我平时喜欢收藏古玩，这块玉，我一拿到手，就觉得只配你拥有。刻了莲花是为什么呢？俗话说，宝剑赠英雄，美女伴花香。你在我心里，就是刻出来的莲花，冰清玉洁，常开不败。”

“弥勒佛”像念绕口令一样，慷慨激昂地讲完了这番话。

有恩面无表情地拿着玉章看了看："我明白了，反正就是好东西呗。可这玩意儿我能干吗使啊？"

"你平时练字的时候，一气呵成地写完，哎，盖上一个章，这才算是墨宝嘛。"

有恩扑哧笑了："大哥，您也太高看我了。我最近几年动笔，都是签快递的时候。还写毛笔字？我哪儿有这本事啊？"

"可以练练嘛，也到年纪修身养性了。"

"你什么意思？说我老啊？"

"弥勒佛"脑门上急出了汗："哥哥哪儿是那个意思？你看你老跟我急，老是曲解我，你就是心太硬，过于拒人千里。我平时约你好多次，你都不见我，佛教讲这可是阻断善缘。今天要不是我让莉莉带我来，这东西都没法儿给到你手上。"

有恩把玉章装回木盒子里，递给了"弥勒佛"："心意我领了，东西你给识货的吧，搁我这儿糟蹋了。"

刚刚有点儿喝多的短发姑娘插进话来："不要给我！我平时挺爱看书的呢。"

"你认字吗？还爱看书。"郑有恩头都没抬地说。

短发姑娘嬉笑着甩向有恩一个靠垫："你大爷！时尚杂志上印的不是字啊！我告诉你我全认得！"

"弥勒佛"送的玉章就这么随便地被放在了桌面上，"弥勒佛"拿走也不是，不拿也不是，脸上写满了为难和尴尬。我看着这位自诩情商很高的大哥，三年的不归路，他应该也走得很辛苦。

包间里依然臭气弥漫，有恩和其他女孩儿聊了起来，我和"弥勒佛"沉默地坐着。

紧张的气氛中，王爷和王牛郎也开始给我添堵。

王牛郎和身边的一个大长腿搭茬儿：“姑娘平时喜欢干什么啊？”

“喜欢花钱。”女孩儿诚恳地说。

“嘿！巧了！”王牛郎一拍大腿。

“你也喜欢花钱啊？”女孩儿问。

王牛郎摇摇头，女孩儿眼睛一亮：“那你是特能挣钱？”

“我特喜欢看别人花钱。你瞧，咱俩能组个组合哎。”

长腿姑娘到位地翻了个白眼儿，起身坐到别处了。

另一边，王爷正痴痴地看着短发姑娘抽烟，终于忍不住了，开口搭讪。

“你……你有烟吗？”

“有啊。”短发姑娘说。

“嘿嘿，谢了啊。”王爷像苍蝇一样搓着双手，准备从姑娘这儿顺根烟抽，顺便增进一下感情。

但姑娘接着吞云吐雾，没再搭理王爷。

“那个……烟……”王爷又往姑娘身边蹭了蹭。

女孩儿夹着烟，冲王爷比画比画：“我这不是抽着呢吗？”

一阵烟雾喷出，王爷熏红了眼，抬头无助地看向了我，我转过了头。

过了一会儿，“弥勒佛”仿佛痛定思痛一样，站了起来。

“咱吃得差不多了，走吧，去酒吧那边喝点儿。我还给有恩准备了惊喜呢。”

大家纷纷起身。“弥勒佛”挡在有恩面前：“你坐我车走吧？”

有恩没什么表情地点点头。

“弥勒佛”美滋滋地转身，我上前一步，挡在了他面前：“大哥，我也坐你车走吧？”

“弥勒佛”一愣。

这时王牛郎和王爷也凑了上来：“那我俩也坐您车，行吗？”王牛郎开口说：“刚才我就觉得您是一文化人，有仙气，您给我个机会，路上我也和您请教些烧香磕头的学问。”

“弥勒佛”烦躁地看着我们三个人：“这也挤不下啊。”

“我们仨瘦，后排挤挤没问题。”

“弥勒佛”郁闷地开着奔驰车，旁边坐着面无表情的郑有恩。

而他身后，我、王牛郎、王爷三人，穿着西服，黑压压一片，挤在座位上，保镖一样虎视眈眈地盯着他后脑勺。

车厢里一片寂静，谁都没说话。车刚开上三环，就走不动了，路堵得死死的，四周是庞大的车阵。

“嘿，这个点儿，怎么还堵上车了？”“弥勒佛”焦躁地看看表。

四周一片鸣笛声，简直是兵荒马乱。我们右边的车流里，一辆救护车也堵住了，红灯急速闪烁，却无路可走。

有恩一动不动地盯着救护车，她的情绪，从这时起，开始变得阴郁了。

“弥勒佛”为了缓解气氛，打开了车上的音响，某歌手的烟酒嗓在车厢里响起：“我是永远向着远方独行的浪子，你是茫茫人海之中我的女人……”

“关上关上，烦死了。”有恩开口说。

“弥勒佛”虽然心有不甘，但还是乖乖关上了音响：“不喜欢他？他的歌多好啊，很有情怀啊。”

“烦死他了，唱的都是什么破玩意儿。都该领退休金的年纪了，还青春理想自由故乡呢。普通年轻人喝多了往出吐的东西，他捡回去晒干了掰扯成歌唱。头发都该染染了，装什么困惑青年。”

有恩说完，我感觉“弥勒佛”下意识地看了看自己的球鞋、帽衫。

“有恩，你呀，心太躁了，太喜欢口出妄言，这可是业障。”“弥勒佛”又摁下了音响，“我给你放点儿佛经吧。”

清心寡欲的佛经响了起来：南无 喝啰怛那，哆啰夜耶……

有恩忍耐了一会儿，自己动手把音响关了。“没那造化，听不懂。”

“郑有恩啊，”“弥勒佛”有点儿急了，“不是哥哥说你，你这么活着，真是有问题。你看我，我算不算是成功人士？大风大浪见过，大鱼大肉吃过，但内心呢，还是保持住了自我。人活一辈子，什么最重要？钱是身外之物，欲望都可以割舍，最重要的是，漫漫人生路，你要找到你自己。我这些年啊，参禅养性，我就可以说，我找到了我自己。”

“那你之前去哪儿了？”有恩简单粗暴地问。

“我，我，”“弥勒佛”也结巴起来，“你呀，长得这么漂亮，人还是太肤浅。我说的是什么意思呢？你看你，对什么事儿都看不惯，这是为什么呢？因为你没有找到自己的信仰。信仰是什么？不是钱，而是一种更深层次的追求。有了这个，你对这个尘世的嘈杂都会有包容之心。你看，现在一堵车，你就急了，你就被影响了。可如果你的智慧能达到更高的层面，你纵观俗世，此刻，堵，或不堵，前进，或者后退，有什么所谓呢？存在就是一种修行。你呀，就是不愿意和我深交，其实你跟着我，可以迅速脱胎换骨，成为一个全新的人，一个没有杂质、脱离了低级趣味的人。”

我期待着郑有恩施展平时的风范，开口把这位半仙扫射一遍。但很奇怪，有恩没吭声，仿佛没听见一样，一动不动地盯着车窗外的救护车。我顺着她的视线也看过去，透过半透明的车窗，能看到病人家属焦虑的表情。

“弥勒佛”看有恩没说话，以为自己的发言产生了效果，接着花样作死起来。

“你看哥哥我，是有钱人吧？但我和其他有钱人不一样。他们有钱干吗了？胡吃海喝，买大跑车，欧洲泡洋妞，美国买别墅。我有钱都花在哪儿了？我都花在精神修养上了。”“弥勒佛”突然回头看向我，指指我身后，“兄弟，帮我拿一下后面那箱子。”

我把一个微波炉大小的箱子递了过去。“弥勒佛”打开箱子，捧儿子一样小心翼翼地捧出一根木头。

后排的我们三个，一起凑了过去。有恩回头，淡淡地扫了一眼。

“你看哥哥新收的宝贝，斥资三十万，买一根木头！这才是上层阶级。”

王爷盯着木头，震惊地开口：“这啥玩意儿啊！我老家雕棺材的木头也没这么贵啊。”

“低级！”“弥勒佛”瞪了王爷一眼，比画着手里的木棍子，“越南芽庄沉香木！你看看这虫漏，你再摸摸这皮脂。关键，有恩，你闻一鼻子……”

有恩没搭理他，扭过了头。

“弥勒佛”自己闻了闻，一脸陶醉：“闻一口，整个人啊，羽化登仙，气定神闲。全身被一种平和所笼罩，幸福，浓浓的幸福感。”

“我靠，新型毒品啊。”王牛郎不咸不淡地说。

“弥勒佛”回头又瞪了我们一眼，然后继续痴情地看向有恩。有恩正看着窗外的救护车发呆，“弥勒佛”也注意到了。“有恩，你闻一下嘛，闻一下，这世上的纷纷扰扰，生离死别，就都和你没关系了。要学会放下，要学会升华。来闻一下……”

“别叨叨了！”有恩终于爆发了，“嘚逼嘚，嘚逼嘚，我他妈还不如听佛经呢！”

有恩猛地打开门，钻出了车外，用力撞上了门。

我们集体吓了一跳，车外，有恩径直向前走去。我也准备下车。

下车前，“弥勒佛”在车里骂了一句：“靠，小娘们儿这暴脾气。”

我紧紧追着有恩穿梭在车流里的背影。纹丝不动的车阵中，她目的地明确地一路向前走着。

路旁停着的车里，也不时有司机钻出车，去前方看看到底是什么问题。

我俩走了几分钟，终于看到了拥堵的源头。

就是一起简单的交通事故，奥迪剐蹭了马自达，也就后车门两道划痕的事儿，俩车主脾气不好，吵吵起来了，车直接横在了路面上。

我们过来的时候，俩车主吵得正激烈，全都红着脖子挖祖坟骂娘。旁边也有人劝他们先把车挪挪，但这两个人似乎都是表演型人格，围观群众越多，他们吵得越来劲儿。

在俩人不停的“× 你妈！打你丫孙贼！你他妈嘴放干净点儿”的对话中，有恩突然喊了一嗓子。

“先把车挪开行吗?！后面有救护车堵着呢！”

俩人暂停争吵，看向有恩，其中一个人梗着脖子说：“我他妈还需要救护车呢！我被撞得脑震荡了！救护车哪儿呢！让他们来接我！”

另外一个人接着骂：“你丫直接去火葬场得了！你他妈早该投胎了！”

两个人接着骂起来，有恩一脸愤怒，直勾勾地往上冲。我看着俩人五大三粗的身材，一把拦住了有恩：“犯，犯不着的，这种人不讲理，一会儿交警就来了。”

有恩被我拽了回来，我俩闷头往回走。

走了一会儿，我看着有恩愤怒的眼神，鼓起了勇气开口：“有恩，是因为咱们旁边停了救护车，你才这么着急吧？”

有恩抬头看了看我，眼睛里像有块冰一样。她沉默了一会儿，终于说话了。

“你知道我爸是怎么没的吗？”

我摇摇头。

“他一街道民警，根本算不上什么高危工作。那年年底，出去抓小偷。追着小偷跑，被车撞了。我赶到医院，我爸已经走了。后来到出殡那天，我才知道，本来可能还有救，上了救护车，还让人给我打电话呢。可是车堵路上了，离医院也就剩几百米，可那路口，就怎么都没过去。”

我看着车阵中的有恩，她脸上还和平时一样，面无表情，眼睛里，却有我从没见过的难过和惊恐。

“后来我就添一毛病。堵车没事儿，有救护车堵着，我整个人就跟疯了似的。我老觉得车里躺着的，还是我爸。”

有恩说完，速度更快地向前走去，把我甩在了后面，像是怕我看到什么一样。我看着有恩的背影，心也跟着难过起来，我突然明白了一件事儿，喜欢一个人，完全不像“弥勒佛”说的那样，需要什么所谓的情商。喜欢一个人，根本用不上脑子，是肉贴肉，心碰心。她难过的时候，你的心也跟着疼起来了。你想变成小丑，没尊严地哄她笑，又想变成英雄，替她把天大的麻烦都扛了，根本不会想这是不是自不量力，也计算不了功过得失。

我跑了起来，超过有恩，径直跑回了我们车旁边，拉开了驾驶室的车门。

车厢里正放着佛经，“弥勒佛”正抱着木头埋头深闻。

“前面怎么回事儿啊？”王牛郎问我。

“俩傻 × 吵架。”我把手伸向“弥勒佛”怀里的木头，“大哥，这棍子借我用一下。”

“弥勒佛”没反应过来，一晃神，木头已经被我拎在手里了。

“你！你拿我木头干吗?！这不是棍子！”

我用力甩上车门：“回头还你。”

我把木棍扛在了肩膀上，仰头重新向前面走去。有恩迎着我走过来，一愣：“你这是要干吗啊？”

“没路，咱就清出一条路。来条绿色通道吧！”

我接着向前走去，身后突然一阵脚步声。

我回头，王牛郎和王爷也钻了出来，俩大高个儿，站在车流里格外显眼。

“打架得带上我们呀。你丫那弱体格。”两人一脸坏笑地看着我。

我拎着木头，王牛郎和王爷一左一右，我们重新杀回了车祸现场。

两个车主周围已经围了密密麻麻的人，俩人站在人群中央，可能觉得自己此刻像个 rock star（摇滚巨星）一样，骂得更来劲儿了。

我们三个钻过人群，我拎着木头径直走向了马自达车，站到了车窗前。

两个人看向我。

我完全不打算废话，抡圆了胳膊，高高举起木头，然后看向车主。

“能不能开走？”

“×！你他妈打算干吗？你丫谁啊？……”马自达车主跳着脚冲我骂。

没等他骂完，我用打棒球的标准姿势，完美地在空中划了个弧线，当啷一声，木头砸向了车窗。玻璃稀里哗啦地碎了。

马自达车主愣住了。趁他发呆的时候，我溜达到了奥迪车旁边，同样的位置，同样的准备动作。

“能不能开走？”我还是这句话。

马自达车主已经反应过来了，冲上来准备和我拼命，但王爷和王牛郎一左一右把他像小鸡崽子一样夹住了。

我死死盯着奥迪车主，奥迪车主像看神经病一样看着我。

“不走是吧？”我再次抡圆了胳膊，瞄准了车窗。

奥迪车主呆滞地跑了过来，躲过我的木棍，噌地钻进了车里，然后摇下车窗，王八似的探出头，开始骂：“臭傻 ×，你砸呀！你敢砸我就敢开车撞你。”

我点点头：“好嘞。”

我站到车前，对准风挡玻璃，视线正冲着他，我笑眯眯地向他点点头，然后双手握棍，直勾勾地向他脑袋的位置砸下去。

木棍落下的瞬间，这孙子颓了，轮胎一摆，向后倒了一把车。几秒钟的静止后，他一脚油门，哧溜一声，开车跑了。

身后，马自达车主回过神来，挣脱开王牛郎他们的钳制，原地蹦着，看看奥迪车迅速消失的车尾灯，又看看我们，完全不知道该去追车，还是该留下来和我们接着打。短暂思考过后，他也钻进了车里，一边骂一边踩油门：“孙贼，我他妈记住你了，我他妈追上他我就回来，你丫有种别走……”

“我等你。我哪儿都不去。”我盯着他说。

马自达提着速地去追奥迪了。现场只剩下一地的碎玻璃和围观的人，路面重新变得空空荡荡。

王牛郎看向目瞪口呆看热闹的群众：“散了散了啊！今天就演到这儿了，各位爷不着急回家吃饭呀！”

围观人潮中，居然响起了三三两两的掌声，还夹杂着几句“谢谢”。

大家纷纷回到车里。为了能最快地把救护车的车道清出来，我又挥动着木棍，临时指挥起了交通。

车流重新动了起来，车一辆辆从身边开走，很快，救护车迎面开了过来。前面的道路畅通无阻，我看着救护车火急火燎地和我擦身而过。看着渐渐开远的那盏小红灯，我在心里念叨：快开，快点儿到医院，路上别再有磕磕绊绊。不管车里躺着的陌生人是谁，今天，他就是有恩的爸爸，这一次，求您活下来吧。

送走了救护车，我沿着路边的应急车道往回走，快走到时，发现不远处，有恩正坐在车道的栏杆上。

我走向有恩："危险……"

我话还没说完，有恩突然伸手捏住了我的脸。

就像之前在早点摊上一样。

我嘟着嘴唇，愣愣地看着有恩。

有恩的眼睛比所有的车尾灯加起来都亮，她直直地看着我，然后俯下身，一点点靠近我。

我紧紧地抱着怀里的木头，仰头看着她，和她身后的星空，大脑一片空白。

然后，我俩的嘴唇碰上了。

那一瞬间，我真的感觉自己羽化登仙了。我心跳加速，两腿发软，眼前一片金光灿烂，耳边的车流声像海浪一样遥远。

我真的快小便失禁了。

再睁开眼时，有恩已经收回了自己的嘴唇，正低头看着我。

我俩四目相对，都不知道该说什么。有恩居然是一脸的困惑，好像刚刚是别人替她亲的我。

为了打破沉默，我举了举手上的木头。

"这玩意儿，真的好香啊。"

13

“你别靠我这么近，别人该以为我认识你了。”

那天，郑有恩没有再接着去喝酒。她直接回了家。

我送她到她家楼下，看她没有轰我走，我就没皮没脸地跟上了楼。柳阿姨一开门，愣住了："怎么回来得这么早呀？"

"累了。"

"吃东西了没？"

有恩抬头看看柳阿姨，想了一会儿："妈，下碗面吃吧。"

柳阿姨愣了好一会儿，然后点头："唉，我这就去弄，小张你也留下来吃。"

我在厨房里陪柳阿姨，柳阿姨利落地和面，抻面，把葱花切碎、西红柿切片。等水开的工夫，柳阿姨低头念叨："好多年了，有恩从来不和我过生日，每次都是喝得醉醺醺回来。这是第一次，第一次醒着回家。"

锅里的水开了，柳阿姨拎着面条往里一扔，四周一片蒸汽缭绕。柳阿姨抬头看看我，可能是蒸汽的原因，柳阿姨眼睛有点儿湿："小张，谢谢你啊。"

面煮好，我和有恩、柳阿姨一起吃着面。郑有恩又恢复了面瘫的状态，就像手机恢复了出厂设置，之前发生过的再也不提。沉默地吃着面，我偷偷摸摸地把筷子伸向了有恩的碗，夹起了她碗里的一柱面。

有恩抬头冷冷地看着我。

“有，有恩，北京不是有讲究吗？生日面要从你碗里挑一柱，这叫帮寿星挑寿。”

有恩看着我筷子上的面，然后抬起筷子，咔嚓，把面夹断了。

“还挑我的寿？你是不想要命了吧。”

吃完面，我跟有恩郑重地说了一声：“有恩，生日快乐。”

“你赶紧走。我要睡觉了。”有恩这样回复我。

应柳阿姨的强烈要求，郑有恩百般不情愿地送我下了楼。

路上我俩一起沉默着，到了小区门口，有恩准备转身往回走。

“有恩啊。”我叫住了她。

“干吗？”

“我问你个事儿。”

有恩防备地看着我：“亲你那事儿？你就当我喝多了吧。”

“不是这个事儿。我想问你，那蛋糕拍你脸上，你去厕所擦掉的时候，有没有尝一尝啊？”

深夜的秋风里，我和郑有恩对视很久，然后郑有恩点了点头。

“好吃吗？”

“……嗯。”

我开始傻笑，郑有恩脸上也出现了一丝模糊的笑意。

“那就好。”

“赶紧走。”

“唉。”

用四个字，形容被郑有恩亲过我之后的日子，就是“恬不知耻”。

我感觉自己天眼开了，四周的高楼大厦，街道车流，天地万物，全都软了。我想陷进墙里打滚，我想扎进土里开花，我每天都笑嘻嘻的，早上一睁眼就想抱着被子喊：我好幸福啊哎嘿嘿嘿嘿啊哈哈哈哈哈。

有一天正傻乐着值班的时候，陈精典烦躁地打量我，开口说：“你让我想起了一种怪物。”

“嘻嘻嘻嘻，什么怪物啊？”

“混沌。”

“嘻嘻嘻嘻，吃的啊？”

“都他妈说是怪物了。”

“嘻嘻嘻嘻，长什么样啊？”

“长得跟狗熊一样，四只翅膀，六条腿，脑子只有瓜子那么大，每天摇着尾巴傻乐。”

“嘻嘻嘻嘻，还挺萌的嘛。”

“是四大恶兽之一。遇到好人，就装神经病。遇到恶人，就乖乖地跪地上听人家指挥。”

王爷插进话来：“是他，是他。你是没看见他在郑有恩面前什么德行，妈呀，简直了，郑有恩养了条好狗啊。”

“别说这么难听好吗？什么叫‘好狗’啊？”我反抗了，“是忠犬，有个‘忠’字在里边。”

有恩又飞到了美国。她不在北京的日子里，我又开始看着星空，复习起了美国地理。我一遍遍想象着她在飞机里工作时的样子：微微俯身向前，May I help you，sir?（先生，我可以为你做什么？）她的英语一定说得曼妙无比。不知不觉，酒店的英语培训课，我也开始听得比以前认真了。

天气渐渐冷了，还没进入冬天，雾霾先严重起来。连着好几天，北京一片灰雾笼罩。

因为雾霾，本来定在 10 月 27 日的朝阳区广场舞海选，也往后推迟了一周。大妈们喜悦地高呼“天意”，雾霾也没有让她们放弃操练。很多个早上,小花园里朦胧得像秘境一样,灰云中蒸腾出大妈们跳跃的身影。四周仙气缭绕，大妈们戴着遮脸的大口罩，眼中闪着穿云破雾般的光芒。

简直是如梦如幻。

虽然大妈们练得非常用心，但毕竟年纪大了，舞姿虽有进步，但指望出现奇迹，还是不太可能。我一边继续陪大妈们练舞，一边在心里琢磨，有没有别的办法能帮她们脱颖而出。

过了几天，在我们酒店的圣诞点灯仪式上，我想出了个比较二百五但可能有效的办法。

雾霾一严重起来，酒店行业其实挺受影响的。我们这种老牌外资酒店，很大一部分客源就是国外游客，我们的小费也主要是指望他们给。空气污染指数爆表后，我们门童感触最深的就是，欧美游客变少了。王牛郎每天站在门口惆怅地感叹：这些老毛子，怎么就这么怕死呢。

为了应对雾霾带来的游客入住萧条，今年我们酒店大堂的圣诞点灯仪式，足足提前了一个多月。圣诞点灯仪式每年都有，大堂里架起一棵十几米高的圣诞树，请唱诗班来唱唱圣歌，爱与平和，心中永生，耶稣爱我，我爱耶稣之类的玩意儿。嗷嗷唱完，我们酒店总经理按下按钮，圣诞树最上面的灯一亮，大家咔咔一鼓掌，完事儿。

今年的圣诞点灯仪式也和往年一样，树还是那棵树，上面的装饰物换了换。唱诗班还是附近教堂里的。我们门童也被迫戴上了红色圣诞帽，丢人现眼地站在大堂里装点气氛。大堂里照例挤满了来看热闹的男男女女，一脸幸福地挤在一起，听着根本听不懂的圣歌。

人群里，王牛郎一脸向往的表情听着圣歌，唱诗班正唱着，我的神，我要敬拜你，我的心深深爱着你……王牛郎开口说："真好啊，又到了听炮儿房的季节。"

被王牛郎一提醒，我们也都露出了幸福的表情。

一到冬天，临近圣诞、元旦，酒店就会迎来一个非常躁动的时期。这种时候，全城的酒店，不管是高档五星，还是便捷连锁，都会迎来海量的情侣一日游。就像动物入冬的大型迁徙一样，一进入冬天，青年男女们就像落叶归根一样纷纷拥入酒店，平安夜当天，这种交配活动会达到峰值。整间酒店从内而外都在颤抖，每个角落都在发出嗯嗯嗯啊啊啊的声音。

我们门童只能负责客人的迎来送往，但陈精典的小妹，在每年圣诞节前后打扫客房时，眼界都会被重新洗刷一遍。

这几年，小妹在"战场"里打扫过海量的避孕套、珍珠丁字裤、鹿鞭虎鞭海马鞭、装在瓶子里的黏糊糊的精油、小护士帽……这些都是常规物品。

比较邪门的有十几米长的红绸子、铺了一整床的保鲜膜、几十粒樟脑丸、女式假发，有的房间红酒洒得满床都是，跟凶案现场一样。

前一年的平安夜，有一对儿情侣入住后，前半夜嗯嗯啊啊，后半夜开始激烈地吵架，吵得隔壁投诉了好几次。第二天他们退了房，小妹在房间里收拾出八管用完的 502 胶，屋里也没有东西碎了，不知道这胶水拿去干了什么。

我们一边回忆着往年的圣诞节，一边听着唱诗班歌颂爱与和平。圣歌唱完，总经理按下了亮灯按钮。今年，圣诞树上没装别的饰物，只是围绕了海量的小灯泡。彩灯一层层亮起来，径直亮到树顶，然后树上的星星也亮了。围绕在树周围的小朋友点燃了手上的冷焰火，一片花枝招展的璀璨。

我身边一个女孩儿紧紧贴着自己的男朋友，一脸的幸福表情，指着树上的彩灯说：“哇……好像一个奇迹哦。”

山区终于通上了电，那才叫奇迹。我在心里偷偷想。

但转念一想，我突然有了个主意，没准儿可以帮大妈们创造出一个奇迹。

第二天，我向大妈们说了我的初步想法。一说完，大妈们都有些犹豫。沉默过后，孙大妈和柳大妈，再次像阴阳两极一样，吵吵起来。

“咱不就参加个比赛，没必要把自己弄得跟猴儿似的吧？”孙大妈开口说。

“我们要想赢，就得出其不意。我这个想法，虽说有点儿怪，但肯定新鲜。”我向大妈们解释。

“我觉得蛮好，搞起来嘛，搞起来。”柳大妈很赞同我的思路。

“前面你说的吧，我还能将就，就是有点儿丢人。但焰火这个，我不行，太危险了。”孙大妈说。

“孙大妈，那焰火没什么危险，伤不着人，就是把气氛烘托起来，看起来比较华丽。”

柳大妈插进话来：“我觉得要搞这个，这个好。小舞一跳，哎，烟花一放，过年的感觉就来了，吓死她们。我们肯定第一名好哇啦？孙姐，有什么好危险的，怕什么，要不要那么惜命的嘞？”

孙大妈不高兴了，脸一耷拉，眼皮一挑：“我是惜命。我跟你比不了，我家还有一口人惦记着我呢，出事儿怎么办？大事儿不说，烧着我手，我都没法儿给我老头儿做饭了。您倒是一人吃饱全家不愁了。”

常规的讨论瞬间上纲上线了，柳大妈也立刻不高兴了："好好说事情，你这么讲话干吗啦？哦，就你有人惦记，好像我死路上都没人管一样呀？"

"就是看不惯你这劲儿，怎么就全都得顺着你的意思来啊？"

"你这讲的什么话？大家不是想赢吗？哦，那你们不想要奖金了呀？"

孙大妈更生气了："什么叫我们想要奖金？你是觉得我们穷吧？小柳，我们还没穷到不要命呢，没你豁得出去。"

柳大妈原地直跺脚："你，你真是蛮不讲理。"

两边的战火即将燎原，我吓得拼命安抚两边。

"孙，孙大妈，咱现在不是说气话的时候。"

"柳，柳大妈，孙大妈没别的意思，大家跳舞这么久了，都是好朋友，我，我们还得携手走向胜利呢。"

我像猴儿一样，手舞足蹈地劝了半天，战火终于扑灭了。虽然两位老太太脸色都不好看，但还是勉强达成了共识：不拿冷焰火，其他的按我说的来。

方案出台，我就开始准备了。跑了几趟小商品批发市场，开始试验安全性，大妈们接着继续练舞，一切都按部就班地进行。

终于，朝阳区广场舞海选的这一天，隆重来临了。朝阳区参赛队伍很多，分成了下午一批，晚上一批。我专门让大妈们报名在晚上那一组。比赛地点在亮马桥附近的一个广场上。晚上七点，我和大妈们抵达了广场，目光所及之处，黑压压的全是大妈。

孙大妈她们的出场比较靠后，大家一边摩拳擦掌地热身，一边观摩起其他队伍的表演。

激烈的场面让我想起了小时候看过的一部电影——《黄飞鸿之三：狮王争霸》。大家为了拔得头筹，都不留余地地拼了。有的队伍拼气势，人数众多，阵势磅礴；有的队伍拼技巧，舞姿花哨，编排复杂；有的队伍拼心机，服装都是专门定做的，整齐划一；有的队伍拼时髦，配的都是外文歌曲，一群大妈随着 *Single Lady*《单身女士》的音乐摇头晃脑，必胜的决心昭然天下。

大妈们紧张地看着每一支队伍的表演："你说咱能有戏吗？"孙大妈惆怅地问。

"有戏有戏，咱有撒手锏呢。"

"吓死她们。"柳大妈说。

"对，吓死她们。"我点点头。

到了大妈们上场，我站在场外挨个儿给她们打气。

"就靠这最后一蹦跶了。"孙大妈说。

我其实比她们还紧张："平常心，平常心。动作做到位，最后亮相位置别乱，边跳边互相看看。加油！咱们能赢。"

大妈们站到了广场中央，临时架起的射灯打在了她们身上，四周的人全都看着她们。一片安静中，这群平时大大咧咧、嬉笑怒骂的大妈，好像集体变成了小姑娘，有些扭捏，有些紧张。

《潇洒走一回》的前奏响起来，大妈们跳起了养生操的常规动作，伸展四肢，摆臀抖腿。之前已经跳完的老太太们，露出了不屑的笑。

哼，太轻敌了。我在心里想。

一会儿就让你们看看什么叫渐入佳境。

音乐的前奏快结束时，大妈们排好了一字队形，音乐渐渐进入高潮，大妈们一手扶头，另一只手伸向天空。

我在心里默念：一，二，三，亮！

“天地悠悠，过客匆匆……”歌词响起的瞬间，大妈们按下了手心里紧紧捏着的开关。

漆黑的夜空里，大妈们身上发出了无数的小亮光。

这些从小商品批发市场买来的装电池的彩灯串，我和大妈把它们密密麻麻地缝在了衣服里。开关握在手中，可以自己控制。灯光从大妈们的领口延伸到手腕，整个上半身全都是。

灯光笼罩着的大妈们随着音乐舞动起来，这一刻，她们每个人都是光圈、光柱，都是万众期待的圣诞树。

四周观战的老太太们震惊了，目瞪口呆地看着广场中央这一群移动的人肉发光体。

我舒坦地笑了笑，没错，我们亮了。

虽然这办法很蠢，可在大妈们眼中，这也算是高科技了。

大妈们闪闪发光地旋转跳跃，站成一排，随着音乐做出人浪的动作。她们不时按下手里的小开关，身上的彩灯闪烁的节奏依次变化，短闪，长闪，花样闪。

简直是乱花迷人眼。

我身后一个小男孩儿，指着广场中央的大妈们，扯着嗓子狂喊：妈妈！外星人！外星人啊！

这时，我旁边站着的一对儿看热闹的情侣，女孩儿像树袋熊一样紧紧挂在男孩儿身上，笑得花枝招展：“她们好搞笑啊！至不至于这么拼！老都老了。”

她男朋友表情阴郁地看着大妈们，开口说：“这群人，都是有历史背景的。我看微博上说，跳广场舞的大妈们，其实年轻的时候都是红卫兵，年轻时就组团出来祸害群众，老了也改不了毛病，继续出来扰民。所以不是老人变坏了，是坏人变老了。”

我看着身边这位看起来很有文化的年轻人，很想上前跟他说，不是这样的。

之前我上网，给大妈们找广场舞资料时，发现了一个报道。后来我自己又去问大妈们，发现报道里说的都是真事儿。

广场上这些自带彩灯疯狂扭动的大妈，年轻时，都喜欢跳舞。但她们最年轻的时候，是20世纪80年代初。

1984年，孙大妈二十八岁，那一年，全北京批准开放了四家舞厅，但只允许四种人进去跳舞：外国人、留学生、华侨和华侨带来的朋友。孙大妈不属于这四类人中的任何一种。

1986年，上海的大学生开始自组舞会，当时的工厂女工柳大妈，二十八岁，和朋友坐公交车横穿整个浦西，赶去了复旦大学的大礼堂。因为没有学生证，她和朋友被拦在门外，她只记得礼堂里响起过《友谊地久天长》的音乐。

1985年，血红汗衫大妈二十三岁。她记得那年春天，她被邀请去参加了一场舞会。舞会办在崇文门的一个菜市场里，地上还有零星菜叶，卖猪肉的柜台也没收起来，但头上有一盏彩灯一直在转。她紧张地靠在场边，始终觉得自己戴的红纱巾太刺眼。

1987年，北京下了一场大雪。那年，养生大妈二十岁。西城文化宫举办了一场元旦舞会，门票五毛钱。不大的礼堂里挤满了人，人人穿着棉袄棉鞋，但努力想把交谊舞跳得体面。她记得第一个向她伸手邀舞的小伙子，围了一条格子的毛围脖。她也记得她的手被他握得，嗞嗞冒汗。

每个大妈都有一段这样的回忆，那段回忆很短暂。那时她们的舞步总是施展不开，年轻的放肆总是被禁止、被拒绝，谁都不好意思提及。后来她们结婚，生儿育女，成了别人的靠山。她们开始斤斤计较，开始唠唠叨叨，一晃神，就到了更年期。等翻过一座座山，她们终于闲了下来，这时世界早变成了另外的样子。曾经的舞伴，曾经的舞池，曾经那个想勇敢站在灯光下的自己，别人不问，自己也不会再提。

我站在人群中，眼睛紧紧地盯着大妈们。

我随着音乐，在心里和她们一起跳着。

我拿青春赌明天——大鹏展翅。

你用真情换此生——弯腰捞鱼。

岁月不知人间多少的忧伤——准备变队形。

何不潇洒走一回——小跳步向前！

就这么随心所欲地跳吧！大妈们！

潇洒走一回吧！

这一刻，广场上的大妈们看起来都那么紧张、不安，但眼睛里又带着雀跃。几十年前，简陋的舞场里，她们一定也是这样。

“张光正，你干吗呢？”

熟悉的声音在我耳边响起，我一愣，回过神来。

郑有恩的脸出现在我眼前。

“你干吗跟着一起跳啊？”

我猛然回首，发现自己居然不由自主地跟着大妈们跳了起来，我周围的人给我让出了一小片空地，集体像看猴儿一样盯着我。

“我，我没，没忍住……”

“原来我妈她们这个队伍，还有板凳队员啊。”郑有恩匪夷所思地看着我。

“你，你怎么来了？”

“我妈让我来的，说今天比赛。”郑有恩看向广场上发亮的大妈们，“是你出的馊主意吧？”

“嘿嘿，”我摸了摸头，“也没你说得这么好。”

“谁夸你了？”郑有恩瞪我一眼，“安不安全啊？你再电着她们！”

“绝对安全。让大妈们往身上戴之前，我先缝了一堆灯泡在我外套里，每天都在试验。”我拉开外套拉链，“看，现在我还没摘呢。”

我手伸进兜里，按下装在兜里的开关。

我整个人也亮了。

身边刚刚合拢的人群，瞬间又避开了。郑有恩忍无可忍地说：“赶紧关上！不嫌丢人啊？”

我默默地把灯关上，往她身边蹭了蹭。

“你能来真好，柳阿姨肯定特别高兴。”

“你别靠我这么近，别人该以为我认识你了。”

“唉。”

大妈们顺利完成了自己的舞蹈，效果该怎么说呢，艳压全场。

大赛的举办方宣布名次前，高度表扬了我们西坝河小区广场舞团的创新思路，然后给了我们一个第二名。

而比赛规则是，各区海选的第一名才能参加总决赛。但大妈们都不怎么失落，毕竟这场“狮王争霸赛”，我们也是剑走偏锋地杀出了一条血路，从毫无胜算拼到了虽败犹荣。

但柳大妈有些不甘心，冲着孙大妈开始发牢骚：“就是你不听我的，要是最后放了焰火，肯定第一名了。”

“咱们这是投机取巧，能得第二名不错了。得第一名那些姐们儿，都跳印度舞了，你行啊？还不知足呢。”

幸好主办方过来通知我们领奖品，俩大妈一高兴，才没吵起来。第二名的奖品是，一人一桶五升装的食用油。

二十多桶油堆成了小山，摆在大妈们面前，大妈们默默念叨着：这么沉，这可怎么拿啊？然后转头看向了我。

我乖巧地点点头：“你们先坐车回家，我打个车，这些油应该装得下，我先运回小区，咱们广场上集合。”

我拦了辆出租车，顶着出租车师傅的怒视，把这些油塞满了后备厢、前座和后座。然后我钻进车厢里，刚要关门，柳阿姨把有恩硬推了进来。

“小张，让有恩跟你一起走。”

有恩愤怒地扒着车门反抗：“这车里哪儿还能坐下人啊？”

“挤一挤嘛！又不远。”柳阿姨啪地把车门甩上了。

司机师傅开车上路，我和有恩挤在后座上，身边是漫山遍野的花生油，金光璀璨地晃荡着。只能坐一个人的位置上，有恩紧紧贴着我，我只要敢扭头，就能嘴对嘴地亲上她。

“有恩。”我目视前方，开口说。

“嗯？”

“这次回来，你能待几天啊？”

“三天。”

“这几天你打算干吗啊？”

“睡觉。”

“总不能一口气睡三天吧？”

“能睡几天睡几天呗。”

“那，那你睡醒了，要，要是有空，能和我约个会吗？”

有恩沉默了，我也不敢回头看她。

“呦，这次你胆儿够大的呀。”她终于开口说。

“今天看大妈们跳舞，我挺感动的，我也不想再浪费时间了。”

“可跟你约会，我没准儿是浪费时间呢？”

“啊……这我还真没考虑到……”

我沉默了。车厢里气氛一阵尴尬。

“那你打算带我去哪儿啊？”过了一会儿，有恩突然问我。

我雀跃了：“你，你想去哪儿？”

“我不爱去人多的地儿，也不喜欢看电影，一屋子人闷一块儿咔吧咔吧地嚼爆米花，跟进了耗子窝似的。贵的餐厅也别考虑，你请我，我不愿意欠你的。我请你，又没什么道理。”

“那，公园行吗？人少，清净。”

“咱俩还什么关系都没有呢，没资格去这种黄昏恋的圣地吧？”

“……我明白了。我，我回去好好想想。”

“想明白了再约我。”

我高兴地一转头：“那，那咱约好了，你，你等我啊。”

一回头，我几乎和有恩脸对脸了，有恩明显一慌：“转过去。”

“唉。”

身子一扭，我口袋里的开关被按开了，我整个人噌地闪烁起来。

“赶紧关上，你再闪瞎了我。”有恩用力把我往前一推。

小彩灯在车厢里一明一暗地闪烁着，和我的心情一样。我一边手忙脚乱地摸开关，一边回头冲着有恩笑。

“你同意和我约会，我整个人都亮了。无，无法控制了。”

“……赶紧关上。”

“唉。”

14

"我就是想告诉你，张光正，我心里有你了。我很害怕。"

大妈们的比赛过后，北京正式进入了冬天，屋里开始供暖，屋外北风席卷。天干物燥，大妈们穿上了保暖裤、大棉鞋，而郑有恩，开始流起了鼻血。

这段时间里，柳阿姨担任起了我和郑有恩之间友谊的桥梁。我手把手地教会了柳阿姨怎么用微信，平时的日子里，我负责给柳阿姨的朋友圈点赞，有恩飞完长途回来，柳阿姨会给我通风报信，偷偷摸摸地发一条语音信息：小张，有恩回来啦，过来坐坐呀？

因为有恩回来后上午要补觉，所以我常常是下午厚着脸皮摸到她家里。柳阿姨每天下午都要看电视剧，是一部泰国电视剧，她看得上瘾，我也就坐沙发上陪她一起看。有一天，有恩睡醒了，晃晃悠悠地从卧室里走出来，穿着毛衣秋裤，扫我一眼，点点头，算是打招呼了，去厨房开始咕咚咕咚喝水。喝完水，大大咧咧地在地毯上盘腿坐下来。

柳阿姨一边盯着电视，一边用余光扫视有恩："家里有人呢，你穿体面一点儿好不啦？把裤子换一换。"

"秋裤怎么了，秋裤舒服。"

"不是给你买了家居服吗？真丝的嘞。"

“不爱穿，粉了吧唧的，穿上跟发廊小姐似的。”

我坐在有恩身后，偷偷打量她，她大长腿的风采，把秋裤都衬得时髦起来。

柳大妈劝不动，干脆不理她了，全神贯注地继续看电视剧。为了不让自己被大长腿摄了魂，我也强迫自己投入到剧情里。

当电视里演到男主角得知未婚妻其实是杀父仇敌的私生女时，屏幕里，相拥的男女主角愣住了。

沙发上，我和柳阿姨也愣住了。

男主角的手机啪地摔在了地上。

柳阿姨手里的遥控器，我手里的烤红薯，也啪地摔在了地上。

郑有恩冷着脸回头看着我俩：“至于吗？”

柳阿姨一脸惋惜：“本来两个人都要去试婚纱了。”

我也帮着解释：“还买了那么大个儿的结婚戒指。”

“没有未来了呀。”

“是不好办了。”

我和柳阿姨你一句我一句，有恩忍无可忍地盯着我俩：“泰国的女演员都是男的装的，这女的那么大的喉结，你们没看见啊？”

柳阿姨一惊：“哪里有喉结！明明是个女的。”

我赶紧安慰她：“是女的，绝对是女的，您看这胸，这腿，男的哪儿能长成这样？”

柳阿姨有所保留地看了我一眼，有恩斜眼看着我：“很权威啊。”

我乖乖闭上了嘴。

电视剧看着看着，我走神了，恍惚地打量四周。正是西晒的时间，阳光照进房间里，四周一片暖意。有恩像只猫一样，缩在地毯上，安安静静，触手可及。我岳母就坐在我身边，电视剧不紧不慢地演着，手上的烤红薯一阵阵冒着香气。这一瞬间我真知足，知足得想拿半辈子的运气来换。我在心里作了个揖，谢谢老天爷，今年的冬天，真暖。

到了插播广告的时间，我去厨房帮柳大妈泡茶。端着茶壶出来时，电视上郭冬临正在给一个洗衣粉做广告，拎着洗衣粉顶着秃头，四处骚扰家庭主妇。我一回头的工夫，突然看见盯着电视的有恩，流鼻血了。

我愣住了，痴痴地指着电视屏幕里的郭冬临："有恩，你看着他，怎么还能流鼻血啊？"

有恩回过神，噌地站了起来，向卫生间走去。

刚刚受了狗血电视剧的洗脑，看着有恩嘴唇上的一片通红，我担心地追在她屁股后面问："有恩，你不是有病了吧？"

"你才有病呢。妈！加湿器忘加水了吧！"

柳阿姨匆忙从厨房走出来："呦！又忘了。小张，来帮我加水，快！"

我一边往加湿器里灌水，柳阿姨一边向我解释："她每天在机舱里，空气本来就干燥，一飞飞那么久。下了飞机，北京冬天又这么干，她整个呼吸道啊，都不太好了。一干燥就流鼻血，有时候还要哮喘，吓人的嘞。"

"去医院看过没有啊？"

"没有办法。有恩这孩子，性格嘛，随她爸爸，看谁都不顺眼，脑子有毛病。身体嘛，偏偏随了我，我就是在她这么大的年纪得了鼻炎、气管炎，一到冬天很难熬的。你说她倒不倒霉？别人嘛，是富二代，她倒好，病二代。"

"那总得想想办法……"

"也没什么好办法，慢性病嘛，偏方啊，窍门啊，都试过。就是保持周围湿润，让她鼻子别那么干。"

我把加湿器的水箱装好，回头看了看有恩。这位病二代斜靠在沙发上，鼻子里插着卫生纸，看起来那么可怜，我特别心疼，真想立刻把她夹在胳肢窝里，腾云驾雾地飞到热带。

我走向有恩，站到她面前，蹲下来，开口说："以后只要有我在，我一定保证你湿湿的。"

没过脑子的这句话一说出口，我就知道我要死了。

郑有恩面无表情地盯着我，我的心肝脾肺肾因为恐惧，集体开始颤抖。

郑有恩缓缓抬手，按住一只鼻孔，用力一喷气，另一只鼻孔里塞着的卫生纸团打到了我脸上。

"躲开。"

"哎，"我迅速起身，走向卫生间，"我去给你换点儿新的卫生纸。"

发现有恩容易流鼻血之后，我非常焦虑。在我心里，她的皮屑都价值连城，何况是血。我开始打听治鼻炎的办法。王爷给我出主意，说他们家那边有个祖传偏方，把大蒜捣成泥，往鼻子里抹，每天三次，保管好。

我想了想郑有恩的脾气，觉得这个偏方的操作性很低。

上网查了查，也都只是说最好的办法是保持鼻腔湿润。

过了几天，北京突然降温了，刮起了大风。那天晚上，我已经脱光了，缩在被窝里准备闭眼梦女神，柳阿姨突然一个电话，把我叫到了她家里。

一进家门，柳阿姨塞给我一管哮喘喷雾："有恩刚飞回来，和她同事吃东西去了，就在咱们小区外面的烤肉店。她药没带，我怕她犯病，你去送一趟。"

“唉，好嘞。”

“送药是由头，晓得伐？你们两个小年轻，不懂怎么创造机会。拖拖拉拉，温暾死了。”

“谢谢阿姨，以后我一定报恩。”

“吃完饭送她回来啊。”

“您放心。”

我一路小跑回家，背上包，就去了小区外的韩国烤肉店。

一进门，烤肉店里烟雾缭绕，火光四溅。角落里，坐着有恩和她的同事们。虽然她们都换下了制服，但看起来还是不像凡人。

郑有恩看看我：“你怎么来了？”

“阿姨让我送药，怕，怕你哮喘。药给你我就走。”

有恩身边一个甜妹子好奇地看看我：“一起吃吧，别着急走啊。”

我请示地看看有恩，有恩开恩地点了点头：“坐吧。”

甜妹子挪到了对面，把位置空给了我。我坐下来的时候，旁边桌上几个小伙子，脸上纷纷露出羡慕的表情。其中一个胖哥们儿扫我一眼，用不忿的眼神向我说了句：孙子。我也回了他一个笑眯眯的表情，表示：我懂。

我坐下来，拉开背着的双肩背包，抬头问：“这儿有插座吗？”

甜妹子指指桌子下面说：“有啊。手机要充电吗？我有充电宝。”

有恩冷冷地看我一眼：“业务够忙的啊。”

我拉开背包，捧出了一个硕大的蛋形加湿器。

“不，不是给手机充电。”

我钻到桌子底下，插上电源，再钻出来，小心翼翼地把加湿器放到有恩身边，按下开关。

水雾开始在有恩四周缭绕，有恩看看加湿器，看看我，开口说：“怎么着？你是来表演节目的？”

“我怕你鼻子干，流血。以后有你的地方，我都带着这个。”

我俩对面，有恩的同事们都愣了。

甜妹子问我：“你是装好了水，一路背过来的？”

“嗯，”我点点头，“装的矿泉水，自来水里有水垢，消过毒，不好。”

另外一个女孩儿看向有恩，一脸的调侃表情：“可以啊你，郑有恩。现在都有随行加湿专员了。”

水雾弥漫中，有恩开始低头烤肉，我从她手上接过烤肉的夹子：“让我来，你们安心吃。”

我开始尽职尽责地烤肉，有恩和她同事们喝着小酒聊起天来。十几分钟后，刚刚还斯斯文文、甜美可人的空姐们集体露出了真身，七嘴八舌地扯着嗓子嚷嚷起来，完全是一群北京老娘们儿的架势。

“今天商务舱一男客人跟我聊天，说他的人生格言是‘不要强求自己，我不可能让所有人都满意’。我心说当然了，因为你是傻 × 嘛。”

“最烦碰到明星上机了。我递给你的那张纸叫入境表，丫签个名还给我干吗？谁他妈跟你求签名了？智商托运了没随身带吧。”

刚刚的甜妹子，仰头喝完一杯清酒，开口说：“今天有一位爷，进了商务舱以后，开始可劲儿使唤我，‘帮我挂大衣，Don’t fold，it’s Armani.（别折叠，这可是阿玛尼。）你们 serve（供应）什么种类的 whisky（威士忌）？没有 whisky？ O！ M！ G！给我 *China Daily*（《中国日报》），起飞前不要再 disturb me（打扰我）’。后来他脱了鞋，商务舱被臭黑了，能看见黑烟！你知道吗?! ”

我一边低头烤肉，一边侧耳倾听暗黑系空姐们聊天，还要抽空请示郑有恩。

“猪五花你吃吗？”

“吃。烤焦点儿。”

“牛排呢？也烤焦点儿？”

“要嫩的。”

“鱼吃不吃？吃鱼好，吃鱼补脑。”

“你觉得我傻啊？”

“瞧，瞧你说的。我给你烤块鳕鱼。”

吃着吃着，对面，有点儿喝多了的甜妹子，醉眼蒙眬地盯着我俩，傻笑两声，用筷子指向了有恩。

“郑有恩，我发现你就吃这套。”

“说什么呢？”

“你上一个男朋友，不也是这一款的吗？贴心小甜甜，随身男丫鬟。”

有恩脸一沉：“喝多了吧你？我俩什么关系都没有。”

“早晚得有关系。”甜妹子转头看向我，没深没浅地用筷子扎我手，“兄弟，少安毋躁，继续烤，继续烤她，她早晚得为你熟透了。要坚持，别像上一个孙子，耽误她四年多……”

其他女孩儿捂着甜妹子的嘴，没让她接着往下说。我的手背快被妹子扎出洞了。

我扭头看向有恩，有恩正好也看向了我。

我俩隔着水雾四目凝视，我突然有点儿紧张起来。

郑有恩直愣愣地盯着我的脸，看了很长时间。

我紧张得连呼吸都不敢了。

有恩突然开口说：“张光正。”

“唉。”

“你这双眼皮是割的吧？”

“啊？”我被问得一哆嗦，“我，我一男的，干，干吗要割双眼皮？我纯天然的。”

“看着怎么那么别扭。”

“那，那我回去给它缝上。”

有恩把头转了回去：“你给我烤的那鱼呢？”

“马上好。”我重新投入了工作状态，“你先吃块香菇。香菇好，香菇乌发明目。”

“你以后少跟我妈她们聊天，跟个养生老头儿似的。”

我一边继续给郑有恩烤肉，一边在心里琢磨起了甜妹子说过的话。今天之前，我从没想过有恩之前的感情经历，现在知道了，心情有些复杂。有点儿嫉妒我上一任男丫鬟，居然陪了有恩那么长时间。但又挺感谢他，感谢他的放弃和不开眼，才能赏我一个今天。

从烤肉店一出来，这群疯丫头就开始大呼小叫，因为下雪了。把她们送上车，我和有恩溜达回小区里，雪下得很大，地上已经铺了一层。我和有恩闷头走路，她不说话，我也不敢开口。走了一会儿，有恩抬头看看我，又看看我身后的双肩包。

“沉吗？”有恩问。

“不沉，水都用完了。”

我俩走到了每天大妈们跳舞的小花园，花园里没有人，四周很安静，路灯投出的光柱里，能看到雪片千军万马地往地上撒着。

有恩指了指长椅：“坐一会儿，我醒醒酒，正好有话跟你说。”

我把椅子上的雪清扫干净，乖乖坐下来。

沉默了一会儿，有恩开口了。

“我上一个男朋友，说我特别像栗子，外皮看着油光铿亮的，但里面的仁儿，涩得让人下不去口。想吃我，就得拿大火烤，烤熟了，就香了。他拿火烤了我四年，眼看要熟了，他的火灭了。”

有恩靠在长椅上，看着我笑了笑。

“其实也怪不着他，他人挺好的，是我太慢热。我吧，虽然自己也没什么大本事，但就是不稀罕去讨别人喜欢。人活这一辈子，谁不是百年陪自己啊？能交上朋友是缘分，能碰上爱人是福分，我想得挺明白的。愿意对我好的人，有钱没钱的，都有。有钱的，我实在是看不上。不是我假清高，是那些人吧，开跑车，戴名表，把自己捯饬得跟什么似的。可是你看着他，你没觉得他用这些东西，用得有多开心。反倒是这些东西上，刻着他们玩儿命挣钱攒下来的苦大仇深。前一阵子，有个男的追我，跟我同事要了我的行程，每次飞回来，他都到机场接我。四十多岁，开辆保时捷。我同事都觉得这是天上掉馅饼，可是每次我看着他挺着肚子从保时捷里钻进钻出，跟马戏团的熊钻火圈似的，我心里就火烧火燎地难受，脑子里只想着，中年危机真惨，老了真惨，老又老得这么不甘心，太惨了。”

有恩的肩头落了薄薄的一层雪，我特别想伸手给她撣掉。可是路灯下，大雪中，一动不动坐着的她，像座雕像一样，让人只敢远远看着。

“我之前的男朋友，没什么钱，但是我俩处得挺好的。可是他一撤，我就慌了。没他之前，自己一个人，没心没肺地闯，四周都是大山大河，没工夫跟人心较劲儿，但被他真心实意地暖和过以后，这火一灭，就觉得冷了。人一辈子感情就那么多，我就想可着劲儿地全用在一个人身上，榨干了，耗光了，哪怕只剩个空壳。我就想遇到这么一个人，利索地把命交给他，然后你好我好，咱们一起上山下海。从此只惦记你一个，其他路人在我眼里，就连物件都不算。”

有恩转身看向了我，眉目分明，脸像玉石一样莹莹地发着光。

“张光正。”

“唉。”

“我喜欢你。”

我心里猝不及防地荡起了一股暖流。

那热气来得太突然，我四肢骤然麻木了。

“你知道今天我们同事为什么要聚一起吃饭喝酒吗？”

我摇摇头。

“今天从洛杉矶飞回来的时候，遇到气流，飞机颠簸得特厉害。你可能觉得我们空乘不怕这些，其实不是，我们最害怕出事儿，毕竟按概率算，常年天上飘着，怎么着也得轮着一次。飞机上遇到状况，只要能平安落地，我们空乘组的就约好一起喝酒，也算压压惊了。在飞机上，特别颠簸的时候，我们除了安抚乘客，还要在心里开始一个三十秒的应急估算。如果机长一旦指示准备迫降，我们就只有三十秒的时间，扔行李，抛燃油，把能减轻负重的东西全都扔了。只有三十秒。每次一到这种时候，我都忍不住在心里想想自己。如果三十秒以后真坠机了，除了这飞机上的东西，我这辈子能抛下不管的还有什么？工作、吃喝、仇人、朋友、没实现的愿望、没买成的包，其实都可以舍了。一直以来，除了我妈，那三十秒里，没什么让我放不下的。可是今天……”

有恩眼睛亮亮地看着我。

“今天在天上，我绑着安全带，心里读秒的时候，脑子里，出现了你。”

有恩说完这句话，我感觉四周的雪都停了，雪花就那么一动不动，密密麻麻地静止在了半空中，晶光相互辉映，四周一片灿烂。

“飞机晃得特别厉害，有乘客不停地嚷嚷，周围特别乱。可我脑子里想起来的，是你陪我妈她们跳舞的样子，你在貂皮大衣底下拽着我不松手，在三环路上和人打架。飞机穿过气流以后，乘客安静了，我变得特别心烦，怎么都没想到，自己放不下的人里，就多了一个你。我长这么大，从来没像今天一样，说这么多话。我就是想告诉你，张光正，我心里有你了。我很害怕。”

我一动不动地看着有恩，我想开口说些什么，但觉得多说一个字都是废话。我靠近她，伸出手，准备抱住她。

有恩伸手挡住了我。

“我也给你三十秒的时间，你闭上眼睛想一想。如果三十秒后就定生死了，要你把能放下的都放下，你能放下我吗？”

我乖乖地闭上眼睛。

三十。

二十九。

二十八。

我在心里对自己说：张光正，你面前坐着的，是一个那么好的姑娘，她把日子过得野火燎原寸草不生，就是为了让路人闻风丧胆地躲着她，让爱人毫无障碍地遇到她。

二十。

十九。

十八。

轮不着聊什么生死，哪怕是下辈子，我也想把命交给她。从此两个人杀敌挡怪，再不带别人玩儿了。

十。

九。

八。

我忍不住，睁开了眼，认真地看着有恩。

“放不下。”我开口说。“我放不下你。”

我俩身上，都盖上了厚厚的雪。雪地里风声四起，那声音就像有人在吹两个孔的竖笛。

15

但这么温软的外表下，有恩揣着一个愣头小伙子的灵魂。

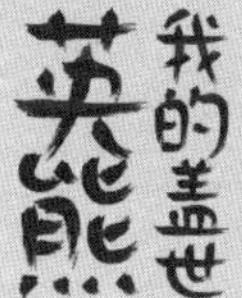

我们酒店有一个员工读书会，每周推荐一本书，建议员工阅读，不是强迫性的，你爱看不看，看过的人可以在阅读会上分享读后感。

认识郑有恩之前，读书会我从来没去过。我觉得只有陈精典那种家伙才会时不时聚在一起，七嘴八舌地证明自己认识字。但认识郑有恩之后，我也开始偷偷摸摸地参加起了读书会。

读书会里什么样的奇葩都有，后厨有一个面点师傅，每周都来参加读书会，发言只涉及书里描写的食物。

“我感觉作者很苦，心苦，口也苦，吃饭老是就凉菜。就什么凉菜？笋干儿。还是蔫巴了的笋干儿。笋干儿这种东西，适合胖人吃，为什么呢？他有纤维素，适合消化，减肥。可是这作者已经精巴瘦了，还吃这个，不好。而且不应该白嘴儿吃，应该煲鸭汤或者炖肉，终归它是个配菜。这就是我对这位作者的一些看法。”

他说的这位作者，叫鲁迅。

“这本书给我的感觉非常好，为什么呢？我抄了一段书里的话，你看啊，西西里的凤梨，马拉加的石榴，巴利阿里群岛的橘子，法国的水蜜桃，突尼斯的枣，港澳火腿，芥汁儿羔羊，珍贵无比的比目鱼，硕大无比的龙虾。碟子是银质的，盘子是日本瓷器。这段话我反复看了好多遍，这是段报菜名啊。蒸羊羔，蒸熊掌，蒸鹿尾儿，烧花鸭，烧雏鸡儿，烧子鹅……一个意思对不对？所以我感觉作者应该是中国人，要不就是有一些中国血统，懂生活，会吃，是个人物。”

那次我们阅读的书叫作《基督山伯爵》。

还有一个男孩儿，是客房部的，刚和女朋友分手，据说分手原因是女朋友嫌他没文化。于是男孩儿决定发愤图强，先从努力看书做起。正值分手阵痛期，小男孩儿有点儿脆弱，每次轮到他发言的时候，常常因为书里的内容勾起了自己的回忆，想起了前女友的种种。

有时候看科普书，他都能哭出来。“这书里说，灵长动物的社会往往是母系社会，最高长官一般都是雌性，它们负责整个团体的生存。雌猩猩和雄猩猩组成团体，一起觅食，哺育幼子……呜呜呜呜呜呜……我也想和我女朋友一起觅食，哺育幼子……呜呜呜呜呜呜……我连只猩猩都不如……”

虽然怪人很多，但每周的读书会，我都会去，翻翻书，听听别人瞎聊，脑子里想想我，想想郑有恩。

那个辉煌的、玄幻的雪夜之后，我整个人都脱胎换骨了，生活充满了欢乐。我刷牙的时候唱歌，洗澡的时候跳舞，上班的时候看着客人傻笑，智商急速地下降为零。

和有恩确定关系后，我立刻向她坦白了，我不是酒店的大堂经理，只是一个门童。说出口的时候，我的心情万劫不复，就算她不原谅我，我也必须要说实话。我哆哆嗦嗦地说完，有恩一脸不当回事儿的表情：“门童就门童呗，反正都是伺候人的行当，分什么三六九等啊。”

我松了一口气。有恩看着我，大大咧咧地一笑："咱俩也算同行了。"

"差，差得有点儿远吧。"

"我问你，"有恩凑近我，"你一个月挣的工资，能养活你自己吗？"

"能……"

"那就得了，咱俩精神上往一块儿凑，生活上各顾各的，你不用管我。"

有恩话虽这么说，但当时，我心里替自己窝囊了片刻。作为一个东北人，面对这么一个懂事儿的姑娘，我很想豪爽地拍出一句："以后你的生活，由我来负责。"可现实却逼得我无以回报，这话实在说不出口。

大雪下过之后，楼下的小花园里，积雪一直不散，大妈们的广场舞取消了。没有了早上的定时相聚，我和大妈们很难再碰到面。有一天休息日下午，我从窗户望出去，看到孙大妈正在花园里晒太阳，就下楼去陪陪她。

"你跟小柳她姑娘，是好上了吧？"一看见我，孙大妈就八卦地笑着问道。

我不好意思地挠挠头："算是，算是好上了。嘿嘿嘿。"

"好好处。那姑娘不错，挺仁义的。好好处吧，处对象也是种事业，别冒进，要稳扎稳打。"

我在孙大妈身边坐下来，孙大妈全身裹得严严实实的。毛帽子、毛围脖、大棉袄，远远望去，像轮胎堆在长椅上一样，眼神有些发呆，远没有了夏天时的霸气。

"这雪估计过几天就化了，"我说，"到时候您就又能跳舞了。"

"嗐，雪化了也不跳了。冬天冷，屋里猫着都容易出事儿，不蹦跶了。”孙大妈抬头看看天，“老人就怕过冬，难熬着呢。一到冬天，阎王爷就开始收人喽。”

孙大妈指指不远处的一栋居民楼：“那楼里住的老人多，一冬天，走好几个。救护车天天往楼门口戳，吓人着呢。”

我安慰孙大妈：“瞧您说的，您身体这么好，不用操心这个。”

“是，我不到时候呢。”孙大妈也给自己打起了气，“跳不了舞，我就多晒晒太阳，晒太阳好。我可不能垮了，家里还有一口人呢。”

那天下午，我陪孙大妈晒了很长时间的太阳。冬天的阳光，位置变化得快，西斜的过程里，阳光落在哪儿，我们就坐到哪儿。小花园里，其他老太太和我俩的迁徙路线一样。四周人来人往，都在匆忙赶路，只有这群大妈，缓慢地追着太阳跑。

在起身往阳光地里挪的时候，孙大妈指指我们身后的老太太，她们也全都穿得厚厚的，步履缓慢，动作迟缓。孙大妈咧嘴一笑：“你看我们，像不像一群鸟？到处找暖和地儿。”

也许是天气冷的原因，那天的孙大妈，和往常有些不一样。

雪还没有化光前，我和有恩进行了几次严肃认真的约会。光明正大地拉过了她的小手，手机里也有了我俩的合照。虽说有恩的心里已经有我了，但我还是会紧张地观察她眼色行事。如果眼神里有鼓励，我就会趁机和她亲密接触一下，如果眼神很凌厉，那我就立刻闭嘴收声，原地抱头。

有恩的外表看起来是个百分之百的姑娘，软、黏、弹、销魂入骨地甜。和她走在一起，我脚下的路都是带弹簧的，天上，人间，无缝切换。她身上的香味儿一阵阵地往我鼻子里钻，简直让我致幻。

但这么温软的外表下，有恩揣着一个愣头小伙子的灵魂。说话干脆，能两个字说完的，就绝对不用句子；做事利落，能动手的，绝不废话。至于撒娇发嗲，根本是不属于她的技能。

有一天，我诚恳地问她："有恩，你和我聊聊你喜欢的和讨厌的事儿吧，我好好记一记，以免以后误闯雷区。"

有恩靠在沙发上，想了半天。

"喜欢买包。"

"……啊，那，那精神层面的呢？"

有恩皱着眉想了一会儿："精神层面？我这种大俗妞，要说爱看书，你信吗？"

"吃饭呢？有什么忌口的吗？"

"什么都吃，好养。"

"喜欢干的事儿呢？"

"喜欢看热闹。路边打架的，我能从头看到尾，回来还写观后感呢。"

"讨厌的东西呢？"

"讨厌 × ×。"

"啊？那个歌手？"

"嗯。"

"为什么啊？"

"我电视上一看见他，就疯了，就想砸电视。长成这样，不跟家好好待着，怎么就那么喜欢出来嘚瑟呢？"

"明白了，以后咱有钱了，绑了他，送到韩国去整一下。那你有什么想问我的吗？"

"你喜欢什么啊？"有恩看着我问。

"我喜欢你。"我认真地说。

“真够不要脸的。那你讨厌什么啊？”

“以前讨厌的挺多的，但现在决定陪着你，一起把宝押在那个男歌手身上了。”

“嘴够甜的。”

“真心话。”

有恩冲我翻了个白眼儿：“你干门童可惜了，应该去卖保险。”

一进入12月，有恩开始加班，常常是回了北京休息一晚，第二天接着飞。她是为了攒下休假和我一起过元旦。有恩不在的日子里，我正常上班下班，偶尔在楼下和柳阿姨她们晒晒太阳，分享一下冬日心情，交流一下养生常识。大妈们都没有了夏天时的精气神，孙大妈最近很少出现，就算来了，也常常是坐着发呆。

12月过了一半时，到处都在流传世界末日要来了。说12月21日那天，玛雅人预言，地球会连着黑三天，然后就海啸、地震、房倒屋塌。中心思想一句话：我们全得死。我周围的人里，王爷特别信这个。从前的他，每天半死不活的，但现在离世界末日一近，他倒高兴了，像小孩儿盼过年似的盼着这一天来临。每天上班打混，下班喝酒，能躺着绝不坐着，索性连澡都不洗了。

王爷不洗澡，直接的受害人是我，因为他的脚变得特别臭。那种臭简直没法儿形容，只要一脱鞋，整个屋子，都立刻裹上了一层油。油里泛着潮气，潮中裹着腥，腥里还带着一股腌菜的酸。只要王爷的脚在屋子里，我就头晕眼花，中气不足，嗓子眼儿里总有东西，想吐吐不出来。

我劝王爷，就算世界末日了，也不耽误你洗个脚的。

王爷靠在沙发上打着游戏，四处闻了闻：“很臭吗？我没闻见啊。”

“你鼻子瞎啊？这么臭闻不着？陈精典和小妹，都开始往他们屋门缝底下贴胶条了。”

王爷一手打着游戏，一手把袜子脱下来闻了闻，那袜子已经硬邦邦的了。

王爷把袜子随手一丢：“没多臭啊！你跟我叽歪个球？张光正，你最近有点儿矫情，找着媳妇儿了不起啊？那你跟她过去，她脚不臭，她脚后跟上还镶玛瑙呢。”

我很想拽着王爷进卫生间，按着他洗一下脚，但我被臭得口干舌燥，四肢绵软，只能乖乖地滚回房间。

12 月 21 日，传说末日来临的那天，北京的天气是白天多云，晚上有点儿阴。没有发大水，也没有地震。王爷失落极了，一边喝二锅头一边骂玛雅人操蛋。喝多了的王爷倒头昏昏睡去，世界没有灭亡，他也还没有洗脚。

有恩这天飞洛杉矶，落地以后，给我发了个微信报平安。她问我干吗呢，我说我准备睡觉，明天早点儿醒，出去理个发。既然世界末日没来，那就当捡条命，以后精精神神接着活。

有恩说好，她在洛杉矶找个地儿，也剪个头发。

第二天睡醒，我去我固定的发型师那儿剪头发。我的发型师是个六十多岁的北京大爷，店开在左家庄的菜市场门口，露天，一把椅子，小推车上放着镜子、剪刀，就是全部家当了。北京大爷姓敖，长年一身大白褂，没客人的时候，他就在广场上和人斗地主。客人来了，往椅子上一坐，白布帘一围，敖大爷就咔嚓咔嚓剪起来，手脚麻利，不多话，关键是便宜，板寸一次五块钱。

敖大爷这儿，是柳阿姨介绍我来的。那时候我刚和有恩说上话，正是想洗心革面的时候。第一次来，我手机里存了张明星的照片，跟敖大爷说想剪成这样。

敖大爷眯缝着眼儿看半天，慢悠悠地开口说：“我是能给你剪成这样，可你没长成这样。到时候不满意，可别怪我啊。”

我当时心里很不爽，哪儿有这么说话的，我还不如去我们酒店附近的小发廊呢。那叫 Jack 还是 Tony 的杀马特发型师，虽然每次都逼我办卡，但人家起码嘴甜啊，一口一个哥地叫着。

敖大爷看我犹豫了，把我往椅子上一摁：“理板寸吧，小伙子，你听我的，咱普通人，利利索索得了。你脑袋上倒腾出花，也没人把你养家里，是吧？”

敖大爷脾气古怪，但手艺很好，板寸理得确实精神，也不会逼我办卡。夏天的时候，早上去，能赶上不远处的小广场里，一群老人练合唱。我耳朵边是咔哧咔哧的剪刀声，不远处是悠扬的歌声，也是种享受。

这一天，我坐到椅子上，敖大爷在我身后理着发，手机突然响了。

有恩给我发了个微信，居然是张照片。照片里，有恩也坐在一个理发店里，她的脸冲着镜头，微微笑着。我意乱情迷地看了半天，才发现，她把头发剪了，现在的发型，是非常短的短发。

我一愣，给她回了个微信：“头发呢？”

“我和朋友在好莱坞瞎逛，正好看见有理发店，就进来把头发剪了。不好看？”

我赶紧哆哆嗦嗦地回语音：“好看，特别好看。就是有点儿可惜。”

“可惜什么啊？又不是把肠子剪了，再长不出来了。”

“有道理。”

“也是个纪念嘛。”有恩在语音里说，“看看咱俩的感情，能陪着头发长多长。”

听完这条语音，我心里一软，屁股往下一出溜。

敖大爷拍了我后脑勺一下："吗哪！坐稳了。"

我把有恩的照片给敖大爷看，无法控制地想显摆："大爷，看，这我女朋友。"

敖大爷眯缝着眼儿看了看："嗬！这姑娘够俊的。"

"是吧？"

"她这也是在理发店呢？我瞅着后头也有喷壶，拢子。"

"嗯，她正在美国剪头发，我俩隔着太平洋呢。"

敖大爷又扫一眼照片："这美国理发店可够豪华的，你说是奥巴马他们家，我都信。"

被敖大爷一说，我又仔细看了看照片，确实，那理发店里到处都晶光闪烁，镜子亮得扎人眼，角落摆着花。这些东西衬在有恩身边，整体和谐极了。

有恩发来了微信："你干吗呢？"

"我也理发呢。"

"发张照片给我，咱俩也算同步了。"

我举起手机，准备自拍一张。可是镜头一打开，我看到了坐在板凳上、围着发灰的白布，傻了吧唧的我。我身后，是眯缝着眼儿的敖大爷。大爷身后，是菜市场，小贩们成堆地卖着白菜，大妈们在哄抢特价的鱼，一片兵荒马乱。

一直以来我很熟悉也很享受的场景，在这一刻，突然变得拿不出手了。我知道我这么想不对，可我控制不住。我心里有种特别奇怪的感觉，这种感觉，我从小到大都没出现过，可现在，突然像气球漏气一样，钻进了我脑子里。我琢磨了很久，自我总结，可能这种感觉叫自卑。

转眼到了圣诞节，我想送有恩一个礼物。既然她喜欢包，我就买个包送她。

我知道普通的东西她看不上，于是向我们酒店礼品部的女孩儿打听了很久，女孩儿给了我几个牌子的名字，让我直接去新光天地。

那些牌子我只是听说过，新光天地我也是头一次去。揣好了卡，做好了心理准备，我跨进店里。

一个瘦高个儿女店员走向我："先生，看点儿什么？"

"我，我先随便看看。"我有点儿紧张地说。

我沿着店铺四处晃荡，东摸摸西摸摸，女店员虽然原地站着不动，但视线一直尾随着我。

"小姐，这个包多少钱？"

女店员走过来："先生，这款包需要预定，您想要的话，可以付定金，然后我们把您放到 waiting list（等待列表）里。"

"可能来不及了，有现在就能买的吗？"

"先生是送人礼物？"

我傻乐着点点头："啊，送，送女朋友。"

女店员把我领到另外的柜台，戴上白手套，小心翼翼地拿下几个包："这几款我们店里都有现货。"小姐把一个嫩黄色的包放在我面前，"这款是今年秋冬的限量款，中国区发售三个，北京只有我们店里有，另外两个在上海和香港。"

我听着"限量款"三个字，认真点头，限量款好，能配得上有恩。"那这个包多少钱？"

"十一万八千元。"

"欸？"我愣住了，非常震惊，"一个包十一万？"

店员小姐沉默地看着我，这话一问，就暴露了我的真实属性，小姐对我失望了。

“您的预算是多少？我帮您推荐一下。”

“我，呃……”我口袋里捏着银行卡的手开始嗞嗞冒汗。

“这一款是八万五千元，因为 size（尺寸）比较小，是入门款。另外我们还有这几款，很便宜，两万元多一点儿。”

我摸着那两万元的包，非常困惑：“这，这是个帆布包啊。”

店员小姐的耐心正滴答滴答地流失，她脸上带笑，但心里似乎在冲我翻白眼儿。

“那您要不要考虑一下钱夹？钱夹比较便宜。”

“钱夹多少钱啊？”

“长款在一万元左右，短款在六千元左右。”

“啊，我，我想一想啊。”

我完全军心大乱了。

这时，店里另外一个中年男顾客正在疯狂扫货：“这包我拿一个，有大红的没有，这红我感觉不正。”

陪着这位客人的店员小姐看起来雀跃得多：“先生，这是今年流行的西瓜红，比较洋气。”

“围巾来几条，送人好使。”

“好的。”

“这啥玩意儿？是烟灰缸不？”男顾客指着柜台里的一个瓷盘问道。

“这是首饰盘。”

“能当烟灰缸使不？”

“当然当然。”

我痴痴地看着这位豪放的大哥。招待我的女店员痴痴地看着伺候大哥的她同事。

然后我俩四目相对，我的眼神里写满了贫穷，她的眼神里写满了嫌弃，我俩像一个寒酸的偶像组合。

这个男顾客动作利索地买了一大堆东西，咔咔一刷卡，拎着大包小包，转身准备离开。刚出门，他突然转身，扯着嗓子问了一句："哎！又忘了！你们这牌子叫啥来着？"

店里一阵沉默，他的女店员呆滞地开口："爱马仕……"

"哦！谢谢啊！"

中年大哥潇洒地离开了。

我的店员无奈地看向我："先生，您想好了吗？你预算是……？"

"那个……"我艰难地开口，"我预算是两三千。"

气氛僵持了一会儿，女店员没精打采地说："我们也有两三千的包。"

"真的？"

女店员从柜台抽屉里拿出一个小盒子，打开以后，里面是手掌那么大的一个夹子。

"这款卡夹两千二，在您预算内吧？"

"可这包这么小，能装什么啊？"

"能装您的公交卡啊。"

倒霉的女店员终于爆发了。

那天，被女店员这么一攻击，加上被中年大哥一刺激，我当机立断地决定，就算符合预算，我也不能送有恩这么一个卡夹。除非里面能附赠一张卡，不然拿出手，也太像一个笑话了。

我工资卡里攒了几万块钱，本来想的是明年正经找套房子，自己搬出去住，这样也能请有恩偶尔来坐一坐。

热血一上头，我把这钱挪用了，买了那个两万多的包，虽然它是个帆布的，但终归也是爱马仕。

我们酒店礼品部的女孩儿向我介绍牌子的时候说：“Prada 是中产阶级背的，太商务了；千万别买 Gucci，过气好多年了；Chanel 的包容易烂大街；Coach 是买菜拎的；至于 MK 那些货色，劳心劳神的中年妇女特别喜欢买这个。不过归根结底，得看你送的是什么人。”

“送我女神。”

“那就爱马仕呗。真金白银，才显得你有真情实意啊。”

我拎着爱马仕的橘红色大袋子，挤着地铁回家了。回家以后，我小心翼翼地把包放好。第一件事儿，就是从沙发上拽起王爷，径直拖向卫生间，拿着淋浴喷头，开始给他洗脚。

王爷一边乱蹦，一边嚷嚷：“你他妈犯什么神经病啊！”

“我给有恩买了个包，帆布的，吸味儿。我怕还没送给她，先被你熏臭了。”

“不就个帆布包吗！你至不至于！”

我逼着王爷往脚上打肥皂：“两万多呢。爱马仕的。”

王爷手一滑，肥皂出溜到地上，他抬头盯着我：“为一女的，两万多买一个帆布包？你是装逼，还是装孙子呢？”

晚上，我钻进被窝准备睡觉。打量四周，我寒酸的房间里，爱马仕的大袋子显得格外刺眼。

我想起了不久前的员工读书会，那天我们读马克·吐温。失恋的小男孩儿聊着聊着又哽咽了：“书里这句话，说得真好：‘奇迹，不需要证据。但事实，需要证据。’不就是说给我听的吗？喜欢一个人，不需要证据。但两个人在一起，需要证据。”

小男孩儿又开始絮絮叨叨地翻旧账，我当时心里还想，失恋真是可怕，活生生能把一个搞客房服务的小伙子逼成哲学家。

但此刻，我心里想，那小男孩儿说得一点儿没错。我喜欢郑有恩的时候，真是一个奇迹，不需要证明什么。但现在，有恩和我在一起了，这是事实。我得有对她好的证据。

甜言蜜语不花钱，但光指着它添砖加瓦，用我妈的话说，我就成了满嘴跑火车的小白脸。

我得有更好的证据。

我愣愣地盯着爱马仕的袋子。

虽然王爷已经洗过脚了，但房间里还有残留的臭气，阴魂不散。

16

“我本地沟小蟑螂，
妄想和龙处对象，
说的是不是你？”

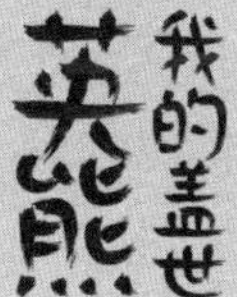

12月31日，我请有恩吃了顿饭，吃饭时，我把包送给了她。

有恩盯着大袋子发呆："张光正，你疯了吧？"

"帆，帆布的。"我赶紧解释。

有恩把包从盒子里拿了出来，表情很开心："好看。帆布怎么了，那也是爱马仕呀。"

"你喜欢就好。"

有恩把包小心地装回盒子里，抬头看向我："我以前从来没收过别人的包，都是自己给自己买。一开始就为了赌口气，每天工作挺累的，挣的钱存银行也看不见，不如买个包，摆床头，早上睁眼先拜一拜。"

"以后我努力挣钱，给你买全皮的。"

"别，"有恩冲我摆摆手，"就这一次，以后你别送我这么贵的东西。我这人从小到大，一直特肤浅，没什么高层次的追求。'认真工作，潇洒买包'，就是我的人生格言。你要把我这点儿奔头都剥夺了，我以后上班该没斗志了。"

2012年正式结束，时间进入2013年的那一刻，我和有恩正走在回家的路上。不远处的酒吧里，能听到很多人齐喊着“新年快乐”。

我看向有恩：“有什么新年愿望吗？”

有恩微微一笑：“明年元旦，争取还一起过。我也是好不容易遇到个他开口我不想抽他的男的。你呢？”

我看着有恩，握住她的手：“好好挣钱。”

“这么现实？”

“挣钱养你。”

“口气够大的，养我？成本可高啊。”

“等我好消息。”

那一刻，我虽然不知道该如何去努力，但心里确实许下了这个愿望。

我和有恩手拉手走到了路口，准备过马路。等红灯的时间里，我偷偷摸摸地靠近有恩。

“新年新气象。来，亲一个吧？”

“恶不恶心啊？车来车往的。”有恩瞪我一眼。

红灯换绿灯的一瞬间，我趁有恩没防备，低头亲了她一口，那嘴唇又热又软。

因为怕她打我，我亲完了转头就跑，横穿过马路。我边跑边回头看有恩，有恩站在路边，咧着嘴笑了，脸上还带着点儿红。画面真是酸酸甜甜，我在马路上幸福地旋转，简直像 ×× 卫视的电视剧一样，弱智得天真无邪。

然后有恩开口嚷出了只有她好意思说出的台词。

“傻 ×！你再让车给撞了。”

新年第一天，我下了班，有恩约我去东直门吃爆肚。我有点儿犹豫，电话里劝她："咱俩刚处对象，你又长这么漂亮，应该去点儿高档的地方，哪怕喝喝咖啡什么的，干吗非往爆肚店里钻啊？"

有恩电话里冲我嚷嚷："我不喝咖啡，咖啡最脏了。你知道吗？咖啡果里有种甲虫，这种虫子会把咖啡豆吃出一个小洞，然后直接在洞里吃喝拉撒，和兄弟姐妹乱伦，产卵，要多恶心有多恶心。有些咖啡商检查不严格，就直接把这种豆子装袋开始卖。咖啡店直接一磨，煮熟了就给你喝。店里坐的那些高档人，抿一口，嗯，入口绵滑，后味儿很香，感觉自己升华了，其实连喝了虫子屎都不知道。"

"……让你这么一说，我再也不想喝咖啡了。"

"是吧？还是牛羊下水干净。"

我们赶到东直门外大街上那家叫"爆肚皇"的店，店面不大，开在居民楼里，招牌很低调，但刚到饭点儿，门口已经有人开始嗑着瓜子排号了。等位的时候，有恩向我介绍，这家店的老板特别性情，每天都是限量供应，到点儿收摊。一到节假日，就开始放长假，门口贴个毛笔写的小条，"本店全体员工去东南亚旅游，也许半个月后回来"。

"今天要是不来吃，过几天一到春节，老板又该跑了。"有恩一脸羡慕的表情，"遇到你之前，我最想和这家店的老板谈恋爱。真的，要不是老爷子年纪大了，我就上手追他了。"

小小的店里，一片热气蒸腾。我和有恩在桌子前坐好，等爆肚上桌的时候，有恩先要了碗豆汁儿喝。

有恩一边吸溜豆汁儿，一边往桌上甩了个信封。

"送你的新年礼物。"

我打开看，是两张机票。

“我调了四天的休假，咱俩去趟巴厘岛吧？你也请几天假，门口没人帮着开门，那些客人也能想办法进来，是吧？”

我愣愣地点点头。

“行程我都定好了，你别管。你那包多少钱，这趟我就出多少钱。我这人最烦有亏欠。巴厘岛免签，咱俩说走就能走了。去海里潜潜水……”

我脑海里浮现出有恩穿着比基尼，毫无保留地露着大腿，大腿在海里合拢，张开。我感觉海水已经从我裤腿里淹了上来。

“还能在沙滩上，晒晒太阳。北京这破天儿，我真是受够了。”

我脑海里浮现出有恩穿着比基尼，毫无保留地露着大腿，一动不动地趴在沙滩上。沙子在有恩的身上滑上滑下，阳光刺眼，椰林摇曳，我眼前一片白光。

“酒店我也都订好了，都是海景房，懒得出门，扎酒店里歇几天也行。”

我全身都开始颤抖，脑海里浮现出有恩穿着比基尼，不，也许都没有穿比基尼。有恩在房间里跑，我在她屁股后面追，哎嘿嘿嘿嘿嘿嘿。

“咱，咱们什么时候走？”我哆嗦着问有恩。

“你赶紧请假，机票是明儿晚上的。”

“好。我这就打，打电话。”

“除了护照，别的都不用带，巴厘岛挺方便的，什么都有。”

我掏手机的手停住了。

我呆滞地站了起来：“我，我去趟洗手间。”

没等有恩反应过来，我就径直走向了厕所，站到厕所，反锁上门，我深呼吸了一秒，然后扬手，给了自己一个嘴巴。

脑海里，沙滩、阳光、比基尼、海里的大腿、柔软的大床，全都被我打飞了。

它们在上一分钟，还离我那么近，触手可及。

我以前不相信梦碎了是有声音的，但此刻证明确实有，我耳朵里是玻璃碴子落满地的声音。

我调整好情绪，走出卫生间，重新坐回有恩面前，开口说：“我，我去不了。”

有恩惊讶地挑起眉毛：“去不了？”

“嗯。”

“我没听错吧？我重说一次啊：张光正，咱俩，一起出去，住一屋，一起玩儿。你是不是理解有问题？”

我一脸痛苦，带着哭腔：“我，我没有护照。”

有恩愣住了，半天才开口说：“都什么年代了，怎么还能有人没护照啊？”

“我一直没觉得自己能出国，所以从来就没想过办护照这事儿……”

有恩沉默了，脸上有了些失望的表情。

尴尬中，老板上菜了：“牛肚仁儿、羊散丹各一份儿！烧饼两张！您趁热吃嘞。”

我盯着面前热气腾腾的爆肚发呆，有恩抬起筷子。

“算了，多大点儿事儿，也怪我没提前和你商量。先吃饭，饭吃一顿少一顿，玩儿咱什么时候都能去。”

虽然有恩安慰了我，但我心里特别难受。

我打量着四周，狭窄的小店里挤满了人，有人扯着嗓子大声嚷嚷，有人吃得口歪眼斜，店里云雾缭绕，四周都是油膻味儿。

以我的能力，能陪着有恩说去就去的，是这样的地方。

虽然有恩说过，精神上凑在一起，生活上各顾各的。可即使这么简单的要求，也需要我和她的能力旗鼓相当。但我现在却连齐头并进都做不到。我的世界，原来是那么窄的一片天地。

那天的饭我吃得很消沉，爆肚放进嘴里，和嚼毛线一个味道。

我得开始想办法挣钱了。

晚上值夜班的时候，我向王牛郎请教，有什么快速致富的办法。

师父上下扫我一眼："快速致富？想多快？"

"越快越好。"

"卖器官快。我帮你打听打听。"

"师父，我说正经的呢。"

"说正经的？你师父要有正经发财主意，干吗还在这儿和你唠嗑啊？这寒冬腊月大半夜的。"

从师父这儿没问到主意，我去请教了学历最高的陈精典。陈精典听完，一脸神秘地靠近我。

"我最近真找到一条致富的路。"

"能跟我说说吗？"

"当你是兄弟，就跟你分享了。你千万别外传啊。我这路比较灰色，游走在法律边缘。"

"这么危险？"

"是钻咱酒店的漏洞，高风险，高收益。"

"你先说，说完我再决定报不报警。"

"小妹不是每天打扫客房吗，有的客房里，客人的一次性拖鞋没用。按道理应该回收，但小妹都攒起来了。一个月能攒一百来双，拿出来卖小商品批发市场，转手就卖好几百块钱。”

“……就这个？”

“你啥意思？几百不是钱啊？不算致富啊？张散光，你最近也太猖狂了。”

虽然陈精典愿意和我分享他的致富宝典，但我实在不愿意伙同着小妹开始攒拖鞋。

最后，我没抱什么希望，去问王爷。

王爷正在电脑上斗地主，叼着烟，抖着腿，心不在焉地应付着我。

“你这么着急要钱，干啥啊？准备跑路啊？”

“这不是谈恋爱了嘛。”

“靠，买两万多块钱帆布包的是你，现在愁钱的也是你。哥们儿，你生活得很分裂啊。”

“你有没有主意？没主意我走了。”

“我有主意，就怕你不爱听啊。”王爷紧紧盯着屏幕，抢着三分的地主。

“你先说。”

“挣钱哄媳妇儿，多少钱是够啊？尤其你那个媳妇儿，起步价就高。你与其奔死挣钱，不如尽早放弃。咱东北老话怎么讲？我本地沟小蟑螂，妄想和龙处对象，说的是不是你？”

我抬屁股起来：“就知道你这儿问不出个屁。”

“哥好心劝你，爱听不听。赶紧滚，我这把都输钱了，就因为跟你瞎嘚啵。”

我重新坐回王爷身边：“你跟电脑斗地主，还打带钱的？”

“赢充值卡啊！一把打好了，能赢十块钱呢。比赛场里有打得牛 ×

的，一晚上挣好几千。”

“挣好几千充值卡？那也用不完啊？”

“有地方收，把卡转手一卖，挣不少钱。”

我盯着王爷面前的屏幕，看着王爷在短短几分钟里，出了手顺子，然后一个王炸，轻轻松松地赢了二十块钱的充值卡。

第二天，我一起床，就直奔左家庄菜市场。见到敖大爷，我直接开门见山了：“大爷，我想跟你学打牌。”

敖大爷一愣：“啊？”

“我想跟您学斗地主。”

“你学这玩意儿干吗啊？”

“我现在对这个比较感兴趣。”

敖大爷挥挥手：“年轻人培养点儿别的，别学这个，耽误工夫。我们这是纯为了消磨时间。”

“大爷，您就教教我吧。”

我冲去菜市场，给敖大爷买了条烟，算是学费。敖大爷耗不过我，勉强答应了，把我领到了理发摊不远处的牌桌上。

我在桌边坐下来，陪着我打的是另外两个老头儿，敖大爷站我身后手把手教我。

连着去学了几天，我基本入门了。敖大爷夸我悟性高，我回家以后就在电脑上试，从连输十把，到偶尔赢一两次，进步还是很神速的。

但打着打着，我的斗地主生涯出现了瓶颈。输输赢赢间，我的积分总是上不去，积分不够，我就只能混在新手区，进不了比赛场。不进比赛场，就赢不了充值卡。

再见到敖大爷的时候，我问他："大爷，斗地主有什么必胜的窍门没有？"

敖大爷和另外俩老头儿互相看看："这斗地主就是一个玩儿，哪儿有什么窍门啊。怎么着？你这是没玩儿过瘾啊？"

"不是不是，我，我就是想再精进一下。"

其中一个大爷慢悠悠地说话了："让他去找老宋头儿。那家伙打得好。"

"老宋头儿现在也不打牌了，北海唱歌呢。"敖大爷说。

"那不碍着他教人啊。"

敖大爷想了想："得，你要真想学，还就得去找这老宋头儿，丫打牌可是打成精了。左家庄这片地儿，没人赢得了他。你去北海吧，他常年北海扎着，养心殿奔北，湖心亭里，老戴一座山雕的大帽子，就是他。你就说你是左家庄敖师傅介绍来的。"

我点点头，心里蒸腾出了希望，就像一个武林弟子，从师父手中接过了下一步的修炼指示。

第二天下了夜班，我睡了俩小时，然后遵循敖大爷的指点，一路摸进了北海公园。

工作日的北海公园，藏龙卧虎，游人寥寥无几，但四处歌舞升平，大爷大妈满坑满谷。树林里有人跳着交谊舞，长廊上有人拉着胡琴，空地上老头儿们耍着长鞭，假山上，还有一个大爷伫立山顶吹着小号，旋律有些跑调，但中气十足。

我边走边想，从最早陪大妈们跳广场舞算起，这一路走来，北京老年人的娱乐生活，我也算是体验得很透彻了。

我跟着歌声找到了湖心亭。亭子里，一个大妈背靠北海湖面，弹着电子琴，面前空地上，一个穿棉袄的大妈和一个戴座山雕皮帽的大爷，各自手持话筒，正在深情对唱。歌声荒腔走板，但是非常真诚。

我知道自己找对人了，就在亭子里坐下来，等着宋大爷把歌唱完。宋大爷唱得很投入，不时还向观众挥挥手，很有巨星风采。

一首歌唱完，宋大爷意犹未尽，转头看向观众，虽然观众只有我一个人。“献丑了啊！”

我起身走向宋大爷：“宋大爷，您，您好。我是来跟你学打牌的。”

宋大爷一愣：“谁，谁跟你说我会打牌的？”

“左家庄敖师傅介绍我来的。”

宋大爷嘿嘿一乐：“嘿，这孙贼，还干起拉皮条的了。”宋大爷看看我，摆摆手，“我早不打牌了，这几年专心练歌呢，转行搞文艺了。”

我有备而来，赶紧向宋大爷递上了一个点心匣子。来之前，敖师傅特地关照我，宋大爷不抽烟，爱喝茶，喝茶的时候只吃稻香村的椒盐牛舌饼。

宋大爷推让了一阵，最后还是接过了点心。他摘下大皮帽，不好意思地挠挠头：“行，那我给敖老头儿一面子，出山，再打几把。”

宋大爷把我带到了九龙壁后面的凉亭里。北海公园真可谓龙潭虎穴，一步一景，拐弯前还是一帮昆曲爱好者凑一块儿咿咿呀呀呢，左转十米就是一群老头儿低着头斗地主，满嘴“孙贼、傻 ×、炸你丫”。

宋大爷上了牌桌，指示我在旁边看着。他把帽子一摘，露出一头白发，用手把头发捋成三七开，表情严肃紧张起来。上一秒还是湖心亭里高歌的情圣，这一秒迅速变成了南北通杀的赌侠。

“斗地主，是一门与人斗的艺术。它有心法口诀。第一层心法，悟性高的人，三天可成。计牌，算牌，是斗地主的基本功。诡诈，配合，信任队友，迷惑对手。压多攻少，这是入门之道。”

在宋大爷的加持下，我开始夜以继日地修炼起斗地主的第一层心法。我在小本上算牌计牌，和队友隔着屏幕心连心，坐地主的时候，像帝王守江山一样谨慎，生怕一步错步步错。

“第二层心法，如果十二天还是毫无进展，则不可再修炼第三层，以防走火入魔，无可解救。这个阶段，要借力打力，后发制人。手中有炸，但举重若轻。”

进入第二层境界后，我已经不需要在本上算牌了，12345，十钩蛋KA，在我脑中已经有了各自的纹路。我开始顺风使舵，厚积薄发，有炸绝对不拆，宁可输得粉身碎骨。斗地主既然有个“斗”字，赌的就是胆。

“第三层心法，是斗地主的最高境界。没有绝顶智慧与惊人毅力，不可轻易尝试。这个阶段，要做到心如止水，古井不波，看透斗地主的本质——一个游戏而已。输赢放身后，老天爷就高看你。老天爷高看你，牌运就能上去。”

打到第三层境界，我已经顺利进入比赛场了。这时的我，努力做到宋老爷子讲的心如止水，恨不得一边放佛经一边开牌。比赛场里高手云集，想赢十块钱充值卡，得先杀出一条血路。我既要在牌运上吓死对手，又要在技巧上迷惑对手。打牌前，我给每一个玩家都送一朵游戏里的玫瑰花，然后在甩炸弹把他们干死前，先给他们发一个系统自带的对话框：“您打得真是太好啦。”

那段时间，我打得昏天暗地。只要不上班，我就守着电脑开牌局，房间里彻夜回响着斗地主自带的音乐和不间断的语音提醒：“三分！抢地主！”“快点儿吧，我等得花儿都谢啦。”

运势最高的时候，我一把挣了好几百的充值卡，但还没来得及变现，又一把都输出去了。此消彼长间，我已经恍惚意识到，我走了条歪路，靠这个挣钱，可能是不现实的。

但我已经上瘾了。每把牌局结束，屏幕上出现三个大大的字：“您赢了！”这个时候，我心里很舒服。

我赢了。虽然是在游戏里，但那也代表我赢了。

赢了的感觉真好。

一次又一次赢了的感觉真好。

那个下雪天儿，有恩开口说“张光正，我喜欢你”的时候，我心里想，我运气真好，我没想过我赢了。

我当时只想把这种运气延续下来，可现实里，我没抓到一手好牌。

但游戏里，这运气一直都在延续。抓到一手好牌的我，就知道自己前途一片光明。抓的牌差，也明白自己可以卷土重来。

这种感觉真好。

17

"你配不上我，我和你一起干吗啊？日行一善吗？"

斗地主的这段时间里，我过得迷迷糊糊的，上班的时候纯粹是为了混日子。最近鲇鱼精和他女朋友分手了，情绪重新回到“人渣”模式，折磨起了我们。我们和他提了好几次，北京已经没什么酒店需要门童站在门外值班了，大冬天的，就让我们也站进来吧。鲇鱼精拒绝了这个合理的要求，说我们可以辞职离开，但他的规矩不能变。

虽然每天上班混着日子，但我也感觉到，北京酒店行业竞争变得越来越激烈。一个不留神的工夫，各种五星级酒店在城里的四面八方轰隆隆地盖起来了。酒店的房价越来越便宜，住的客人也越来越杂，要小费的工作难上加难。以前我们酒店承接会议，都是针对大公司。但现在，门槛降低了，什么野鸡公司都能来开会。

大家的整体士气都很低迷。有一天，在休息室里，陈精典随手翻着杂志，突然靠近了我。

“哎，你看，这外国人真是够闲的。”他指着杂志上给我看，“这个哥们儿，立志走遍全世界，去见和他同名同姓的人。他走好多地方了，看，还有合影呢。”

我扫了一眼杂志：“确实够闲的。”

“我干脆也把工作辞了得了，全国走一走，见见和我同名同姓的兄弟去。”

王牛郎在不远处插进话：“混得好的干这事儿，叫情怀。你丫一门童，到处认祖归宗，人肯定以为你是上门要饭的呢。”

我靠在暖气上，闲着也是闲着，顺手在手机上查，有多少人叫张光正，他们都活得怎么样。有一位 1905 年出生的同名老爷子，是采煤专家，淮海战役的时候从日本人手上抢回了矿山。其他叫张光正的，还有大学校长、整容医师、演员。和我同名同姓的，应该有成千上万个，但百度百科只记录了这几个。

我想象如果有一天，我遇到了和自己同名的哥们儿，一定会很好奇，他过着什么样的人生。我还算幸运，叫张光正的人里，没有特别出名的。我们客房部，有个女孩儿叫高圆圆，姑娘长得瘦瘦小小的，五官跟好看不太沾边，一笑起来，脸皱得像麻花，我们特别爱开她玩笑。“高圆圆，你怎么还在这儿叠被子呀！不赶紧看剧本去！”幸好小姑娘活得很乐呵，开玩笑也不急，只是慢悠悠地骂我们一句：去死吧，你们这些傻 ×。

想当初我们刚一落地，爹妈给我们取名字的时候，也是深思熟虑，希望这个名字能罩我们一生，平安坦荡地活下去。但一个不留意，好好的名字就成了笑话，人家叫高圆圆，你也叫高圆圆；人家叫王思聪，你也叫王思聪，一个天上，一个地下，倒霉都没有缘起。

我翻看着采煤专家张光正的人生履历，人家一辈子真是披荆斩棘，波澜壮阔。我想想我这二十八年的人生，纯属浑水摸鱼，凑合着活。采煤专家已经仙逝了，但如果老爷子来梦里见我，说“小伙子，同名是缘分，咱俩唠唠嗑”，我有什么能跟人家显摆的呢？

我只能跟他说：给您介绍一下我的女朋友，郑有恩，您看看这两条大长腿。

除此之外，居然再没有别的可说。

说到郑有恩，我俩的感情还在稳步发展中，并且有了一种非常健康的相处模式，就是她作威作福，我任劳任怨，偶尔我忍不住了反抗一下，当时确实能吓唬住她，但等她回过神来，我还是会被反攻爆头。

但有恩的懂事儿，是润物细无声的。每次她飞回来，我们俩约着吃饭，她总把我往各种街边小饭馆里带，往最贵里点，都超不过人均三十。两块钱一串的铁板鱿鱼，大棚里的麻辣烫，路边的饺子摊上坐满了拉活儿的出租车司机，煮饺子的大锅正对着公共厕所，她也照样吃。

我都有点儿看不下去了："有恩，咱吃点儿好的吧？你别考虑我，我吃得起。"

"谁考虑你啦！"有恩坐在麻辣烫的大棚子里，一边涮菜，一边瞪我，"我就爱吃这口儿。"

"那咱去干净点儿的地方吃？"

"闭嘴吃你的，这儿哪儿不干净了？"有恩拿麻辣烫的签子戳我，"你以为贵就干净啊？吃饭的地儿干净得跟病房似的，后厨你看不见的地儿，跟动物园一样，什么都有。"

有恩抬头看向煮麻辣烫的大婶："麻烦您，再来一份儿宽粉。"

"好嘞。"大婶转身从身后的塑料桶里捞出宽粉，动作麻利地甩一甩水，扔进锅里。"吃软点儿的，还是硬点儿的？"

"煮软点儿。"有恩冲我扬了扬下巴，"看见没有，开放式厨房，这才叫干净。"

这段时间，我陪着有恩走街串巷地吃遍了街头小馆子。

直到有一天，柳阿姨困惑地问我："最近有恩怎么老拉肚子呀？小张，她是不是在偷偷吃减肥药？”

我都不知道该怎么回答她，但那天之后，我强势地终止了有恩的腹泻饮食之旅。

我们约会的地方，经常选在三里屯，因为附近也没有别的什么适合吃吃逛逛的地方。我们约会的旅程从三里屯北区开始。北区全是些高档名牌店，这些店有恩很少进去，只是沿路瞎溜达。偶尔她会指着橱窗问我：“你觉得这包怎么样？”

“就，就是你的。买。”每次约会前，我都会把我那张余额不多的银行卡带在身上，随时准备着双手奉上。

有恩常常是盯着那个包看看，然后回头冲我一笑：“什么眼光。”

三里屯北区的奢侈品找碴儿活动结束后，我们穿过中间的小街，这条街上，四处都是麻辣烫的摊子，有恩会逼着我在这儿陪她把晚饭解决。吃过晚饭，晃悠到南区，看场电影，约会也就结束了。

但陪有恩看电影，真是项惊心动魄的任务。有恩会不会在电影院里炸出火花，完全取决于她那天的心情好坏和其他观众的看电影素质高低。

有一天，我俩看《四大名捕2》，剧情是什么，我根本没在意，但有恩心情似乎不错，看着屏幕傻乐。她身边，一对儿小情侣似乎心情更不错，女孩儿时不时地大声嚷嚷：“我靠！编剧是傻×吧。”两人一直叽叽喳喳地互喂爆米花，咔吧咔吧的声音响个不停，跟旁边坐了对儿仓鼠似的。有恩忍了半场电影的时间，然后摸出手机，打亮了手机上的手电筒，一道笔直的光柱照向了仓鼠情侣。

刺眼光芒中，仓鼠情侣愣住了。

有恩面无表情地在光柱后面开口：“我怕你俩吃鼻子眼儿里，给你们打点儿光。”

仓鼠男友想要反抗，准备起身时，看到了有恩的轮廓，愣了。

有恩因为腿太长，整个人得半缩着腿困在座位里。那天她穿一身黑衣，头发高高扎起，此刻又是横眉冷对，一张脸雪白，一副深山老妖的姿态缩在椅子上，感觉下一秒就要出拳了。仓鼠男友又看了看我，不才我腿也很长，地痞流氓的架势和有恩一模一样。

仓鼠情侣估算了一下动手的胜算，默默起身，坐到了影院后面的空位上。

有恩心情好的时候，观影态度是这样的。而她心情不好的时候，是看《私人订制》那次。我们前一排靠过道的地方，坐了一群姑娘，穿得花枝招展，像是一会儿准备去夜店，现在先来打发一下时间。她们人手一桶爆米花，但不好好吃自己的，非得互相抢着吃，爆米花扔来扔去，我们这儿被搞得乌烟瘴气。前后坐着的观众说了好几次，几个姑娘仗着人多，毫无收敛的意思。

有恩一直沉着脸没吭声，但我心里已经做好了她负责点炸我赶紧灭火的准备。电影快看完时，有恩突然起身，走出了影院。

我在座位上愣了一会儿，她的外套和包都还在，估计是得回来。过了一会儿，有恩回来了，怀里抱着三桶超大号的爆米花。

我心领神会，缓缓起身，拿起了有恩的外套和包，随时准备跑。

有恩走到那群姑娘面前，站在过道上，胳膊一抬，怀里的爆米花稀里哗啦地落下，几乎把其中的一个女孩儿埋在座位里了。如果这爆米花是雪，那雪里还夹着雨，闻起来像是可乐。

几个女孩儿愣住了，身上头上全湿，爆米花一朵朵地粘在头上。

“够不够吃？不够姐姐再给你们买。”

一阵沉默。

不远处有个小伙子发表意见："我靠，比电影好看。"

女孩儿们气炸了，起身就要群殴有恩。我往过道出口一挡："有恩，你先走，换我来。"

有恩慢悠悠地走了。

女孩儿们想从座位出来，但我挡在出口，她们只能一边骂骂咧咧，一边三拳两脚地攻击我，我则摆出东北人的架势，单纯地用虎背熊腰恐吓。过了一会儿，其他观众开始骂起这群姑娘，姑娘们又和其他人对骂，整个影院热闹得跟过年一样。趁着乱，我跑了出来。

我一路小跑回有恩身边，气喘吁吁，身上无数个脚印，都是刚刚被姑娘们踹的。我掸干净衣服，捋顺了呼吸，小心翼翼地看向有恩。

"你觉得这电影怎么样？"

"没看成结尾不可惜。"有恩气定神闲地说。

"那，那就好。"

也不是每次和有恩看电影，都会把场面搞成这样，毕竟其他观众是无辜的。

有一次，是看《等风来》，我完全看不懂的一部爱情片，但因为主演是据说长得很像我的井柏然，所以有他的画面我看得很走心。我们旁边还是一对儿情侣，女孩儿非常甜，靠在男生怀里，不时用娃娃音高声发表评论。

"人家也想去尼泊尔啦。"

"那咱们去。"

"可是尼泊尔有虫虫，我就怕怕。"

"那咱们不去。"

“吼，你就是不想带我出去玩儿。”

“那咱们去。”

“可是好远哦。”

“那咱们不去。”

…………

鬼打墙一样的对话，不停地重复。唯一能打断这段对话的，是男人大声接电话的时候。男的手机没调静音，似乎是希望在场观众意识到他业务格外繁忙。

“我林总啊……那事儿怎么样了？……抓紧，抓点儿紧啊，风投不等人……”

我看着有恩的脸越来越冷，观察了一下敌情，我伸手，无声地拦住了有恩，用眼神告诉她：这次，我来。

我和这对儿情侣隔着一个座位，我蹭了过去，坐到男人身边。

“林哥？”我小声地跟男的打招呼。

哥们儿看我一眼：“你谁啊？”

我一脸媚笑：“我小张啊。”

哥们儿一脸困惑。

“赛琳阁按摩保健的小张啊！您以前来，都是我负责接待啊。做全套给您打五折的贴心小张，您怎么能忘了？”

哥们儿愣住了，他甜甜的女朋友也愣住了。

“您有日子没来了，不是换地方了吧？咱做生不如做熟，有意见您提，别不光顾我们。”

这哥们儿完全乱了，身边的女朋友脸色如猪血，急火攻心了。

“你他妈瞎说什么呢！”

我看看他女朋友：“呦，嫂子一起来的呀！看，看我这没眼力见儿的。”我凑近他，用他女朋友也刚好能听到的音量说，“回头一起来玩儿，女，女宾我们其实也接待。”

他女朋友死命地盯着我，又看看我身后的有恩。

我指指有恩：“我同事，您记得吧？我们那儿的推、推油小天后。”

俩人一起看向有恩。

一路听着我瞎聊的有恩那天穿着一条呢子短裙，两条凶器大长腿又暴露在外面。有恩冲着这男的甜甜一笑，腿随意晃了晃。面前这哥们儿眼看要晕了，而他女朋友当场崩溃，拎着包跑出了影院。

男的追了出去，我重新坐回有恩身边。

有恩依然面无表情，但声音里带着笑意：“你给下辈子积点儿德吧。”

“为，为了您观影愉快，我下辈子变熊瞎子都情愿。”

贺岁档的电影差不多全看完，就到了过年。有恩和柳阿姨一起回了上海姥姥家，我今年不回东北，趁着过年有加班费，可以多挣点儿钱。快到年三十的时候，北京变得空空荡荡的，路上几乎没了人影，酒店里也没什么住客。

年三十的晚上，在酒店值完班，快到凌晨一点，我自己溜达着回家，边走边数着沿途头顶上炸开的烟花。回了家，也还是我一个人。王爷和陈精典两口子都各自回了家。

我给有恩打了个电话拜年，电话里，鞭炮声噼里啪啦响着，有恩扯着嗓子问我：“吃饺子了吗？”

“一会儿吃，买了速冻的。”

“真够惨的。明年我给你煮。”有恩说。

“你吃得怎么样？替我给柳阿姨拜个年。”

“烦死了。这边七大姑八大姨的，开口闭口全是聊结婚生小孩儿的事儿，我都快跟她们打起来了。”

“大过年的，你稍，稍微配合一下。”

“配合不了。这帮绝经的老妇女，就指着这个焕发第二春呢。”

“再忍忍，咱结了婚就不受这个气了。”

有恩沉默了一会儿：“跟谁结？跟你结啊？”她笑嘻嘻地问。

我也沉默了一会儿：“那，那必须的啊。”

挂断了电话，我进了厨房，架锅烧水，开始准备煮饺子。等水开的工夫，我一边听着窗外的鞭炮声，一边走神。煮好了饺子，我端进客厅，蹲在茶几旁边吃。客厅里，王爷人虽然走了，但音容宛在，脚臭犹存，那味道混在饺子的香味儿里，闻起来格外心酸。吃完饺子，我开了瓶啤酒，闷头喝两口，这年就算是过去了。

电视里重播着欢天喜地的春节联欢晚会，但我胃里心里都沉甸甸的。

我想娶郑有恩，第一眼看见她，就想把她娶回家，娶回家也不敢造次，得把她揣怀里放家里好好供着。

可我看看房间四周，沙发上堆着王爷黏糊糊的被子垛，水泥地上摆满了啤酒瓶，整套房子里的家当，让收废品的上来估价，几百块钱顶天儿了。这是个临时住人的地方，不是家。

该怎么娶郑有恩啊？

娶了她，又供在哪儿呢？

第二天，我开始申请连岗加班，酒店过节，正好人手不够，我就开始连着值岗，从早站到晚。累得不行的时候，我就在心里算算，离给郑有恩买真皮爱马仕，又攒出了几百块钱。下了班，腿又酸又麻，躺床上反而睡不着，我就接着斗地主挣充值卡。这个春节我累得昏天暗地，走起路来腾云驾雾，看什么都有重影，听什么都有回声。

到了初八，大家重新开始上班，酒店里的会议变多了，好多都是公司的团拜活动。初八下午，来了一个制药公司，是卖男性药品的，大客车门口一停，呼啦啦下来一堆人，两个小伙子从车上搬下来一大堆会议资料，招呼我们帮着往楼上会议室运。我刚准备推车走，其中一个小伙子拽住我，扛过来一个半人多高的广告牌。

“哥们儿，这个你先帮我扶一下，行吗？我们大客户一会儿来，就靠这广告牌引路了。”

“好的，先生。”我紧紧扶着广告牌，冲着大门原地站住。

过了一会儿，王爷送完资料下了楼，看看我和我身旁的广告牌，笑了，笑得一脸猥琐。

我转身看了看广告牌。广告牌上，一个精壮的汉子双手捂着裤裆，苦着张脸。

汉子身边两行大字：

花好月圆，独缺定海神针。

大家都行，偏偏就我不行。

怪不得刚刚进店的客人都盯着我笑。

“你往这儿一站，这广告显得太可信了。”王牛郎说。

“嘿，这帮孙子。”我想甩手把广告牌扔开，扛着它四处找地儿的时候，一转身，我愣住了。

门外突然出现了郑有恩。有恩穿着红色的大衣，大长靴，短短的头发显得眉眼更清楚了，人来人往的酒店大堂，她就像朵小火花一样。

我愣愣地看着有恩。

王牛郎冲有恩打了个招呼："呦，领导来视察工作了。"

我抱着广告牌，想着广告牌上的字，再看着这么赏心悦目的有恩，真想立刻融进牌子里，成为画的一部分，再也不出来。

"几天没见，您都有广告代言了呀。"有恩走近我，看看广告牌，笑眯眯地说。

"帮、帮客人拿一下。你怎么来了？"

"我刚回来，在家待着也没什么事儿，反正离得也近，过来看看你。"

我不好意思地假笑着："天儿这么冷，你还跑出来干吗？我这儿就是站岗，没，没什么好看的。"

"挺好看的啊，"有恩指指广告牌，"多花好月圆啊。"

正说着话，刚刚的小伙子终于下楼了。

"谢谢您啊。"他从我身上扛过广告牌。

"别客气，您快拿走吧。"

小伙子转身要走时，突然又停下了，犹豫半秒，开始掏兜，然后掏出了一张皱皱巴巴的五块钱，塞在了我手里。

"谢谢啊。没零钱了，这个你收着。"

小伙子转身走了，我看着手里的这张五块钱，不愿意再抬头看有恩。平时以要小费为荣的我，这一刻，却第一次觉得，我还真他妈的像个要饭的。

短暂的尴尬过后，有恩像是不在意地笑笑："行，那你忙吧，我先回去了。"

"这就走啊？不多待，待会儿？"

"我就是顺便跟你说，我妈让你下班过去吃饭。在这儿待着干吗？我楼上开间房等你啊？"

我脸一红，王牛郎又嬉皮笑脸地蹭了过来："开房没用，"他指了指不远处的广告牌，“人家都行，他不行。”

正月十五这天，在柳阿姨一唱三叹的强烈要求下，我和有恩坐车去了潭柘寺烧香。前一晚，我斗地主打到了凌晨，因为要烧头炷香，我生怕起晚了，干脆就没合眼。去的路上，因为有恩在身边，我还保持着亢奋的状态。

进了庙，烧过香，身边的大爷大妈们开始往殿里拥，作为烧香界新人的我和有恩，也稀里糊涂地跟了进去。大家在正殿里跪好，过了不久，一群和尚走出来，开始诵经。

我偷偷问我旁边的一个鬓发大妈：“这是干吗呢呀？”

“祈福呀。”

大家全都踏踏实实地跪着听和尚念经，我和有恩也不敢抬屁股走。大殿里很安静，香火缭绕，木鱼声嘎哒嘎哒地响着，和尚们低声诵经，我的眼皮像大幕落下一样，开始缓缓低垂。

我身边，有恩也困得迷迷瞪瞪，但一片虔诚的气氛中，菩萨看着我们，我俩觉得睡着了属实大逆不道，于是只好互助互爱，互相掐大腿。有恩的手比较没轻没重，一场祈福仪式下来，福气没见着，我大腿先青了一片。

好不容易熬到仪式结束，我俩刚想走，其他人却站起来，默默地排起了长队。大殿中央，住持把香炉里的火烧旺了，青烟直直地蹿起来。

我再次请教身边的鬓发有缘大妈：“阿姨，这又是干吗呢呀？”

大妈晃了晃手里的布包：“让香火熏一熏你随身带的东西，求个好彩头，今年一年出行平安。”

听到“出行平安”四个字，我扭头跟有恩说：“你也把包拿去熏熏吧？”

“赶紧走吧。我看你都快困糊涂了。”

“你常年天上飞，应该保保平安。不就是排会儿队吗？”

有恩看看手里的包，她拎了一个白色的小包，上面有茸茸的毛：“别再给我熏黑了。”

我一把捂住有恩的嘴：“瞎胡说什么？熏黑了那是给你面子。”

熏包的队伍排得特别长，轮到的人，就手里拎着包，站在大香炉前面烤，住持在旁边接着念经。我一边排队一边犯困，感觉自己已经站着睡了好几觉，梦里都有八大金刚在身边环绕。

轮到我们的时候，有恩突然把包往我怀里一塞：“你替我去，我不好意思。”

我还没反应过来，有恩已经把包塞到了我怀里，一拳把我捅到了香炉旁。

我背对着菩萨，面冲香炉，把有恩的包拎到烟雾中央。我冲身边的住持和尚点点头：“麻，麻烦您了。”

住持开始念经，我面前青烟缭绕，熏得我干脆闭上了眼睛。我在心里念叨：菩萨呀，长这么大，今天第一次来拜会您，您别怪罪。希望您保佑我家郑有恩她出行平安，今年一年，别吃苦，不受罪。第一次见面就求您保佑，确实有点儿没皮没脸，以后我一定常来看您……

耳边是低沉的诵经声，胸前香炉里的火暖融融地烤着我，我感觉自己真的快升仙了，浑身变得很放松。

直到身边有人开始大喊：着！火！啦！

我猛地睁开眼睛，发现手里有点儿热。仔细一看，整个人在大殿之下，吓呆了。

因为实在太困，我胳膊越垂越低。

所以，有恩包上的毛，被香炉里的火给燎着了。

我拎着着火的包傻站着，双腿发抖，后背发凉。

住持也不念经了，小和尚四处找水灭火，殿里一片大呼小叫。

我站在菩萨脚底下，看向有恩，有恩站在殿门口，双手插兜，冷冷地瞪着我。

大雄宝殿里的小型火灾现场处理好后，我们被轰了出来，坐在院子的石凳上压惊。有恩的包已经彻底火化了，小和尚给了她一个塑料袋，里面装着她焦黑的手机、焦黑的钱包和其他一些焦黑的残骸。

空气中充满了浓浓的杀意。我闭着嘴不敢说话，心里已经不求今年多福，只盼此刻能逢凶化吉了。

“张光正，你最近怎么回事儿啊？”沉默了很久，有恩终于开口了。

“我，我就是今天有点儿困。”

“你最近有不困的时候吗？”有恩转身盯着我，“你看看你脸上挂着的那俩眼袋，得有 A 罩杯了吧？”

我逃避地低下了头。

“跟我谈恋爱，也没耽误你多少工夫啊？晚上你不好好睡觉，都干吗了啊？”

“最近一直加班来着。”

“干吗逼自己加那么多班？过年就应该好好歇着啊。”

我再次逃避地低下了头，头都快缩进胸里了。

“昨天晚上你又没加班，今天怎么还这么困？”

“昨天晚上打游戏来着。”

“打一晚上？张光正，你都这个年纪了，当网瘾少年是不是稍微大龄了点儿啊？”

“打游戏能赢钱。”我吭吭哧哧地说。

“赢多少啊？”

“前三名能赢 iPad。”

“你有我呢，要那玩意儿干吗？有时间玩儿吗？”

“赢了想送你。”

“我也用不着啊。”

“用不着就卖了，能换个爱马仕的卡夹。”

我俩你一句我一句，彻底把话题聊进了死胡同里。有恩缓了一会儿，伸手捏住我的脸，把我的头抬了起来。

“张光正，你最近怎么这么想挣钱啊？”

“……”

“说话！”

“想挣钱养你。”我吓得一哆嗦。

有恩直勾勾地盯着我，然后捏着我脸的手松开了。

“你不是为了养我，”有恩语气冷淡地说，“你是为了面子。”

“有恩……”

“我喜欢你，是因为你长得好看。你喜欢我，也是因为我长得好看。咱俩人能肤浅到一块儿去，是好事儿。你现在这么苦大仇深的，干吗呢？”

“我是男的，我总得考虑得现实一点儿……”

“少来这套。现实？那我跟你聊聊现实。没认识你之前，我自己挣钱自己花，活得好好的。认识了你，我就残疾了？就得靠你养我了？以前那些有钱的老屁股动不动就想拿钱砸我，那是因为他们喜欢把女的当泰迪狗养，送首饰和送狗链一样，遛出去威风，可你跟着起什么哄？你想挣钱，可能是想吃好喝好，想光宗耀祖，想回去帮乡亲修路，一百个理由你随便选，你别把这脏水往我身上泼。”

“你看你，怎么说着说着就急了……”我颤抖着伸出双手，想安抚一下有恩。

有恩一把甩开我的手：“我当然得急了。你现在是喜欢我，自己给自己背上了炸药包，想着当英雄呢。等到喜欢的劲儿过了，回过神，发现累得跟条狗似的，不值得，到时候再甩给我一句：‘还不都是为了你。’我冤不冤啊？”

“我是想配得上你……”

“你配不上我，我和你一起干吗啊？日行一善吗？你这么瞎折腾，是为了自己面子过得去。我今天再说一遍，张光正，只要你脸不残，我心就不变。至于有钱没钱，以后想怎么活，那是你自己的事儿，我不配合。”

有恩这番话说完，按说我应该很感动。

可那一刻，我脑子里却出现了爱马仕专柜小姐的脸；爆肚店里知道我没有护照时，有恩有些失望的表情；我那个狭窄的阳台间；客人递给我五块钱小费的瞬间。

我沉默地看着不远处的寺庙，菩萨开恩，真的把梦里的女神赐给了我，她浑身上下，从里到外，完美得没有一点儿毛病。

可我知道这梦早晚得醒，所以我急得上蹿下跳，只是想能不能有什么办法，让我梦醒了以后，身边睡着的女孩儿，和梦里的姑娘，长得一模一样。

有恩看我一声不吭，有点儿生气了，拎着塑料袋站了起来。

“你自己再想想，正好这地儿也合适，你把心掏出来洗洗。我自己回去了。”

有恩脸上一副心意已决的表情，我不敢再逆她的意思。看着塑料袋里的残骸，我小声开口：“包里的东西，以后我一定赔给你……”

有恩看了我一眼，转身走了，但走了两步，又折返回来了。

有恩指指塑料袋里烧成一团的钱包：“这钱包里，有张我和我爸的合影。我爸不爱照相，这张照片从大学起就跟着我了。”

我愣愣地看着有恩，想说什么，但又说不出口。

“明白了吗？”有恩面无表情地看着我，“感情这事儿没法儿拿钱算。什么叫赔？怎么又算赚？”

有恩走了以后，我坐在石凳上发了很长时间的呆，想着自己这段时间的浑浑噩噩，想着未来和有恩的各种可能性，但关于美好的可能性，都不是只靠我一张脸就能达成的。

坐着坐着，刚刚大殿里诵经的住持走到了我旁边：“您还没走？”

我赶紧起身：“啊，师父，刚刚给您添麻烦了。”

“意外，意外而已。您留了这么久，是对佛门比较感兴趣？”

“啊，这儿清静，我正好能想想事儿。”

“我寺确实是修身养性的好地界。您不忙，可以偶尔来住几天，我陪您聊聊佛法。我看您现在似乎有些困扰啊。”

“大师，我冒昧问个问题啊，当和尚有工资吗？”

住持一愣：“有，有啊。”

“多少钱一个月啊？”

住持嫌弃地看向我：“这个……我不太方便说。”

“包吃包住？”

“您听说过每天来庙里上班的吗？”

我沉默了一会儿："实在不行我就……"

住持开口打断了我："我们这里现在只招佛学院毕业的研究生。"

"……"我抬屁股站了起来，"大师，公交车站是出了山门左拐还是右拐来着？"

"左拐八百米，施主慢走不送，有缘再见。"

"谢，谢谢您了。"

18

长大，但不变老。

王牛郎最近比较烦。

过完正月十五后，酒店的客人重新多起来。以前我们酒店国外游客入住得多，但现在住进来的国内客人变多了。入住客人的国籍比例会给酒店带来很多影响，销售要考虑折扣幅度，客房要考虑风俗习惯，对我们门童来说，最大的改变是，每天深夜会在大堂等候艳遇的姐姐们，多了很多东欧的大妞。

这些东欧大妞里，有个叫莫莉的保加利亚姑娘，不知道是哪根筋搭错了，像是看上了王牛郎。莫莉三十多岁的年纪，一头金发，大屁股小细腰，常年化着浓妆，不笑的时候显老，但一笑，就露出两颗小兔牙，很有点儿小姑娘的模样。

莫莉每次来，都在酒吧里点杯酒，坐等着客人和她搭讪。王牛郎值班的时候，她就不在酒吧坐着，守在门口，嬉皮笑脸地跟王牛郎搭话。莫莉中文说得不好，但还老是想和王牛郎瞎聊。

王牛郎很烦莫莉，莫莉跟他说话，他老是装傻。我们开他玩笑："你不是一直想跨出国门吗？保加利亚也是外国啊。"

王牛郎很烦躁："洋枪好扛，洋马难骑，没听说过啊？"

王牛郎话说得糙，但我知道他没有看不起莫莉。我们这些做门童的，每天看着这些姐姐上楼下楼，来来去去。有的姐姐遇到了金主，挣着了大钱，一高兴会给我们好几百元小费。也有的姐姐鼻青脸肿地下了楼，疼得直哆嗦，得靠我们帮着扶上出租车。我们是站着挣钱，她们是凭运气碰到有钱又出手阔绰的男人挣钱。说一千道一万，谁都没资格瞧不起谁。

但莫莉好像没觉得自己活得有多不容易，每次来去都是笑嘻嘻的。大冬天里，她踩着高跟鞋，披着一件假貂皮，甩着金发，推门进来时的样子，像个落魄的贵族来参加名单上并没有她的晚宴。

我们在门外站岗时，莫莉也跟着出来，陪在王牛郎身边。王牛郎无处可躲，我偷听着两个人的对话，非常喜闻乐见。

“王，我昨天去了颐和园，那里有个酒店，很美。”

王牛郎摆摆手：“你说什么？我听不懂。英文，我，不会。”

“我说的，是中国话啊。”

“那也听不懂。你口音太重。”

王牛郎横下心来装傻充愣，莫莉也不着急，干脆不说话了，只是静静地在边上站着。初春的北京还是很冷，莫莉裹着假貂皮发抖，过了一会儿，从兜里掏出一袋糖，是我们大堂酒吧里免费拿的那种咖啡砂糖包。

莫莉把糖包撕开，白砂糖倒进手心里，小心翼翼地伸舌头舔了舔。

“王，你吃糖吗？”莫莉把手伸到王牛郎面前，“吃甜的，就不冷。”

王牛郎噌地往后一撤：“不吃不吃。”

“真的很甜。”

“我怕齁着。”

“齁着是什么意思？”

“意思就是享不了这福。”

王牛郎为艳福而心烦，我则依然在贫穷的沼泽里打转。在潭柘寺烧了有恩的包之后，第二天，她又接着飞去了美国。虽然还是有微信联系，但我知道，她还在观察我，等着我能调整好自己。

柳阿姨像是察觉到了什么，有一天有恩不在，她把我叫到了家里吃饭。吃完饭在沙发上坐着，柳阿姨突然指着沙发说："有恩不在的时候，我才敢把沙发拿布罩起来，她在的时候呀，我都不敢的。"

"为什么呀？"

"她老说我呀，说沙发就是买来坐的，非得往上盖东西才舍得坐，那不如买个棉花垛好嘞，反正铺上布也看不出底下是什么。"

我笑了笑："舒服最重要。盖上布也挺好看的。"

"还是你会讲话。小张啊，最近和有恩怎么样？"

"挺，挺好的。她……她最近回家不拉肚子了吧？"

"肚子嘛，是没问题了。"柳阿姨看看我，伸手给我倒了杯茶。

我俩沉默地喝着茶，然后我勇敢地抬头看向柳阿姨："阿姨，您是不是有话要跟我说？"

柳阿姨轻轻放下茶杯："小张啊，阿姨虽然婚姻失败过，但你不能说我不懂感情。感情这个东西，和沙发一样。一开始嘛，崭新崭新的，谁都喜欢。喜欢嘛，就会一直坐在上面，两个人莺莺燕燕地耗时间。不小心弄上去一个污点，谁也不计较，也看不出来。但日子长了啊，你有一天就突然发现，哎哟，这个沙发怎么脏成这个样子了。以前当宝贝一样用，突然成了一个灰扑扑的脏沙发，靠垫塌掉，弹簧破掉，到处都是斑斑点点，什么时候搞上去的都不晓得，因为当初没计较过。这么大个东西，摆房间中央，你躲都躲不掉，你都想不出来，好好一个沙发，怎么给坐成了这样。扔掉吧，不舍得；留着吧，又刺眼。"

柳阿姨伸手拽了拽沙发上的碎花布："那个时候，你再往上盖东西，也盖不住了。底下的东西脏了，你自己心里清楚。所以越是宝贝的东西，越应该早点儿保护。弄上了脏东西，不好往下除。阿姨吃过亏，所以和你多唠叨几句。”

我掀开布，看着花布下面的沙发，确实崭新得像刚买的一样。

“您说得有道理。”

“我的意思，你能听懂伐？”

“明白，全明白。”

柳阿姨的话我都听在了心里，如果把我和有恩的感情比作沙发，我恨不得能拿玻璃罩子把它罩起来护着。别说是污渍，一根头发丝都不能留在上面。可是越是这么想，我越是觉得无能为力。我现在有这么一套贵重的沙发，但我没本事好好安置它。

心烦意乱的时候，我就更想打牌了。只有抓到一副好牌的时候，我心里才能短暂地踏实一点儿。我的打牌事业从线上发展到线下，上班的时候趁着休息，和同事们打，下班和王爷他们打，偶尔还跑去北海找宋大爷打。仗着宋大爷教我的心法，每次都能赢点儿小钱。

出了正月没多久，我去左家庄剪头发。剪完头，我开始和敖大爷他们打牌，三块钱一把，几轮下来，把大爷们的烟钱都赢过来了。敖大爷气得直骂街，说自己亲手养出了一个小狼崽子。

正赢到兴头上呢，我后背突然剧痛，我愤怒地摔牌回头，面前站着孙大妈。

孙大妈手持一根半米长、手腕粗的大白萝卜，袭击着我的背部。

“孙，孙大妈，您干吗啊？”

孙大妈拿着大白萝卜指着我：“我来的时候就看你蹲这儿打牌，我菜买了得俩钟头，出来一看，你怎么还在这儿窝着呢！大周三的，不上班啊！”

我惊恐地躲避着面前粗壮的白萝卜：“我刚下夜班。”

“下夜班不回去睡觉？”

“我打两把放松一下，就、就回去。”

对面，敖大爷开口说话了：“这你家小孩儿啊？赶紧领走吧！都成牌腻子了！我们一帮老头儿，玩儿了今天没明天的，他陪我们耗什么劲儿啊？”

孙大妈盯着我看了一会儿，毒辣的目光扫视我全身，然后动作潇洒地把手中的白萝卜插回小推车，把推车放到我面前：“你跟我回去吧，帮我搬搬菜。”

“……唉，好嘞。”我委屈地站起来，乖乖地跟在了孙大妈屁股后面。

我帮着孙大妈把菜运上楼，一开门，杨大爷的声音先从里屋传出来：“怎么才回来呀？新闻说今儿个有雷阵雨，没淋着吧？”

孙大妈把菜放下：“没淋着，你放心吧。”

我有点儿纳闷，刚2月，哪儿来的雷阵雨呢？孙大妈从厨房拿出盆，把韭菜塞我手上：“帮我择择菜，中午留这儿吃饺子吧。”

我跟着孙大妈进了客厅，一进去，我就愣住了。客厅里，除了沙发、茶几，其他的东西全都收拾起来了，整个房间空空荡荡的。

“孙，孙大妈，您这是要搬家啊？”

孙大妈指指沙发：“你先坐。”

我俩在沙发上坐下来，孙大妈开始择菜。择了一会儿，才开口说：“你大爷的病啊，严重了。以前是轻度痴呆，现在转中度了。到了中度，就容易出事儿。前一阵，他老往出跑，头几次没跑远，在楼下小花园找着了。

但上周，吃完晚饭，我一个没留神，他人就出去了，我满世界找，儿子儿媳妇儿也吓得赶回来了，就差报警了。后来，他自己回来了，一个人顶风走了三站路，跑麦当劳买儿童餐去了，说一会儿小孙女来，先给她准备上。孙女在外地呢，都上大学了，谁回来吃他的儿童餐。他这脑子啊，乱了。”

“……怪不得这一冬天，都没怎么看见您。”

“不敢走啊，怕他自己瞎跑，忘了怎么回来。后来和儿子他们商量，顺义那边有专门的养老中心，住的都是这种情况的老头儿老太太，有专门的护工照顾，比我自己盯着他安全。所以我打算把这房子卖了，卖的钱自己留点儿，够住养老院就行。”

我呆呆地看着孙大妈，不久前，还虎虎生风旋转跳跃的她，这一刻，看起来有些像个老人了。

身后一阵脚步声，杨大爷走进了客厅。从外表看，他还是很精神，腿脚也稳健，笑眯眯地看着我。

“来啦？”杨大爷中气十足地向我打招呼。

“来了。杨大爷，您快坐。”

杨大爷挨着孙大妈坐下来：“择菜哪？我帮你啊。”

“不用你帮，一会儿等着吃吧。”

我偷偷靠近孙大妈：“我看我大爷不像是有多严重啊？”

孙大妈摇摇头：“刚查出来的时候，是轻度老年痴呆。大夫说了，得了这个病，早晚得转成中晚期。那时候给了我们一套题，让他每周做一次，就是看大脑退化到什么程度。这题里啊，有一项，是写自己名字。什么时候名字都写不出来了，就是到中晚期了。我一直盯着他写名字，之前能写出来，最近不行了。”

孙大妈看向杨大爷：“老杨啊，你今天写名字了吗？”

“写名字？”杨大爷一愣，“写什么名字？”

“跟前儿有笔有纸，你就当练字了，写一写。”

杨大爷看看桌上的纸笔，又看看我：“今儿个难得有贵客到，我露一手。我这字，正经的颜体呢。”

杨大爷拿起笔，在广告传单的背面写起字，手微微有些抖，但起笔落笔都很潇洒。

过了一会儿，纸上写了几行漂亮的大字，但并不是杨大爷自己的名字。

纸上写的是：“恰如灯下故人，万里归来对影，口不能言，心下快活自省。”

字漂亮极了。

“黄山谷，《茶词》。怎么样兄弟？你哥我的字不露怯吧？”杨大爷说。

我和杨大爷的辈分已经乱了，我只好拼命点头：“您写得真好。”

“你落个款啊，叫什么名字，写上啊。”孙大妈说。

杨大爷再次提笔，可是笔尖垂在纸上，却迟迟落不下去。杨大爷的眼神从困惑到涣散，最后把笔扔了下来。

房间里一阵沉默，过了一会儿，杨大爷靠在沙发上，呆呆地看向窗外：“这天儿，是憋着场雨呢。”

孙大妈接着低头择菜：“以前的事儿，记得倍儿清楚，看过的书，去过的地儿，我俩刚结婚时那些事儿，张口就来。可你问他昨天晚上吃的什么，今天周几，都不知道了。有时候把我当媳妇儿，有时候把我当妈，有时候我还得是他那嫁到通州的妹妹，扯着嗓子轰我走，让我没事儿别老回娘家。隔三岔五的，不知道哪根筋搭错了，老把自己当政治局常委，以为我是他秘书呢。”

我看着闷头择菜的孙大妈，再看看沙发上呆坐着的杨大爷，心里特别难过。

“孙大妈，你说人活着怎么这么难啊？”我没过脑子，脱口说出了这句话。

孙大妈一愣，抬头看着我：“你年纪轻轻的，瞎感慨什么呢呀？”

“去年，我想追郑有恩之前，您把我叫家里来，陪我聊了聊天，那时候，您和杨大爷让我特别羡慕，所以我下狠心得把这姑娘追到手。可现在，人我追上了，可我觉得自己越来越配不上她，要什么没什么，连个遮风挡雨的地儿都给不了她。我也想努力，可是什么路子都没有，都开不了头。我知道自己特窝囊，再怎么瞎折腾，也没用，哪怕一路拼到您这个岁数，按说该享福了，可还一个坎儿接一个坎儿在前面等着，什么时候有个尽头啊？”

我把自己一直想说的话，痛快地说出来了，虽然听众是和我无亲无故的孙大妈，但我有种和爹妈交心的感觉，心里一阵轻松。

“我想认命了。”

我低下了头。

房间里一阵安静，时间像是静止不动了。

突然，孙大妈抄起手里的韭菜，劈头盖脸地打向了我。韭菜叶裹着浓浓的味道，在我头上脸上飞舞翻转。

“孙！孙大妈！你干吗啊！”我慌乱地躲避着韭菜的袭击。

旁边杨大爷开始嗷嗷叫好：“打！往死里打！让他再偷看人姑娘洗澡！”

不知道他又穿越到了哪个时代。

“屁大点儿个小崽子，还跟我聊起人生坎坷了？你刚活得哪儿到哪儿啊？买坟头的首付攒够了吗？刚我看你在菜市场那儿，和人打牌打得五迷三道的，就知道你小子最近犯糊涂了。”

我伸手拦住孙大妈：“有、有话好好说，您别打我了。”

孙大妈放下韭菜，目光炯炯地瞪着我。

“我跟你唠唠嗑，你当我跟你诉苦哪？你真是小瞧你阿姨我了。我孙彩霞，活这一辈子，就是折腾过来的。刚出生就赶上‘文化大革命’，没学上，大字儿不识一个。但我人勤快，八岁就能给全家做饭，弟弟妹妹全归我管。外面乱成一锅粥，回我们家桌上永远有菜有饭。工作以后，争当‘三八红旗手’，码货清货有比赛，我大冬天的在仓库里一宿一宿地练，手上长了冻疮，戴上手套接着干，血冻在手套里头，摘都摘不下来。认识你杨大爷以后想结婚，他们家是清高人家，嫌我没文化，我从小学语文一年级，背到唐诗宋词三百首，就是不想让你大爷为难。结了婚以后，我们单位的领导爱给已婚妇女穿小鞋，把我逼急了，我带着一群姐们儿抄起板砖，把丫车砸了。后来生了小孩儿，闺女八岁得了肝炎，治不好以后且得受罪呢。北京医院跑遍了，人家说上海有个老大夫能治，一个月三次，我带着她去上海。买两张硬座票，全让她躺着睡，我平躺在硬座底下的地板上。有一次睡醒到站，不知道哪个王八蛋把孩子的鞋给偷了，我就背着我闺女一路出了火车站，早上七八点，没商场开门，我就背着她在医院门口等着，身上一点儿劲儿都没有了，我闺女趴我耳边说：‘妈，以后我一定对你好。’八岁的孩子，她懂什么啊，可我当时真是想嗷嗷哭。俩孩子我都给养大了，身上一点儿毛病没有。上高中为了让他们有好学校，我砸锅卖铁换房子，搬到了咱们小区。儿子长大了处对象，女方嫌我们家穷，要聘礼要婚房，我把工作辞了，承包了个小卖部，为了省几块钱的差价，天不亮就往新发地跑。‘非典’的时候扎药店里抢板蓝根，全小区人的板蓝根都跟我这儿买的。我姑娘、小子都风风光光地嫁了，娶了。我俩也退了休，开始带孙子。儿媳妇儿说不能老给我们看，要送双语幼儿园，我五十多岁的人，开始学迪士尼英语，就为了让小孙子能多在我俩身边留一阵子。你说我这一辈子，有过踏实日子吗？我要是不折腾，委委屈屈地活着，吃饭怕噎，走路怕跌，我能活到今天吗？”

我被孙大妈这一长串人生履历给吓着了，蜷缩在沙发上发抖。这一刻，孙大妈又重新变回了当初那个在小花园里欺负我的女侠。

“所以我觉得，您晚年应该享福，这才值得啊……”

“什么叫值得？你跟老天爷讲道理，人凭什么搭理你啊！老话说得好，四条腿趴着的，是畜生，两条腿走路的，才是人。你有胳膊有腿地站着，你得往前走啊。路宽路窄那是命，但你不能死赖着不挪窝。爹妈把你生下来，图什么？不就是让你开眼见世面吗？你一路闯过来，福祸都担过，再回头看，好坏都值得。你杨大爷这个病，三年前就诊断出来了，大夫说也可以直接住院，省得我跟着劳心费神。我不干，我们好好的有个家呢，一辈子的福是享，一天的福也不能落下。我趁着他还明白，再好好伺候伺候他，趁着我还没病，我得抓紧时间锻炼。所以我天天下楼跳舞，不光跳，我还得跟你柳大妈争个输赢。哪怕我明儿个就得陪你大爷搬到临终关怀养老院了，我今儿还活着呢，活着我就跳，我该干吗干吗。能包饺子，就不下挂面。人活着没退路，死都不是退路，死是哪儿说哪儿了完蛋。但你今天还活着，日子就得这么过！能听进去吗？！”

我愣愣地看着孙大妈，脑仁儿像被针扎了一下，清醒了。

孙大妈歇了口气，放下手里的菜，开始帮我摘我脑袋上残留的韭菜叶。

“我话说得重了点儿，是为你好。我都这个岁数了，还蹦跶呢，你就想认命了？我得替你爹妈把你骂醒喽。你和小柳那姑娘，想奔着一辈子去，就得一起折腾。你觉得我现在挺惨的，那是你不懂人事儿呢。你看你杨大爷纸上写的字。我陪他去医院，一帮老头儿病友，都做题，写名字，有的什么都写不出，有的画竖杠，有个老头儿，让他写十次名字，他十次写的都是‘坎坷’两个字。可你看你杨大爷写的什么？他写的是‘快活自省’。”

我转头看向杨大爷，杨大爷被孙大妈一指，也愣愣地看向纸上自己刚刚写下的字，看了一会儿，杨大爷又拿起了笔。

“对，再试试，试试写自己名字。”孙大妈说。

杨大爷盯着纸犹豫了很久，然后行云流水地写下了“孙彩霞”三个字。

“那是我名字！写你自己的！”

杨大爷拿着纸向我凑过来，指着孙大妈的名字对我说：“这是我媳妇儿，彩霞。万紫千红，云蒸霞蔚，美不美？”

我点点头：“美。”

孙大妈笑着看着杨大爷，杨大爷看着纸上的字，哧哧笑着。

“俩人在一块儿处到老，回头看这夫妻一世，没什么物件是值钱的，值钱的是他过得好，他愿意记得你。你大爷现在老年痴呆了，脑子乱是乱了，可是以前的好事儿都记得，这就不可惜。你青年痴呆才惨呢，等你老了，心里清楚得明镜似的，有什么用？有什么事儿值得你掏出来一遍遍琢磨呢？”

孙大妈的话和她的一顿韭菜鞭打，把我心里一处一直不愿意碰的地方叫醒了。

四条腿趴着的是畜生，两条腿站着的是人。这话没错。从小到大，我一直趴着，随波逐流，什么路不费工夫，我就漂着走。追郑有恩，是我人生里第一次主动去争取的事儿，可争取到以后，我又趴下了。

我看着孙大妈：“那您说，我现在开始努力，还来得及吗？”

孙大妈刚要开口，一旁，杨大爷把我拽过去了，他握住我的手：“让我来劝。老总啊，你记不记得，以前别人问你怎么看法国大革命，你回答得很好，你说的是，现在下结论，为时尚早。”

我点点头：“嗯，明白了。我努力还来得及。”

但转念一想，老总？我看着杨大爷：“我，我是老总？”

杨大爷点点头：“啊。”

“那，那您是谁啊？”

杨大爷眼睛缓缓瞪圆，深吸一口气，脸色腾地红了，以迅雷之速，扇了我一个大嘴巴。

“我他妈是你爸爸！”

在被孙大妈和杨大爷联手打过之后，我回家想了很多。

既然未来还有好多个明天，既然离住进临终关怀养老院还有很长的距离，那我现在正式成为两条腿走路的人，就还来得及。

有恩说得一点儿错都没有。想要站起来的理由，其实根本和她无关。

在我清醒过来的这段时间里，我和有恩像往常一样约会，在酒店像往常一样值班。我开始明白，真正想做出改变的时候，并不存在洗心革面、天地焕然一新的过程，在纸上写多少励志鸡汤也没用。我只是视线变得清晰了，能清楚地看到脚下的每一道坎儿和最近的路灯。

生活里没有什么大事儿发生，除了王牛郎为莫莉出头，和客人打了一架。

有一天，莫莉从客人房间里出来，刚走到门口，一个五短身材的中年客人穿着浴袍追了出来，拽着莫莉的头发就开始骂，非说莫莉偷了他的表。大堂里人来人往，男客人把莫莉的包翻了个个儿，东西撒了一地，也没看到他说的那块十几万的表。

客人骂骂咧咧地不松手，前厅经理过来劝也没用。莫莉涨红着脸，眼影哭花成一片，词不达意地用中文说："我不是偷，不偷。我，不坏的。"

男客人不依不饶，恨不得当场要把莫莉扒光了搜身。一旁站着的王牛郎突然冲了上来，拎着男客人的浴袍领子，把他往出拽。客人又踢又打，嚷嚷着要投诉，王牛郎说："那让警察来，先办你嫖娼的案子，再看看东西在不在姑娘身上。"

男客人显然有些忌讳，站在门口和王牛郎纠缠。那天的大堂经理是鲇鱼精，我一直心惊胆战，怕王牛郎会被鲇鱼精法办。但有些出乎意料，鲇鱼精先是走到莫莉身边，帮她把假貂皮披上了，然后走到王牛郎身边说："要打到五十米外打，不要在我酒店门口。我不想让别的客人看笑话。"

后来那男客人骂骂咧咧地自己上楼了。王牛郎帮莫莉叫了辆出租车，车门关上前，王牛郎低头和莫莉说："回去吃点儿甜的，就把这事儿忘了吧。"

第二天前台在帮这个男客人结完账后，和我们说，那表好好地戴在他手上。

过了不久，莫莉就回国了。离开前，她向王牛郎告别，说她们外籍姐妹也有尊严，加上自己年纪也大了，就不愿意再租房干耗着青春了。莫莉还是笑眯眯的，说留在这里挺好的，北京晚上很漂亮，吃得也好。但回保加利亚也行，她住在保加利亚首都，一个叫索非亚的地方，阳光好，人少，就是穷，好多酒店都雇不起门童。

莫莉临走前，送给王牛郎一个特别精致的小徽章，说是他们城市的标志。"等我们有钱了，你，来玩儿。"莫莉临走的时候说。

莫莉走了以后，王牛郎看起来没有任何变化，依旧殷勤地伺候着富婆。但有一天，在休息室，我看见王牛郎在偷偷地吃糖包里的砂糖。

我开始笑话他，问他这是干吗呢？王牛郎一脚把我踹开："我他妈心里苦，吃点儿甜的不行啊？"

我指着王牛郎工服上别着的徽章："你就是喜欢人家。"

王牛郎看一眼莫莉送他的徽章："你懂个屁。"

徽章上印着一行小字，我问王牛郎："这写的什么啊？"

"不认识。"

"不认识你倒是查查啊。"我动手在网上搜，发现这是保加利亚首都索非亚的宣传口号。

这口号是：长大，但不变老。

我告诉了王牛郎以后，王牛郎没说话。我也没再说话。

我知道王牛郎一定想起了莫莉，莫莉一笑起来，那两颗甜甜的兔牙。

我想起了孙大妈和孙大妈说过的话。长大，但不变老，她也做到了。

而我之前一直是，变老了，却还没长大。

19

她何止是厉害的女人？她简直是风华绝代。

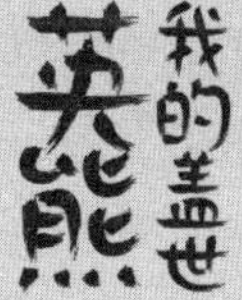

我们酒店每半年都有一个总经理对话日，全酒店所有员工都可以参加，员工有什么问题，都可以在会上直接和管理层沟通。这个对话日有个做作的英文名称，叫“we are listening（我们在聆听）”。听起来仿佛很体贴底层员工，但我们酒店高层都是老外，中文说得一个比一个烂。所以每个总经理对话日，我们这群门童、保洁、后厨全都躲在后面，没精打采地耗时间，看前排那些小经理叽里呱啦地说英语，猴儿似的在高层面前表演。聊的什么，我们一句都听不懂。老外搞起形式主义来，也挺没想象力的。

一进入3月，就到了我们上半年的总经理对话日。之前的几次对话日里，我都是坐在最后一排张着嘴发呆。但这一次，我有备而来。

几个小经理七嘴八舌地陪总经理聊完后，总经理的助理用中文问我们：“各位还有想要沟通的问题吗？没有的话，我们这次的‘we are listening’活动就结束了，谢谢你们的到场与支持。”

后排的底层员工慢悠悠地站起来，准备离开。

这时，我举起了手：“那个，I have a question want to talk.（我有个问题想谈谈。）”

会议室里安静了片刻，前排的经理齐刷刷地回头看着我，我身边，王牛郎拽了我一把：“你丫干吗呢？”

我没理王牛郎，径直站起来，看着主席台上头发花白、身材圆胖的美国总经理。

“OK. I’m listening.（好的，我听着呢。）”总经理向我点点头。

我深吸一口气，把前几天练了不下百遍的英文句子，努力不出差错地说了出来。

“我、我是前厅礼宾部的门童。最近一段时间，我做了调查，全北京的酒店，都已经不施行门童店外站岗了，除了我们。对我们门童来说，冬、夏两个季节的店外站岗，对身体都是很大的考验，冻感冒后带病上岗，也容易传染给客人。所以，我想得到一个管理层坚持这么做的理由。”

会议室里安静了片刻，鲇鱼精恶狠狠地瞪了我一眼。

“你叫什么名字？”总经理突然问我。

“Philip，Philip Zhang.”

“好，谢谢你，Philip。”总经理点了点头，然后哇啦哇啦地说了一长串英文，边说边冲我笑。

我紧张地看向王牛郎：“他，他说什么呢？”

“我他妈哪儿听得懂。我连你刚刚嘚啵的什么都不知道。”

陈精典从旁边凑过来，帮我翻译：“老头儿说他会和管理层开会讨论，谢谢你提出了这个意见。”

几天后，意见反馈回来了。每天入住及退房高峰期，需要门童在门外引导，其余时候，都可以站在大门里值岗了。

王爷和陈精典嚷嚷着要给我送块匾，我自己也很惊讶，当时只是试着努力，没想到真的有了效果。只是查了字典，背了单词，硬着头皮站了起来，就可以彻底脱离冬天冻成冰棍儿、夏天晒成人干儿的生活。

所有门童都欢天喜地的，但鲇鱼精很不高兴。他的脸耷拉了几天，一看就是在心里憋着坏。

果然，没过两天，我们几个门童正在休息室里歇着，等着一会儿上岗，鲇鱼精走了进来。

“开个小会，工作流程上，我做了一些新调整。”

我们没精打采地站起来，看向他。

“管理层下发了通知，”鲇鱼精看了我一眼，“要取消门外站岗，你们应该都挺高兴的。但是，这个通知，有一个前提，是客流高峰期除外。什么是客流高峰期？”

“就中午入住、退房那会儿呗。”王爷慢悠悠地说。

鲇鱼精冷笑了一声：“哼，你们这种人，最擅长简化问题。我观察了几天，严格来说，每天早上七点至九点，中午十一点到下午两点，傍晚五点到七点，都是客流高峰期。另外，深夜十一点到凌晨三点，也是晚班飞机客人和本地客人的入住、离店小高峰。所以，根据酒店的通知，加上我的理解，以上这几个高峰，你们还是得站在门外值班。”

我们集体愣了一会儿，王牛郎有点儿着急了：“按照你的理解，我们等于还是得天天在外面站着啊。”

“除了这几个高峰期，其他时间，你们可以在店里值班。听不懂我的话吗？”

“总经理都能体谅我们，你干吗还跟我们过不去啊！”王爷扯着嗓子说。

“总经理只是下发通知，负责执行的人是我。”

“你意思就是阎王好过，小鬼难缠呗？”王牛郎有些生气地说。

鲇鱼精看看我们：“我对事不对人。我和你们不一样，全北京的酒店都没有门童在门外迎接客人，我想的是，我们酒店在这一点上，是独一无二的。而你们这种人，却觉得委屈，觉得好辛苦。我在这里领着工资，是为了酒店和客人服务的，不是为了来照顾你们这种人的……”

“我们是他妈哪种人啊！”一直靠墙站着的我终于忍不住了，一脚踹开了身边的椅子，冲上去揪住了鲇鱼精的领子，“忍你不是一两天了！”

我一爆发，也煽动起了其他人的情绪。王牛郎和王爷，加上其他几个刚下班的小门童，全都拥了上来，齐刷刷地把鲇鱼精围住了。

我从身后拽过椅子，把鲇鱼精按到椅子上，然后弯腰盯着他。

“你说说，我们到底是哪种人？”

“你放开我。”鲇鱼精在椅子上扭来扭去，整个人看起来更像一条脱水的鱼了。

“酒店给了你多少钱？能让你这么狗眼看人低？客人是人，我们就是木头刻的？让你拿着当棋子使？想摆哪儿摆哪儿？”

“不然你当你自己是什么？”鲇鱼精居然还理直气壮地还嘴。

王爷抬头看我：“话都说这份儿上了，能动手就别废话，打他一顿完了。”

“有道理。”我转身开始找称手的家伙，把行李车上的一个支架卸下来后，我拎着它走向了鲇鱼精。

我刚想扬手，王牛郎拦住了我。

“这孙子是欠收拾，但没必要把你自己搭进去。你要真在他身上留点儿皮肉伤，开除还是小事儿，估计得进局子。”

本来怒火烧得正旺，王牛郎这么一说，我脑子里出现了有恩的脸。

孙大妈拿一把韭菜把我打得站直了，也不是让我野马脱缰直接奔着监狱去的。

我扔掉了行李架，努力控制怒火。

王牛郎看向鲇鱼精："这次放过你，别他妈再跟我们嘚瑟，我们光脚不怕穿鞋的。"

大家刚准备散开，鲇鱼精又犯贱地开口了："你们这种人，打架挑凶器，工作挑地点，连吃苦都挑软硬，我有什么必要怕你们？"

小火苗噌地又烧起来了，我气得直嘬牙花子，满屋寻找可以收拾他，又能不留疤的凶器。

突然，我看到了王爷，从王爷的头看到脚。

我找到了眼下最完美的凶器。

五分钟后，我们一群门童，跟没事儿人一样，走出了休息室。

休息室里，鲇鱼精被我们用客人的行李带绑在了椅子上。他的脸上，绑着一只鞋。鞋口紧紧罩着他的嘴。这只鞋来自王爷。

四十五分钟后，轮到我休息，我进了休息室，鲇鱼精坐在椅子上，脸色通红，眼神迷乱。

我也拽了把椅子，坐在了他对面。

"服不服？还叽歪吗？"

鲇鱼精点点头，又摇摇头。

我把王爷的鞋从鲇鱼精嘴上拿下来，把绑在他身上的行李带也解开了。

鞋一拿开，鲇鱼精扭过脸，一阵干呕。

王爷的脚臭味儿四散开，我往椅子上一靠，看向鲇鱼精："你爱上哪儿告，就上哪儿告，我在这儿等着。你要有脸报警，我就好意思去自首，就说我拿生化武器迫害你了。去吧，赶紧抱领导大腿哭去。"

鲇鱼精往地上吐了口唾沫，站起来，先拽平了衣服。

“我不会和上级说，因为会显得我没有管理能力。但最关键的是，我不想在你们这种人身上耗费精力。”

我噌地站起来：“你他妈的……”

“我根本不稀罕和你们这种人生气。”鲇鱼精直直地盯着我，“你们恨的又不是我，是任何一个坐我这个位置的人。我会接着往上爬，爬到你们够不着的地方，但你们，就只能永远站在门口，像狗一样，逼急了乱咬一顿，给块骨头就又老实了。你以为自己替他们出头，可以不用在门外站岗，就好了不起？你们人是进来了，命还晾在路上呢，谁想上去踩两脚都可以。”

我愤怒地瞪着鲇鱼精：“我们这种人的命，你替我们算过啊？你以为我从小的志向就是当看门狗哪？”

“我以前就是门童。”鲇鱼精抬头看着我说，“我在广州希尔顿做了三年门童。从第一年起我就开始参加酒店的培训计划，第四年升了领班，第五年连升两级当了前台经理，现在跳槽来了北京。咱们酒店也有面向全体员工的培训，门童、后厨都可以参加，考试成绩好，送你到美国进修都可以。我也一直在给你们搞‘闪光一刻’，培训口语，半年多了，你去过几次？”

我愣在一边，鲇鱼精厌恶地看看我，从我身边走了过去，走到门口时，他回头说：“我做过门童，我理解你们，所以我瞧不起你们。”

那天晚上下了班，回到家，王爷正在和今天轮休的陈精典讲述我下午的光辉事迹和自己那只臭鞋的“闪光一刻”。等王爷自己玩起了游戏，喝上了小酒，陈精典进了我房间。

“你这么折腾，酒店会不会处分你啊？”

“看鲇鱼精那个架势，不像是要闹大了。”

我向陈精典复述了一遍鲇鱼精对我说过的话，陈精典听完，很长时间都没说话。

“你还记得我当初一直想考研究生来着吧？”过了半天，陈精典开口说。

“记得啊。你那时候满墙贴励志小字条，‘不是强者胜，而是胜者强’那些玩意儿。”

“要是我当初考上了，我现在也是鲇鱼精那样的人吧？”

我愣了一下。

“我是没考上，没别的路走，只能混日子。现在有了小妹，居然还挺知足的。有时候陪王爷喝点儿酒，也一起骂骂社会不公平，爹妈不给力。可当时我要是考上了呢？虽然不知道能混成什么样，但应该也挺瞧不起咱们这群人的。”

我想起了鲇鱼精说的话，我恨的不是他，而是任何一个坐在他那个位置上的人。

我和陈精典沉默了很久，我突然开口问他：“英语好学吗？”

“就得往死里背。”

我心里升腾出一个想法，这想法特别不切实际，但我此时此刻，所有视线里，这个想法铺成了一条路，而且非常清晰。

“精典，我想试一下。”

“试什么？”

“咱们酒店，不是有个员工在职培训计划吗？业务考核，加上口语能力，只要分数够高，就能被送到美国康奈尔大学酒店管理学院进修。以前都是经理层的人争这个名额，可现在，我也想试试。”

陈精典愣愣地看着我，我心虚地看着他，我俩四目相对几十秒，然后陈精典突然站起来，转身走了。

“靠，不行就说不行。你丫黯然离去是什么意思？”

但过了几分钟，陈精典又回来了，身后拖着一个大箱子。

“我彻底放弃考研以后，这些英语书一直没舍得扔。后来有了小妹，我想腾地方，就抱到楼下卖废品那儿。可这么多书，上面还记着我三四年的笔记，卖的钱连买条白沙烟都不够，我就又给抱回来了。”

陈精典把这箱书揣到我脚底下：“我是没戏了，天生不是成大事儿的人。你努努力。”

“……谢了。”

陈精典冲我笑笑：“没什么本事的人吹牛，只能张口闭口说‘我有一个朋友怎么怎么牛 ×’。我已经奔着俗套去了，王爷呢，只要给他口酒喝，他这辈子都踏实了。我们把宝押你身上，你，得是我们以后用来吹牛 × 的那个朋友。”

北京又到了草长莺飞的 3 月。

去年的这个时候，我还是一个宅瘫患者，每天痴痴地躺在床上，追踪着女神的动向，享受着大妈们袭来前最后的安静。

而今年的 3 月，我还是住在这个房间里，女神已经成了我的女朋友，她叫郑有恩。我报了英语培训学校，每天没命地背起了单词。楼下的花园里还是很安静，大妈们的冬天暂时还没有结束。

3 月的第二个周日，孙大妈搬家离开了我们小区。

房间里该卖的都卖了，要搬走的东西并不多。从前两天起，就一直看到收废品的陆陆续续从孙大妈家里往出抬家具。那些陪了两个老人几十年的物件，都已经用得油光锃亮，最后还是摔摔打打的，集体上了收废品的三轮车。

孙大妈的儿子开车送他们去养老院。临走前，孙大妈到小花园里和大家告别，跳广场舞的大妈们全来了。

“回头有空看我去，我们那儿空气好。东直门坐车，850 路，五十分钟就到。”

大家纷纷点头：“一定去一定去，下周就去。”

但每个大妈脸上，表情都有些难过，也许是心里清楚，这一就此别过，不知道什么时候，才能再打上招呼了。

孙大妈溜达到柳阿姨身边：“等天儿暖和了，你们接着跳，跳你那个跺脚操。”

“把你音箱带上，到那里，也搞支队伍出来。”柳阿姨说。

“不着急，我到那边摸摸群众素质，看有没有这方面的文艺细胞。”

柳阿姨走向孙大妈，握着孙大妈的手，眼眶有点儿泛红。“孙姐，多保重。”

孙大妈点点头，面不改色，女中豪杰的范儿依然端得很正。孙大妈看看我：“小张，提点儿气，活精神点儿，好好跟人姑娘处。回头我来喝你们喜酒。”

跳广场舞的大妈们给孙大妈拿了好多东西，吃的喝的用的都有，都是从附近左家庄菜市场和农展馆大集里买的。因为担心孙大妈到了郊区买东西不方便。走的时候，孙大妈坚持不让我们送，自己抱着东西，走向了儿子等候的大门口。

我看着孙大妈的背影，脑子里的背景音乐，是那首再熟悉不过的《潇洒走一回》。

柳阿姨也看着孙大妈的背影，眼眶还是红的，但没流眼泪。

“我们女的吧，爱处死对头。小时候和女同学斗，年轻的时候和女同事斗，哪怕是朋友，心里也是想分个上下的。针头线脑的事儿，都要拿出来比一比，争个输赢。这么你追我赶了一辈子，今天，最后一个对手也送走咯。”

柳阿姨慢悠悠地说着，然后目送着孙大妈的背影，彻底消失在小区门外。

这一刻，柳阿姨眼神里的气势，好像也跟着消失了。

我昏天暗地地学着英语。高考以后就没再看过书，重新捡起这个技能，就像断臂多年，突然装上了假肢，不知道该如何使用。背单词的时候，永远是忘得比记得快。看题的时候很容易躁动，有时候不知不觉开始搓起了身上的泥，有时候上一秒还在看书，下一秒却发现自己擦起了玻璃。

我师父、王爷和陈精典，都很支持我。他们的支持不是大力拥抱，深情喊口号，“为了明天加油啊！兄弟”之类的，而是替我把能扛的夜班都扛了，就像当初我们支持陈精典考研时一样。

有恩知道我想努力一把，也很支持。作为一个冰心铁血的女性，她的支持当然不是温柔似水、陪我挑灯夜读那种。她仗着自己口语好，喜欢半夜抽查我。有时我趴在书上睡得正香，她一个电话打过来，开口噼里啪啦一串英语，让我迅速翻译。我答不上来，她就用英文骂我，骂完还要我接着翻译她骂的是什么。

我很感动有恩能一直陪在我身边，每天睡觉前想到她，我会时不时地一阵心慌，心慌的原因不光是怕她半夜抽查我。这次的努力，我只是背水一战地想往前走一走，我不知道什么时候才能走到头，更不知道能不能走到头。

我不知道有恩能陪我走多久。

北京渐渐进入了夏天，我的苦读也达到了天人合一的境界。有一天，酒店招了个新门童。我一边在心里默背单词，一边听王牛郎给他灌输要小费的秘籍。就像当初向我灌输时一样，王牛郎的中心思想依然是：门童就要把自己当成一个要饭的。

王牛郎苦口婆心地说了半天，没想到新来的小孩儿并不领情："我不想当要饭的。"

王牛郎一愣："可咱这工作就是要饭的啊。"

"我不这么想。"小男孩儿脖子一梗，"咱酒店是外国酒店，就也算外企吧？那我凭什么不能把自己当白领啊？"

王牛郎噎了半天，活活被他气笑了。他把小男孩儿往我身边一踹："得，跟我不是一路的，以后你罩着他吧。"

那天下了班，我和小男孩儿一起去食堂吃饭。吃饭的时候我问他，为什么想要来做门童。

小男孩儿说，他家是昌平农村的，父母给找了个工作，在高速收费站当收费员，一直挺稳定的。后来结了婚，两人想搬到城里来住，每天再去京承高速的收费站上班，就太远了。

我很惊讶，小男孩儿最多二十岁出头，居然已经结婚了。

后来，小男孩儿用一顿饭的时间，眉飞色舞地给我讲了他和他媳妇儿是怎么好上的。

这个刚认识一天的小男孩儿，向我讲完他的爱情故事以后，我心里突然踏实了。

我在那一刻意识到，我和有恩，可能会长久。

那天晚上回到家，我给有恩打了个电话。有恩正在美国，电话她没接，过一会儿再打，已经关机了。我算算时间，她可能刚好在飞机上。

到了半夜，手机响了，我条件反射地迅速启动了英语词库，准备回答有恩的口语抽查。

“起飞前你打我电话，什么事儿啊？”

“没事儿，想你了。”我从床上爬起来，靠在了窗边。“你回来了？”

“没有，还在飞呢。”

“那怎么打的电话？”

“拿信用卡打的机上电话，我怕你有什么事儿。”

“没事儿，让你担心了。你飞到哪儿了？”我抬头看了看窗外。

“太平洋上，今天是大晴天儿，没有云，海面特漂亮。”

“我刚刚打电话是想和你说，今天，我们酒店新来了一个门童，他给我讲了他和他老婆的故事，你想听听吗？”

“你说吧，我先听听看。要是太煽情我就挂了。”

“这个门童以前是高速路收费站的收费员。每个收费员都得坐在小岗亭里收钱送票，除了上厕所，轻易不能出来。下了班就坐班车走，基本上和其他同事都没什么交流。这个小门童特别喜欢他隔壁岗亭新来的姑娘。他透过小窗口，能看见对面的她，但永远说不上话，上班时间也不让用手机。他就一直这么偷偷喜欢人家，可是每天车来车往，他一直找不到机会和姑娘说话。这么耗了一年，有一天听同事说，那姑娘在城里找着了工作，准备不干了。小男孩儿特别难过，都没和人家自我介绍一下，光这么互相看了一年，就把机会错过了。可是，到姑娘最后一天上班，你猜怎么着？……有恩，你还没挂吧？”

“没挂，你接着说。”

“那天晚上，临下班前两小时，北京郊区，下了一场大雾。那雾特别大，前后半小时，能见度就不到五米了。京承高速北七家到高丽营路段，立刻被封了路。一封路，高速上就一辆车都没有了。整条路空空荡荡的，收费员们没什么事儿，就都从岗亭出来溜达。小门童说，他在大雾里，踏出那个小屋，周围只能看到模模糊糊的人影，收费口的大红警示灯，都被遮得朦朦胧胧的。可这么大的雾里，他就是能看见那姑娘在哪儿站着。他直直地走到那姑娘旁边，问姑娘：'今天下班肯定早，你一会儿打算干吗？'姑娘笑了，说：'大雾封路，连家都回不了，还能干吗？'他说：'那既然困在这儿了，咱们就一起玩儿一会儿吧。'"

有恩在电话那头，轻轻笑了两声。

"第二天，这小伙子陪姑娘辞了职，也进城里来找了工作。两人现在已经结婚了。"

有恩沉默了一会儿："故事挺逗的，但没必要专门打长途说吧？"

我想象着有恩正在几千米的空中，靠在舷窗边，俯视着窗外的海面，海面被阳光照射得金光闪闪。我想起了以前看过的纪录片，说海面下，三四千米深的地方，生活着一种虾，这种虾数量非常多，靠地底的火山取暖，火山的喷射物就是它们的食物，它们成千上万地聚在一起，没有目的地游动，永远不需要见到阳光。

我以前就是这种虾。我以为自己已经找到了完美的栖息地，直到我看到了天上飞着的郑有恩，直到我喜欢上了她。

我决定从海底三千米，努力地游上来。有恩早就为我做好了降落的准备，我们可以不为对方妥协，但我总得浮出海平面，找一个有阳光的地方，等她降落，和她聚在一起。

我想把这些话告诉有恩，但我知道她肯定嫌太煽情，直接把电话挂了。

所以我只是开口说："我会好好努力的。你等等我。"

电话里安静了片刻，然后有恩回答了我。

“等就等呗。谁让咱俩也是雾里遇见的呢。”

这一年，从夏到冬，我一直在从海底往海面上钻。纪录片里说，深海生物扛不住压力，出了海面就会死。我在一路努力的时候，也确实常常觉得缺氧，有时还会产生幻觉，觉得自己是不是有些心比天高。

但后来，我已经渐渐能听懂管理层说的英语了。我发现我们总经理开会时总喜欢说一句话：Our people are our most important asset.——员工是我们最重要的资产。

每当累得筋疲力尽的时候，我会在心里默默念一遍这句话。好，既然你们这么说，那我就蹬鼻子上脸了，就看看我有多重要，有多值钱。

2013 年 9 月的第一次英语考核，我的分数差了很多。

11 月的第二次考核，差四分。

12 月 5 日，这一年的最后一次英语考核，我通过了。到了月底时，我通过了员工整体业绩考核。

2014 年 1 月，酒店发布了下半年送去美国康奈尔大学短期在职培训的员工名单，一共七个人，其余六人是经理层直升，剩下一个，是来自礼宾部的门童——我，张光正。

人力资源部主管告诉了我这个消息，从他办公室出来后，我在走廊上碰到了鲇鱼精。

鲇鱼精和我擦肩而过时，突然开口说：“你的东北口音英语，得再好好练练。”

拿到了进修名额的第二天，我坐公交车，去了顺义，我想告诉孙大妈这个消息。

养老院的环境没我想象得那么差，但也不是什么世外桃源。一排平房，背靠一座土山，中间有个小花园。房间里的布置都很简陋，像是废弃的医院。

我坐在花园的长椅上，等孙大妈出来时，身后一群老太太正在聊天。我听了一会儿才发现，大家都是各聊各的，鸡同鸭讲，内容都不挨着。

孙大妈老了一点儿，但气色不差。我告诉了孙大妈自己可以去美国的消息，孙大妈高兴极了。

“美国离咱们这儿得多远啊？得坐飞机去吧？”

我点点头：“得坐飞机去。”

“坐好些个钟头吧？”

“听说得十几个钟头。”

孙大妈抬头看看天，伸展胳膊，活动起了筋骨，一边朝着天空画圆圈，一边念叨：“十几个钟头，美国真远。”

我看看附近花园里闲晃的大妈们：“孙大妈，您来这儿，发展起广场舞队伍了吗？”

孙大妈停下动作，冲我自信地一笑：“何止是发展？我在这儿混得好极了。这儿就没有小柳她们那些人给我捣乱。”

过了一会儿，冬日的阳光落到了小花园的正中央。

一个女护工从病房里走出来，一边拍手一边招呼花园里晒太阳的老人们：“大爷大妈们，我们来活动一下身体啊，来这里集合。”

老人们缓缓地聚在了一起。

“孙老师，”女护工看向我们，“还是麻烦您来领舞吧。”

孙大妈看看我，眼神里是绝对的权威。

小花园里响起了音乐声。这音乐格外熟悉。

“这歌您都带过来了啊？”我感慨地说。

“那敢情，我就指着这套操走遍天下了。”

伴随着“老娘养生健身操”的音乐声，孙大妈站在队伍最前端，再次跳起来了。

那舞姿和从前一模一样。

她身后的大妈们，有的动作缓慢，有的跟不上节拍，有的只是在原地转圈，还有的大妈会突然扯着嗓子喊：“老师！老师！今天赵玲莉没来！”

但这一切都干扰不了孙大妈，孙大妈紧紧地跟着自己的节拍，每个动作都那么准确。

我痴痴地看着她，过了一会儿，我身边多了一个人，也一动不动地看着旋转跳跃的孙大妈。

“杨，杨大爷。”

杨大爷有些消瘦，但精神还是很好。他指指孙大妈，眼里闪着贼光。

“你姐这个女人很厉害。”杨大爷说。

我配合地点点头。

“我最近正在追求她。”杨大爷接着说。

我愣了一会儿，笑了。

我和杨大爷一起看向孙大妈，看着她空中追日，水中摸鱼，眉飞色舞，旋转跳跃。

她何止是厉害的女人？

她简直是风华绝代。

以上，就是我和一位广场舞大妈的爱恨情愁，以及她是如何帮我飞黄腾达的故事。

我很感激她。

——全文完——

图书在版编目（CIP）数据

我的盖世英熊 / 鲍鲸鲸著. -- 长沙：湖南文艺出版社，2022.1

ISBN 978-7-5726-0475-1

Ⅰ. ①我… Ⅱ. ①鲍… Ⅲ. ①长篇小说－中国－当代 Ⅳ. ①I247.5

中国版本图书馆CIP数据核字（2021）第237602号

上架建议：畅销 · 小说

WO DE GAISHI YINGXIONG

我的盖世英熊

作　　者：鲍鲸鲸
出 版 人：曾赛丰
责任编辑：匡杨乐
监　　制：邢越超
策划编辑：李彩萍
特约编辑：尹　晶
营销支持：文刀刀　张艾茵
整体装帧：梁秋晨
出　　版：湖南文艺出版社
（长沙市雨花区东二环一段508号　邮编：410014）
网　　址：www.hnwy.net
印　　刷：三河市中晟雅豪印务有限公司
经　　销：新华书店
开　　本：880mm × 1230mm　1/32
字　　数：245千字
印　　张：9.5
版　　次：2022年1月第1版
印　　次：2022年1月第1次印刷
书　　号：ISBN 978-7-5726-0475-1
定　　价：52.00元

若有质量问题，请致电质量监督电话：010-59096394
团购电话：010-59320018